民國文化與文學^{研究}^{文叢}

（四川大學特輯）

八　編

李　怡主編

第 **10** 冊

民國文學機制與《小說月報》（1910～1931）研究框架述略

李直飛著

國家圖書館出版品預行編目資料

民國文學機制與《小說月報》（1910～1931）研究框架述略
／李直飛 著 — 初版 — 新北市：花木蘭文化事業有限公司，
2017〔民106〕
目 4+216 面；19×26 公分
（民國文化與文學研究文叢 八編；第 10 冊）
ISBN 978-986-485-041-9（精裝）
1. 中國文學史 2. 讀物研究 3. 期刊
820.9   106012793

ISBN-978-986-485-041-9
9 789864 850419

民國文化與文學研究文叢
八 編 第 十 冊　　　　　ISBN：978-986-485-041-9

民國文學機制與《小說月報》（1910～1931）研究框架述略

作　　者　李直飛
主　　編　李　怡
企　　劃　四川大學現代中國文化與文學研究中心
　　　　　北京師範大學民國歷史文化與文學研究中心
總 編 輯　杜潔祥
副總編輯　楊嘉樂
編　　輯　許郁翎、王　筑　美術編輯　陳逸婷
出　　版　花木蘭文化事業有限公司
社　　長　高小娟
聯絡地址　235 新北市中和區中安街七二號十三樓
　　　　　電話：02-2923-1455／傳眞：02-2923-1452
網　　址　http://www.huamulan.tw 信箱 hml810518@gmail.com
印　　刷　普羅文化出版廣告事業
初　　版　2017 年 9 月
全書字數　182814 字
定　　價　八編 12 冊（精裝）新台幣 22,000 元
版權所有·請勿翻印

民國文學機制與《小說月報》(1910～1931)研究框架述略

作者簡介

李直飛（1983～），男，雲南宣威人，博士，現爲雲南師範大學講師，雲南大學博士後，主要研究方向爲中國現代文化與文學，主持教育部課題一項，參與國家課題多項，出版論著一部，詩集一部，發表論文 20 餘篇。

提　　要

　　長期以來，《小說月報》被研究者劃分爲前後兩個決然不同的歷史時期，呈現出截然相反的面貌。這種人爲的劃分，儘管在當時的歷史情境中有著相當的現實考慮，然而卻給後來的《小說月報》研究帶來了「斷裂性」及「含混性」。重新打量這種劃分，其背後的邏輯都有著現代文學「階級政治」及「現代性」等預設概念的影響，要使《小說月報》研究取得更大的突破，將其放在更大的歷史空間中去審視勢成必然。

　　作爲對「現代文學」命名及研究範式的一種補充，「民國文學」爲研究者提供了較爲寬廣的研究視野，而「民國文學機制」則在作家的基本生存、作品傳播的基本保障及精神空間等方面反映出更爲清晰的技術路徑，對如何從「民國」的角度去探討現代文學作出了新的探索。本書嘗試著將「民國文學機制」與《小說月報》的研究結合起來，以期克服當前《小說月報》研究中存在的缺陷。

　　本書第一章爲從整體上闡述「民國文學機制」的提出、主要內涵，《小說月報》當前研究的主要現狀及從「民國文學機制」角度來研究《小說月報》的必要性等，爲以下各章的總述；本書的第二章至第六章則分別闡述從民國經濟、民國政治、民國法律、民國傳媒、民國教育等方面研究《小說月報》的可能性及必要的限度。

　　本書的結語部分認爲《小說月報》的創刊、發展及終刊，都受到各種當時社會因素的影響。正是這些因素因緣際會的形成「合力」，決定著《小說月報》的基本走向及獨特氣質。

構建中國現代文學研究「川大群落」的雛形——《民國文化與文學研究文叢》四川大學特輯引言

李 怡

　　2012 年，我開始與花木蘭文化出版社合作，按年推出「民國文化與文學」論叢，2014 年以後又按年加推「人民共和國文化與文學」論叢，可以說，鼓舞我完成這兩大學術序列的堅強的動力就在於我本人的「四川體驗」，更準確地說，是我對於四川大學學術群體的深切感受和強烈期待。「民國文化與文學」與「人民共和國文化與文學」論叢自誕生的那一天起，就是以中國現代文學研究「川大群落」的存在爲「學術自信」的，四川大學學人的身影幾乎在每一輯中都有出現，儼然就是這兩大序列的內在的紐帶和基石。迄今爲止，我們已經在論叢中集中推出了「南京大學特輯」、「中國人民大學特輯」與「蘇州大學特輯」，編輯出版「四川大學特輯」則是計劃最久的願望。

　　在當代中國的學術版圖上，四川大學留給人們的印象常常是古代文化的研究，包括「蜀學」傳統中的中國古代史、古代文學、古代漢語研究，新時期以後興起的比較文學研究也擁有深刻的古代文學背景，其實，中國現當代文學的發展和學術研究也與四川大學淵源深厚。

　　作爲西南地區歷史久遠的高等學府，四川大學經歷了一系列複雜的演化、聚合與重組過程，眾多富有歷史影響的知識分子都在不同的時期與川大結緣，構成「川大文脈」的一部分。例如四川省城高等學校下屬機構的分設中學堂時期的學生郭沫若與李劼人，公立外國語專門學校時期的學生巴金，成都高等師範學校時期的受聘教師葉伯和，國立成都大學時期的受聘教師李

劼人、吳虞、吳芳吉，國立四川大學時期的陳衡哲、劉大杰、朱光潛、卞之琳、熊佛西、林如稷、劉盛亞、羅念生、饒孟侃、吳宓、孫伏園、陳煒謨、羅念生、林如稷，新中國以後的川大學生中則先後出現過流沙河、童恩正、楊應章、郁小萍、易丹、張放、周昌義、莫懷戚、何大草、徐慧、趙野、唐亞平、胡冬、冉雲飛、顏歌等。作為學術與教學意義的中國現當代文學，也在川大早早生根，文學史家劉大杰在川大開設「現代文學」必修課的時間可以追溯到 1935 年，是中國較早開展新文學創作研究高校之一。新中國成立後，隨著中國現代文學（新文學）學科的建立，四川大學的相關學者代代相承，在各自的領域中成就斐然，成為中國現代文學研究界的主要力量。林如稷、華忱之先生是新中國中國現代文學學科的奠基人之一，新時期以後，則有易明善、尹在勤、王錦厚、伍加倫、陳厚誠、曾紹義、毛迅、黎風等持續努力，在郭沫若研究、李劼人研究、四川作家研究、中國新詩研究等方面做出了引人注目的貢獻，是中國西部地區最早培養碩士生與博士生的學術機構。〔註1〕

我是 2004 年加入四川大學學術群體的，當時中國高校的「學科建設」的大潮已經開始，許多高校招兵買馬，躍躍欲試，而川大剛好相反，老一代學者因年齡原因逐步淡出學術中心，相對而言，當時地處西部，又居強勢學科陰影之下的川大現代文學學科困難重重。在這個情勢下，如何重新構建自己的學術隊伍，尋找新的學科優勢，是我們必須面對的頭等大事。幸運的是，我的川大經歷給了我許多別樣的體驗，以及別樣的啟迪。

首先是寬闊、自由而富有包容性的學術環境。雖然生存在傳統強勢學術的學科陰影之下，但是川大卻自有一種巴蜀式的特殊的自由氛圍，學人生存方式、思想方式都能夠在較少干擾的狀態下自然生長，也正如「海納百川，有容乃大」的川大校訓所示，古典的規誡中依然留下了現代學術的發展空間。在學院的支持下，四川大學現代中國文化與文學研究中心成立，中國現當代文學學科有了學科設計、學科活動的平臺，2005 年，《現代中國文化與文學》創刊，除中國現代文學研究會的《中國現代文學研究叢刊》外，這在當時屬於國內僅有一份由高校創辦的現代文學研究叢刊。八年之後，該刊被南京大學社科評價中心列為 CSSCI 來源輯刊，算是實現了國內學界認可的基本目標。

其次是相對超脫、寧靜的治學氛圍。進入川大以前，我所服務的高校正

〔註1〕 參見程驥：《四川大學與中國現代文學》，《現代中國文化與文學》2008 年第 5 輯。

處於「學科建設」的焦慮之中，那種「奮起直追」、「迎頭趕上」的熱烈既催人「奮進」，又瓦解著學術研究所需要的從容與餘裕心境。到川大沒幾天，我即受毛迅教授之邀前往三聖鄉「喝茶」，山清水秀的成都郊外風和日麗，往日熟悉的生存緊張煙消雲散，「喝茶」之中，天南地北，學術人生，無所不談，半日工夫雖覺時光如梭，但卻靈感泉湧，一時間竟生出了許多宏大的構想！毛迅教授與我一樣，來自步履匆忙、心性焦躁的山城重慶，對比之下，對成都與川大的生存方式多了幾分體驗，在後來的多次交談中，他對這裡的「巴蜀精神」、「成都方式」都有過精闢的提煉和闡發，據我觀察，這裡的「溢美之辭」並非就是文學的想像，實則是對當今學術生態的一種反省，而只有在一個成熟的文化空間中，形形色色又各得其所的生存才有可能，學術生活的多樣化才有了基礎，所謂潛心治學的超脫與寧靜也就來自於這「多元」空間中的自得其樂。〔註2〕春日的川大，父親帶著孩子在草坪上放風箏，老者在茶樓裏悠閒品茗，學子在校園裏記誦英文，教授一時興起，將課堂上的研究生帶至郊外，於鳥語花香間吟詩作賦、暢談學問之道，這究竟是「學科建設」的消極景觀呢？還是另一種積極健康的人生呢？真的值得我們重新追問。

第三是多學科砥礪切磋的背景刺激著現代文學的自我定位。在四川大學，中國現當代文學並非優勢學科，所以它沒有機會獨享更多的體制資源，但應當說，物質資源並不是學術發展的唯一，能夠與其他有關學科同居於一個大的學術平臺之上，本身就擁有了獲取其他精神資源的機會。與學科界限壁壘森嚴的某些機構不同，我所感受到的川大學術往往形成了彼此的對話與交流，例如文學與史學的交流，宗教學、社會學與其他人文學科的交流，就現代文學而言，當然承受了來自其他學科的質疑與挑戰──包括古代文學與西方文學，然而，在古今中外文化的挑戰中發展自己不正是中國現當代文學的實際嗎？除了挑戰，同樣也有彼此的滋養和借鏡，例如從中國少數民族文學中發展起來的文學人類學，原本與中國現當代文學關係密切，但前者更為深入地取法於文化人類學、符號學、民族學、社會學等當代學科成果，在學術觀念的更新、研究範式的革命等方向上大膽前行，完全可以反過來啟示和推動現當代文學研究的發展。

以上的這些學術生態特徵也是我在川大逐步感受、慢慢理解到的。可能也正是得益於這樣的環境，我個人的學術方式也與「重慶時期」有所不同了，

〔註 2〕 李怡、毛迅：《巴蜀學派與當代批評》，《當代文壇》2006 年 2 期。

更注重文學與史學的結合，更注意史實與史料的並重，也有意識地從其他學科中汲取靈感，跳出現代文學研究閉門造車式傳統套路，將回答其他學科的質疑當做學術展開的新起點。也是在四川大學，我更自覺地在一個較爲完整的歷史框架中思考中國現代文學的發展方向，進而提出了「從民國歷史發現現代文學」、「民國文學機制」等新的設想，在構想這些新的學術理念的時候，我能夠深深地意識到來自周遭的歷史信息與學術方式的支撐力量，那種生發於土壤、回應於知音的精神基礎，那種彌漫於空氣中的「氣質型」的契合……是的，新的學術之路也關聯著現有的社會文化格局。幾年之後，我重新打量這裡的學術同好，在毛迅對「巴蜀自由」的激賞中，在姜飛對國民黨文學挖掘中，在陳思廣對現代長篇小說史料的鉤沉中，啓示也都透出了某種共同的文史互證的趣味，這可能就是悄然形成的中國現代文學「川大學術群落」的氣質吧。

最值得稱道的還是在這一氛圍中成長著的年輕的學子們，從某種意義上說，努力將前述的「川大學術氣質」融入研究生教育，這可能是我們自覺不自覺地一種追求。在我的印象中，可能源於毛迅教授，我自然也成爲了自覺地推手。在三聖鄉的「茶話會」誕生了「西川讀書會」，從讀書會發展成爲全國性的「西川論壇」，繼而將「論壇」開到了日本福岡，成爲中日現代文學學者的兩國對話，從《現代中國文化與文學》的格局開闢出了《大文學評論》的方法論探求，最後兩岸合作，創辦《民國文學與文化》，誕生《民國文化與文學》論叢、《人民共和國文化與文學》論叢，以及《民國文學史論》、《民國歷史文化與中國現代文學研究》等大型叢書，一批又一批的四川大學的博士研究生在這樣的學術格局中發現了新鮮的話題，滿懷興趣地耕耘著他們自己的學術領地，關於民國文學，關於解放區文學，關於魯迅，關於通俗文學……作爲導師，能夠「快樂著他們的快樂」，大概再沒有比這樣的時刻更讓人興奮的了。這至少說明，我們對川大學術積極意義的理解和發掘是正確的選擇，這樣的選擇無愧於川大，無負於我們自己，也對得起中國現當代文學！

限於論叢規模，《民國文化與文學研究文叢·四川大學特輯》在 2017 年只收錄四川大學資深學者的論著，以及四川大學中國現當代文學專業畢業的博士生尚未出版的論著，這樣的原則，顯然是將兩類川大學子排除了：一是著作已經先期出版了，二是在川大接受了良好的碩士訓練，並繼續沿此道路在其他學校取得博士學位者。這樣一來，某些洋溢著「川大氣質」的優秀論

著便無緣進入論叢了。不過，我想，遺憾只是暫時的，在不久的將來，我們完全可以重新編輯一套完整的「中國現當代文學川大學人論叢」，只要這「川大學術氣質」真的不是曇花一現，而是持續性的日長夜大，在當代中國的學界引人矚目。在那時，作爲川大學術的曾經的見證人，作爲川大氣質的第一次的闡釋者，我們都樂意以「川大群落」的一員爲驕傲，並繼續爲它添磚加瓦。

2017 年春節於成都江安花園

目次

第一章　民國文學機制與
《小說月報》研究

　　如果我們承認對文學史的不同命名代表著不同的研究視野與框架，那麼「民國文學」就是對「新文學」、「二十世紀中國文學」、「現代文學」等命名的一種反思與補充，其提出有著特定的學理針對性。而在「民國文學」視野裏提出的「民國文學機制」，就是希冀形成更富有闡釋力的途徑，本書將「民國文學機制」與《小說月報》研究結合，亦是尋求《小說月報》研究新的活力。

第一節　從新文學、現代文學到民國文學、民國文學機制

　　當前，在大多數情況下，從 1917 年 1 月《新青年》刊發胡適的《文學改良芻議》到 1949 年 7 月第一次全國文學藝術工作者代表大會的召開，這一時間段的文學被命名為「現代文學」，並已然取得了學科敘述的正統性。而實際上，考查對這一時間段文學的命名，「現代文學」這一名稱也並不是學術界天然形成的，在「現代文學」之前，「新文學」作為統攝這一時間段的文學取得了相當的合法性。

一、新文學的「新」

　　1918 年錢玄同為《嘗試集》作序，提到「適之是現在第一個提倡新文學

的人」〔註1〕，已經開始使用「新文學」一詞了。之後，1919年12月李大釗
爲《星期日》雜誌撰寫《什麼是新文學》的短文、1920年1月周作人爲北平
少年學會作《新文學的要求》的演講，「新文學」一詞已經開始被廣泛地使用，
又逐漸的融入到了文學史敘述中去。從1929年春朱自清在清華大學講授「中
國新文學」、編訂《中國新文學研究綱要》到1932年周作人在輔仁大學講演
「新文學源流」、出版《中國新文學的源流》，從1933年王哲甫出版《中國新
文學運動史》到1935年全面總結第一個十年成就的《中國新文學大系》的隆
重推出，從1950年5月教育部頒佈的教學大綱定名「中國新文學史」到1951
年9月王瑤出版《中國新文學史稿》（上冊），都採用了「新文學」這一命名。
此外，香港的司馬長風和臺灣的周錦先後撰寫、出版了同名的《中國新文學
史》。乃至直到今天，儘管作爲正式的學科名稱「中國現代文學」早已經確定，
但是以「新文學」爲名創辦學會、寫作論著的現象卻依然不斷地出現。

　　誕生於「五四」期間的「新文學」一詞，最初顯然是爲了與文言文寫作
的古典「舊」文學相區別而提出專門指稱新的文學氣象的。這種「新/舊」對
立命名的理論基礎是文學進化論。胡適在文學革命的第一篇宣言《文學改良
芻議》中就直言：「以今世歷史進化的眼光觀之，則白話文學之爲中國文學之
正宗……可斷言也」〔註2〕，陳獨秀的《文學革命論》亦說：「文學藝術，亦
莫不有革命，莫不因革命而新興而進化」〔註3〕，遵循著進化論的路徑，「五
四」之前的文學便成爲了「舊」文學，遭到打壓、排擠，「五四」之後的文學
理所當然顯示了文學的「新」。可以說，「新文學」從一開始之初，就形成了
「五四」文學運動的自我命名，這一命名帶有著對之前文學的顛覆性意味。
從進化論的角度看，雖然後來的「革命文學」、「社會主義現實主義文學」無
不帶著顛覆前者的態勢，但「新文學」作爲指稱「五四」至1949年間的文學
則一直延續了下來，這本身也是一個頗具意味的現象。

　　值得注意的是，從「五四」直到1949年，雖然也不時出現「現代文學」、
「當代文學」甚至是「近代文學」，但都是在一個較爲寬泛的意義下使用。「現
代」、「當代」、「近代」是沒有明確界線甚至是不相區別的，比如1932年3月
出版的《近代中國女士著作家小説文選》由上海文學社出版，入選的作家是：

〔註1〕錢玄同：《〈嘗試集〉序》，《新青年》第四卷第二號，1918年2月。
〔註2〕胡適：《文學改良芻議》，《新青年》第2卷第5號，1917年1月。
〔註3〕陳獨秀：《文學革命論》，《新青年》第2卷第6號，1917年2月。

冰心、沅君、綠綺、丁玲、蘆隱、凌叔華；1932 年 9 月北京人文書店出版的
《現代中國女作家》，被介紹的作家是：謝冰心、黃蘆隱、綠漪、馮沅君、丁
玲、黃白薇；1944 年 12 月由天平書局出版的《當代女作家小説選》，入選的
作家是：張愛玲、蘇青、楊秀珍、曾文強、程育珍、邢禾麗、汪麗玲、嚴文
娟、湯雪華、陳以淡、施濟美、俞昭明、吳克勤、周練霞、張憬、燕雪雯。
三部著作，所選或介紹的都是「五四」之後的作家作品，同一個時代的作家
作品被冠以「近代」、「現代」、「當代」不同的概念，可見，這三個概念在那
個時代是不相區別的，「近代」、「現代」、「當代」都在一個較為寬泛的意義上
被使用著，其「現代」涵義為「近代」或「現時」，與我們當前所指的「現代
文學」的「現代」有著不一樣的劃分。

　　因為源自「五四」運動親歷者的自我命名，「新文學」這一命名似乎天然
取得了合法性。但質疑者從新文學開始之初就不乏其人，新文學的提倡者雖
然貌似理直氣壯地提出「新文學」的命名，但也常陷入「新/舊」交織的矛盾
中，早在《青年雜誌》創刊號，就有人認為：「夫有是非而無新舊，本天下之
至言也。然天下之是非，方演進而無定律，則不得不假新舊之名以標其幟。
夫既有是非新舊則不能無爭，是非不明，新舊未決，其爭亦未已。」〔註4〕儘
管認為「新文學」這命名的必須性，卻也承認「有是非而無新舊」；就是新文
學的提倡者，周作人把新文學闡釋為「人的文學」，對新文學的立足與發展起
到了重要作用，然而他也承認「新舊這名稱，本來很不妥當……思想道理，
只有是非，並無新舊」〔註5〕。新文學的反對者則不再猶豫，直指文學進化論：
「所謂『文學進化論』是濫用進化天演之名，引起若干無謂之紛爭精神文化
的演變若硬以『進化』之名理解，皆誤解科學，誤用科學之害也」〔註6〕，「何
者為新，何者為舊？此至難判定也」〔註7〕，因此，「文學沒有新舊之分，無
貴族平民之分，主張保存文言」〔註8〕。更有人辨析「新/舊」更豐富的意義，
認為「新舊」之分有時間意義和空間意義兩方面，前者以「現在」為基準，「過
去」為舊而「未來」為新；後者則以本地前所未有之外來者為新。由此角度
看，「吾國今日新舊之爭，實猶是歐化派與國粹派之爭」，基本屬於空間意義

〔註4〕汪叔潛：《新舊問題》，《青年雜誌》第 1 卷第 1 號，1915 年 9 月。
〔註5〕周作人：《人的文學》，《新青年》第 5 卷第 6 號，1918 年 12 月 15 日。
〔註6〕胡先驌：《文學之標準》，《學衡》，1924 年。
〔註7〕吳宓：《論新文化運動》，《學衡》，1922 年。
〔註8〕胡先驌：《評〈嘗試集〉》，《學衡》，1922 年 1 月。

的新舊。〔註9〕從新文學的提倡者對「新文學」之「新」的猶豫，到新文學反對者堅決對「新文學」之「新」的反對，而新文學提倡者卻堅持用「新文學」這一名稱，除了對文學進化論的堅守外，似乎也與當時採取的文學鬥爭策略相關。

延及今天，學界質疑「新文學」也不時可見，有認爲「新文學」的「新」將其他文學現象排除在外，以致現代文學史殘缺不全，更有學者提出「這一看似當然的命名其實無法改變概念本身的感性本質：所謂『新』，總是相對於『舊』而言，而在不斷演變的歷史長河中，新與舊的比照卻從未有一個確定不移的標準」，在未來的文學史中，新文學之「新」該怎麼延續？〔註10〕

二、「現代文學」的「政治」

從「新文學」到「現代文學」的轉變，似乎是一種自然而然的行爲。1949年以後早期的幾部文學史，用的還是「新文學」的名稱，比如王瑤的《中國新文學史稿》（上冊於 1951 年由開明書店出版，下冊於 1953 年由新文藝出版社出版）、蔡儀的《中國新文學史講話》（新文藝出版社 1953 年出版）、張畢來的《新文學史綱》（第一卷 1955 年由作家出版社出版）。1955 年 7 月作家出版社出版了丁易的《中國現代文學史略》，這是 1949 年以後第一部以「現代文學」命名從「五四」到 1949 年的文學歷史著作。自丁易的《中國現代文學史略》之後，「新文學」迅速被「現代文學」取代，比如 1958 年青年學生集體編寫的新文學史都被統一命名爲「現代文學史」；1961 年文科教材會議後，教育部統一組織編寫的全國高等學校中文系教材，新文學史也改稱「中國現代文學史」，這表明學科名稱得到了正式確認，一直沿用至今。這種取代看起來是一種不自覺的發生，甚至讓人不解，比如賈植芳就埋怨過：「不知從何時起，『新文學』這個概念漸漸地爲人棄置不用了，取代而之的是『現代文學』……這樣，就使我們這門學科不知不覺地陷入一種形與體的自相矛盾之中。」〔註11〕這種不自覺使用的背後，其實反映出來的就是「現代文學」命名所依附的「政治」邏輯。

〔註 9〕 管豹：《新舊之衝突與調和》，《東方雜誌》第 17 卷第 1 號，1920 年 1 月 10日。

〔註10〕 李怡：《中國現代文學史的敘述範式》，《中國社會科學》，2012 年第 2 期。

〔註11〕 賈植芳：《中國現代文學詞典‧序》，上海辭書出版社，1990 年 4 月版。

　　「現代文學」的命名意味著對「近代」、「現代」、「當代」進行了嚴格的區分，即「近代」指從鴉片戰爭到「五四」運動的時段；「現代」指從「五四」運動到新中國成立的時段；「當代」指新中國成立到現在的時段。這種時段的劃分意在區別三個不同歷史時期的不同「革命」性質：「近代」具有舊民主主義革命的性質，「現代」具有新民主主義革命的性質，「當代」具有社會主義革命的性質，以及總結三個不同「革命」性質的歷史時期的歷史成就和文學藝術的成就。這種時段的劃分無疑是政治歷史的產物。在學科建立之初，將「五四」到中華人民共和國建立這一時間段的文學命名爲「現代文學」，而不是像古代文學那樣遵從朝代時序的「秦漢文學」、「魏晉文學」、「唐代文學」、「宋代文學」、「清代文學」命名爲「民國文學」，原因不外乎「民國文學」中包含了民國正統的觀念，而民國正統的觀念在一個時期裏與中国共產黨人的現代史觀是相牴觸的。中国共產黨人認爲，從袁世凱竊國到蔣介石專權，中華民國政府失去了合法性，這才需要發動人民進行新民主主義革命。更爲重要的是，蔣介石集團退居臺灣後仍以民國正統自居，因而否定其正統性，就成了中華人民共和國鞏固新生政權的法理基礎。「新文學」或者「現代文學」則不同，它們是從文化的角度來定義文學史的，強調文學內容和形式上的現代性，不涉及相應時期政權的正統性問題，而且還由於是「新」的和「現代」的，它們事實上還成了批判舊文化、舊政權，爲新生的中華人民共和國提供合法性論證的一種有效手段。〔註12〕而實際上，20 世紀 50 年代至 70 年代所編寫的現代文學史，都存在著將文學史當作革命史一部分來寫的主觀意圖，著重描述文學與政治的密切關係，力圖證明新文學爲革命所規定、影響，以及對革命的推動。比如丁易的《中國現代文學史略》，將現代文學史解釋爲社會主義現實主義的發展史，分爲四個階段：第一階段從「五四」前夕到 1927 年第一次國內革命戰爭結束，認爲這是社會主義現實主義的萌芽階段；第二階段從 1927 年到 1942 年延安文藝座談會的召開，是社會主義現實主義被明確提出並初步發展的階段；第三階段從 1942 年到 1949 年中華人民共和國成立，這一階段是社會主義現實主義的發展並取得成就的時期；第四階段是中華人民共和國成立之後，是社會主義現實主義光輝燦爛的階段。該著論述作家作品，也按政治態度，劃分爲革命、進步、反動不同的類型，蔣光慈、胡也頻、殷夫、田漢等是革命作家，老舍、巴金、聞一多、洪深、曹禺等是進

─────────────────────

〔註12〕陳國恩：《民國文學與現代文學》，《鄭州大學學報》，2011 年第 5 期。

步作家，胡適、徐志摩、沈從文、李金髮、戴望舒等則屬於反動沒落的資產
階級作家。

這種以「政治」爲標準的「現代文學史」書寫暴露的弊端越來越嚴重，
將內蘊豐富的文學史演變成了政治史或爲政治作詮釋的文學史。在 20 世紀 80
年代以後遭到了越來越多的質疑，並受到學界的不同程度的疏離。

三、「二十世紀中國文學」的「啓蒙」

　　20 世紀 50 年代至 70 年代依附於政治標準的「現代文學」在 80 年代對外
開放的大潮中接觸到歐美的現代化參照系之後，在對中國現代化歷史的反思
中，認爲「五四」新文化運動提出的「科學」和「民主」才是現代化的眞正
動力，因此，需要重新發起一場新的思想啓蒙運動。〔註 13〕這場思想啓蒙運
動不再質疑和批評新民主主義論，而是以「重寫文學史」的姿態來突破舊有
的框架，「二十世紀中國文學」命題的提出就是這種突破的嘗試。1985 年第 5
期《文學評論》上，黃子平、陳平原、錢理群提出了「二十世紀中國文學」
的概念，後來又在《讀書》雜誌上進行了詳細探討。「二十世紀中國文學」試
圖打通舊民主主義革命、新民主主義革命和社會主義革命時期的文學界線，
該命題認爲，二十世紀中國文學大致有這樣一些內容：以改造民族靈魂爲總
主題，以悲涼爲基本核心的現代美感特徵，由文學語言結構表現出來的藝術
思維的現代化和走向「世界文學」，在這一命題中，「改造民族靈魂」的啓蒙
主義是其核心。王富仁就評價到：「二十世紀中國文學這個概念的本質內涵是
以啓蒙主義思想標準作爲界定中國古代文學與中國近多半個世紀文學的根本
標準，並以之作爲組織中國變化了的文學的歷史構架。」〔註 14〕作爲「二十
世紀中國文學」這一命題的成果，由錢理群、吳福輝、溫儒敏、王超冰合著
的《中國現代文學三十年》正是這一討論的結果。該書開宗明義，說「中國
現代文學三十年」是二十世紀中國文學的重要組成部分，二十世紀中國文學
是「改造國民靈魂」的文學，因而形成了中國現代文學的兩大基本主題：表
現「理想的人性」與揭示、批判國民性的弱點及病根。爲了實現「改造民族

〔註 13〕 黃修己、劉衛國：《中國現代文學研究史》（下），廣東人民出版社 2008 年，
　　　　頁 642。

〔註 14〕 王富仁：《我對二十世紀中國文學的解讀》，收《靈魂的掙扎》，時代文藝出版
　　　　社，1993 年，頁 6。

靈魂」，便在文學內容與形式上提出了兩方面的要求：一方面要求通俗性，能為廣大群眾所接受；一方面要求現代性，把思想蒙昧的讀者提高到現代水準。「這就形成了現代文學發展中的一個基本矛盾，這個矛盾在文學形式上表現尤為突出。」〔註15〕「二十世紀中國文學」命題從「啓蒙」的角度來審視現代文學，放棄了之前單一的政治評價標準，為現代文學研究格局帶來了新的突破。

但「二十世紀中國文學」提出的啓蒙主義標準也在不斷受到質疑，嚴家炎就針對王雪瑛重評丁玲的論文，提出了：「小説作品為什麼必須以『自我表現』作為考核的唯一標準？」〔註16〕，汪暉也指出啓蒙主義標準甚至不能解釋魯迅〔註17〕。質疑的焦點更多的是集中在啓蒙主義所預設的標準上，這一預設標準是否就是不證自明的？「啓蒙」是否就能涵蓋現代文學的一切？「自我表現」中是否也有陷阱……這些質疑，讓「二十世紀中國文學」這一名稱在進入二十一世紀之後逐漸消隱。

四、「現代文學」的「現代性」

進入 1990 年代直到新世紀，啓蒙主義熱潮逐漸消退，「現代性」的概念變得炙手可熱。儘管存在著應不應該運用「現代性」來研究現代文學的爭議，但許多的研究幾乎都以「現代性」為理論框架，對中國現代文學史進行重新梳理，從整體上看，這些研究主要沿著以下五種思路進行展開：一是運用「兩種現代性」的張力對現代文學進行研究；二是對現代性知識體系進行反思；三是發掘革命文學中的「現代性」因素；四是研究中國文學的現代轉型與起源問題；五是分析現代性與文學敘事的關係。〔註18〕「現代性」在中國現代文學研究領域中遍地開花，成為了現當代文學史的話語支撐點〔註19〕，甚至到了離開現代性就不能談中國現代文學的地步。

不可否認，從 1990 年代開始的對參照西方「現代性」知識的認定，在擴寬本土現當代文學研究視野，整合闡釋資源方面，確實極大的推進了現代文

〔註15〕錢理群等：《中國現代文學三十年》，上海文藝出版社，1987 年，頁 11。
〔註16〕嚴家炎：《走出百慕大三角區——談二十世紀文藝批評的一點教訓》，《文學自由談》1989 年第 3 期。
〔註17〕汪暉：《魯迅研究的歷史批判》，《文學評論》，1988 年第 6 期。
〔註18〕黃修己、劉衛國：《現代文學研究史》，（下），廣東人民出版社 2008 年，頁 696。
〔註19〕李怡：《中國現代文學史的敘述範式》，《中國社會科學》，2012 年第 2 期。

學的研究。正是在「現代性」的視野之下，研究者如此深入和仔細地對現代、現代性、現代化、現代主義、後現代主義進行了有效辨識，在闡釋現代文學方面讓中國現代文學納入到了世界文學發展的範疇，重新從一個更加寬廣的角度來審視中國現代文學進程，並且取得了令人興奮的成果，亦展示了相當深廣的闡釋空間。這些對於現代文學研究擺脫單一的審視思維，無疑是極為重要的，甚至在「現代性」的燭照下，中國現代文學第一次成為名副其實的「現代」，也第一次認真思考現代文學與古典文學之間質的區別。

然而，「現代性」引入到中國現代文學研究領域並非是萬能的，在「現代性」充斥著整個現代文學研究方方面面的時候，其中的尷尬也逐漸顯露出來。其一，「現代性」本身就是一個充滿歧義的詞語，即便是在提出此概念的西方，韋伯有韋伯的現代性概念，卡里內斯庫有其自己的現代性概念，施特勞斯也有他自己的現代性概念，西方學者在對其闡釋過程中各有所指，一直遊移不定，中國學者用來闡釋中國現代文學時，毫無疑問就出現了不確定性；其二，西方學界出現「現代性」概念是為了解決西方問題，有其特定的內涵與外延，當隨著全球化滲透到中國時，卻企圖將中國的各種文化、文學現象全部統轄在「現代性」的旗下，在時空上忽視了中國本土的實際情況，極大地將中國本身內蘊豐富的文化現象人為的單一化，裁剪了歷史的豐富性，文化、文學的發展往往是曲折的而豐富的，難以完全按照線性的方式演進，尤其是中國近現代地域差別、接納西方的差別極大，是難以用「現代性」完全統攝的；其三，隨著「現代性」的風潮越來越盛，在運用「現代性」的過程中不可避免的出現了「闡釋過剩」的現象。比如有研究者認為中國早已有了現代性，中國傳統的寫意手法也與「現代性」有關〔註20〕；鄭振鐸取代沈雁冰主編《小說月報》也跟當時中國文學的「現代性」追求相關〔註21〕。當「現代性」像個籮筐一樣什麼都可以往裏面裝的時候，也就是「現代性」喪失闡釋力的時候；其四，如同借助於蘇聯理論從政治角度來闡釋中國現代文學一樣，來自於西方的「現代性」概念亦是來自於異域，當用這些概念去套中國的歷史文化現象時，在忽略了具體歷史細節的情況下，最終只能演繹成越來越抽象、空洞的概念，只能在文學研究的表層打轉，而無力深入到文學研究的內部去，

〔註20〕黃修己、劉衛國：《現代文學研究史》，（下），廣東人民出版社2008年，頁697。
〔註21〕董麗敏：《想像現代性——革新時期的〈小說月報〉研究》，廣西師範大學出版社，2006年，頁110。

不利於文學研究的質的突破；其五，無論是向蘇聯學習還是向西方學習，顯示出來的都是我們自身研究主體的缺失，來自異域的理論成爲了中國文學研究的金科玉律，中國現代文學現象只有滿足了這些理論才能獲得肯定，在這裡，中國本土研究的意義何在？中國作家獨特的體驗何在？中國現代文學與其他國度的文學區別在哪裏？這些問題的回答，顯然是在「現代性」的視野裏難以實現的。

正是在「現代性」被層層疊疊的空洞信息所塗抹甚至污染，現代文學研究難以通達我們思想的自由領地時，新的研究思路、新的想像需要突破時，「民國文學」破土而出，帶給研究者新的思考。

五、民國文學 —— 民國文學機制

儘管有學者考證，在 20 世紀 20 年代周群玉的《白話文學史大綱》（群學社，1928 年）已經專門提及「中華民國文學」；王羽的《中國文學提要》（世界書局，1940 年）中也設有「民國的文學」專章；到了 1994 年，葛留清、張占國出版了專著《中國民國文學史》〔註22〕（人民出版社，1994 年），但「民國文學」這一概念引起學界的廣泛注意一般認爲是從 20 世紀 90 年代後期開始。1999 年，陳福康在《應該「退休」的學科名稱》（上海書店，《民國文壇初探》，1999 年）中倡導「民國文學」，隨後有張富貴在《從意義概念返回到時間概念 —— 關於中國現代文學史的命名問題》（2003 年，《文學世紀》中認爲作爲時間概念的「民國文學」最後必定取代意義概念的「現代文學」。此後十餘年，張中良、湯溢澤、趙步陽、楊丹丹、丁帆、李怡、周維東等人都先後提出這一新的命名問題。

近年來「民國文學」概念的提出，反映的是學界對「現代文學」名稱及研究範式的反思與質疑，歸納「民國文學」提出的原因，大致有以下一些：

現有的「現代文學」概念難以完全覆蓋民國時期的文學，比如丁帆就認爲 1912 年至 1919 年是被中國現代文學史遺忘和遮蔽了的七年〔註23〕。

反對「現代文學」中的「現代性」意義。很多提倡「民國文學」概念的

〔註22〕 王力堅：《「民國文學」仰或「現代文學」？ —— 評析當前兩岸學界的觀點交鋒》，《二十一世紀雙月刊》，2015 年第 8 期。

〔註23〕 丁帆：《新舊文學的分水嶺 —— 尋找被中國現代文學史遺忘和遮蔽了的七年（1912～1919）》，《江蘇社會科學》，2011 年第 1 期。

學者均從不同的角度提出了「現代性」的弊病。如陳福康所說：「又有一些中國論者說，所謂『現代文學史』的『現代』，不只是一個時間方面的概念更重要的是表明了它的『現代性』。我想，那只是爲了神化或玄化所謂的『現代文學』，那只是企圖爲那三十年來永遠霸佔『現代』一詞而尋找『高深』的理論根據。然而這種『理論』其實經不起一問。請問，爲什麼把梁啓超放在『近代文學』裏，難道梁的思想、作品就沒有『現代性』？請問，民國時期曾經公開發表的毛澤東的一些詩詞，爲什麼『現代文學』裏不講，毛沒有『現代性』？再請問，後來又有『當代文學』，那麼，『當代文學』還有沒有『現代性』呢？」〔註24〕李怡、張中良等認爲民國文學既是時間概念，又是新文學、現代文學、20世紀中國文學所不能表達的「意義」概念。

尋找研究者的中國現代研究自身的思維方式。比如李怡提出的「民國機制」、張中良的「民國史視角」等都是努力擺脫以往既有學術思維窠臼尤其是對西方「現代性」話語的嘗試，建構符合中國自身實際的學術思維。

隨著「民國文學」概念的出現，與之相近的「民國視角」、「民國視野」、「民國風範」、「民國性」、「民國文學機制」等概念紛紛湧現。在諸多的概念中，李怡所提的「民國文學機制」整合了相關的學術理論資源，反映出更爲清晰的內涵和訴求。從整體上看，「民國文學機制」意指從中國最後一個封建專制政權——清王朝覆滅以後，新的社會形態（民國）中逐步形成的影響和推動文學新發展的種種的力量，或者說，因爲各種力量（政治體制、經濟模式、文化結構、精神心理氛圍等等）的因緣際會最終構成了對文學發展肯定，同時在另外的層面上也造就了某種有形無形的局限，這一時期的文學形態都可以在這樣的綜合性結構中獲得解釋〔註25〕。這一機制至少有三個方面的具體體現：作爲知識分子的一種生存空間的基本保障、作爲現代知識文化傳播管道的基本保障以及作爲精神創造、精神對話的基本文化氛圍〔註26〕。相較之下，「民國文學機制」無疑在研究態度、方法、內容及旨歸上都有著更爲清晰的技術路徑。

〔註24〕陳福康：《讀顧彬的〈二十世紀中國文學史〉》，《中國現代文學研究叢刊》，2009年第2期。

〔註25〕李怡：《從歷史命名的辨正到文化機制的發掘——我們怎樣討論中國現代文學的「民國」意義》，《文藝爭鳴》，2011年第7期。

〔註26〕李怡：《「五四」與現代文學「民國機制」的形成》，《鄭州大學學報》2009年第4期。

　　「民國文學機制」的提出首先是現代文學研究者的一種研究姿態。「民國文學機制」直逼研究者重新觸摸歷史，注意歷史現場的豐富性，能夠突出中國現代文學發生發展的具體歷史情形，通過對更多歷史細節的「還原」呈現文學過程的豐富性，擺脫從某一既定概念比如「現代性」、「本土性」等出發形成的史實遮蔽。比如現代文學研究史上這麼多年來對「五四」的爭論，我們往往執著於「五四」先驅們激烈的言論交鋒，總是以為那些言論足以代表了當時整個的現代文學發生景象，而忽略了是什麼樣的力量促使「五四」形成了那樣的自由空氣，形成了那樣的文學氛圍。「民國文學機制」的提出，讓我們思考是什麼促成了一個多元共生又充滿創造活力的新的文化時代的誕生？在這個新的時代裏，制約文學的因素發生了什麼樣的變化才導致「五四」新文學出現了那樣青春的氣質？這些文學氣質又是如何影響著以後的文學走向的？這些問題其實是對「民國文學」何以成為「民國文學」的追問，對於這一問題的回答讓我們必須走向民國具體的歷史，「五四文化圈」能夠與之前、之後的文化圈相區別開，根本原因就在於當時形成了一個砥礪切磋、在差異中相互包容又彼此促進的場域，中國現代文學之所以有後來的發展壯大，在很大程度上得力於當時能夠形成這個場域。借助於「民國文學機制」這一命題，我們發現的不僅僅是「五四」高潮時所彰顯出來的青春氣息，我們更看到在這種青春氣息之下湧動著的時代空氣與歷史現場。那是一段鮮活的歷史，不是一兩個概念就足以涵蓋的，這與局限於分析先驅者的言論中具有多少「現代性」和「本土性」的理路迥然有異。

　　在面對具體的歷史語境的時候，「民國文學機制」要求研究者有著極強的「主體性」參與，要求發掘研究者的獨特感受與體驗。所謂的「民國機制」是在民國的歷史空氣下考察近代以來成長起來的現代作家群體，在這種考察之下，民國的歷史如此具體，作家們的精神氣質與抽象的「現代」理論距離是如此的遙遠。真正投入歷史的現場，很容易就發現文學的歷史更多的是一些具體「故事」的錯綜複雜，抽象的「現代」之辨在這裡被置於背景的位置。例如對於魯迅，我們稱之為「現代小說在魯迅手裏開端又在魯迅手裏成熟」，他的這種推動文學創造的個性、氣質與精神追求與國家社會的特定環境相關，與社會氛圍相關。這不是簡單的「決定」與「反映」，它恰恰表現出對當時國家政治、社會制度、生存習俗的突破與抗擊，只是突破與抗擊本身也是源於這個國家社會文化的另外一些因素。可以說在「民國」這一靜態的歷史

時空中，「機制」是文化參與者與歷史時空動態互動中形成的秩序，兩者結合在一起，強調的是在文學活動中「人」與「歷史時空」的豐富的聯繫。正因爲這種聯繫的豐富性，培養出了現代作家一個個獨特的氣質。我們在面對魯迅的時候，需要進入到當時的歷史時空中去捕捉他獨特的精神氣場，同時以自己獨特感受與魯迅產生著精神上的共鳴，豐富著對魯迅與那段歷史的認識。只有在這種感受之中，文學研究才是活的，在其中發現現代作家獨特的氣質，找到中國現代文學獨特性之所在，發揮著研究者的「主體性」的參與在其他研究模式之下難以替代的作用。

「民國文學機制」的提出可以提煉中國自己的文學研究思維。不同的研究模式的提出，說明我們對現代文學不同的「闡釋框架」；而不同研究模式之間的更替，則說明我們對既有的「闡釋框架」的某種不滿。在中國現代文學研究經歷了「階級分析」、「現代性」闡釋、「全球化」與「本土化」的爭論之後，破除種種拘囿和偏見，我們是否應該探討一種切合中國社會文化實際生態的闡述方式？中國現代文學研究的學術生長點應該是怎樣的？這樣的探討在保持對西方學術思想的開放的前提下，當盡力呈現中國自身的實際狀態，或者說主要應該讓中國的問題「生長」出我們的研究方法與闡釋框架。這裡，「民國文學機制」的提出就不僅僅是一種觀念的提倡，更是一種具體的認知視角和研究範式，或者說是一種「進入」問題的角度。即便在這一過程中將納入西方學術所不典型的其他元素，如對政治形態、經濟形態的重點考察之類，這種考查方式將是在研究者「主體性」參與之下破除「現代性」的神話，走出「全球化」與「本土化」的理論怪圈，找到屬於研究者自己的研究方式。這種方法論的意義至少有三個方面：一是倡導我們的現代文學學術研究應該進一步回到民國歷史的現場，而不是抽象空洞的「現代」，即便是中國作家的「現代」理念，也有必要在我們自己的歷史語境中獲得具體的內容。二是史料考證與思想研究相互深入結合，在具有問題意識的情形下，將史料的考證和辨析與解答民國時期文學創造的奧秘相互結合。三是我們也努力將外部研究（體制考察）與內部研究（精神闡釋）結合起來，以「機制」的框架深入把握推動文學發展的「綜合性力量」，這對過去「內外分裂」的研究模式也是一種突破。這些研究的基本原則實際上都是對一個現代文學研究者最基本的要求，只是長時期以來，研究者癡迷於西方各種理論的誘惑，對現代文學研究缺乏「主體性」的參與，導致了現代文學研究呈現出一種形而上的味道。「民

國文學機制」的提出，將使現代文學的研究重新回到中國自己的研究理路上來，提煉出中國自己的文學研究思維，在與世界交流對話的進程中放出自己的異彩。

自然，對「民國文學機制」甚至是「民國文學」質疑甚至反對聲也一直不斷，比如臺灣學者王力堅就認為，當下有關「民國機制」的探討中，「論者竭力將民國政權的『專制獨裁』（及其政權作為）與『共和國文化環境與國家體制』、『國家社會形態』、『國家政治的制度』區分開來甚至用『無關』、『不屬於』之類的否定詞，將民國政權的最高代表（及其作用）剔除『民國機制』，以此證明、維護『民國機制』正能量的純潔性和正義性……委實顯得過於輕率且簡單化了」〔註27〕；郝元寶則認為「民國時期的文學」不僅不等於「民國文學」，往往還是「反民國的文學」，認為「民國機制」在學術，不在文學，代表那個時期文學高度的作家們都未曾託庇「民國」〔註28〕；范欽林則認為「如果想找到一種在『民國文學機制』影響下的統一的『民國文學』是困難的，因為民國所形成的機制不並導致統一的『民國文學』的出現。如果想找到一種在『民國文學機制』影響下的『民國文學』，幾乎不可能，因為確認有一種統一的『民國文學機制』的存在，這本身就很困難，因為在民國時期並沒有什麼統一的文學機制的存在」〔註29〕；湯溢澤則「最擔心的是包括這些學人在內的人們遭受現代文學、新文學政治價值浸泡日久，積澱的價值、意義因素潛伏在民國文學研究中是否會以另外一種方式出現、發作」。〔註30〕

以上對「民國文學」甚至是「民國文學」的質疑自然不乏其合理之處，這些提醒自然促使「民國文學機制」、「民國文學」提倡者的反思。但細思之下，都可以見出這些論點對於「民國文學機制」、「民國文學」的「隔」，或是某種誤解。比如王力堅質疑的「將民國政權的最高代表（及其作用）剔除『民國機制』」，「民國文學機制」無疑是一個包容性的概念，著眼的是「各種力量（政治體制、經濟模式、文化結構、精神心理氛圍等等）的因緣際會最終構

〔註27〕王力堅：《「民國文學」仰或「現代文學」？——評析當前兩岸學界的觀點交鋒》，《二十一世紀雙月刊》，2015 年第 8 期。
〔註28〕郝元寶：《「民國文學」還是『民國的敵人』的文學？》，《文藝爭鳴》，2015 年第 8 期。
〔註29〕范欽林：《「民國文學機制」，還是「民國文學環境」？》，《現代中國文化與文學》第 15 期，南方出版傳媒 花城出版社，2015 年。
〔註30〕湯溢澤：《對目前民國文學史話題的評析》，《湖南社會科學》，2014 年第 4 期。

成了對文學發展肯定，同時在另外的層面上也造就了某種有形無形的局限」，政權，政治體制顯然是其考慮的因素，也不僅僅思索促進現代文學發展的一面，也思考帶給現代文學局限的一面；又如郝元寶所說的代表那個時期文學高度的作家們都未曾託庇「民國」，顯然論者在這裡將「民國文學機制」與「民國文學制度」等同起來，「民國文學機制」不是機械的社會存在對社會意識的決定，而是包含了對作家精神創造、精神空間的考察；再如范欽林認爲的沒有一種統一的「民國文學機制」，「民國文學機制」的提倡者及支持者向來不認爲有統一的決定民國文學的機制存在，正是這些具有差異性的各類的機制導致了現代文學的發展，「民國文學機制」僅僅是這些機制一個概括性的泛稱；至於湯溢澤善於的提醒，反對盲目的追隨某種預設性概念，提倡研究者的「主體性」正是「民國文學機制」研究視野的追求之一，自然，是否能夠達到相應的效果，則還待研究者的努力。

第二節　民國文學機制對於《小說月報》研究的必要性

一、《小說月報》研究中的「斷裂」與「含混」

在中國現代文學史上，《小說月報》創造了從晚清到「五四」，又持續到整個 20 世紀 20 年代漫長而動蕩的歲月但始終堅持不斷的文學期刊奇跡。在這一份期刊的背後，纏連著在風雲激蕩的年月裏舊文化與新文化的相互博弈、俗文學與雅文學的相互較量和文學作爲商品與文學作爲精神啓蒙之間的複雜關係：它作爲中國近現代出版業中實力最雄厚、影響最大、歷史最悠久的民營出版機構——商務印書館最主要的刊物之一，既延續著《繡像小說》的文化傳統而來，也曾經是鴛鴦蝴蝶派一個主要的發表陣地，又是五四時期第一個重要的新文學社團——文學研究會的重鎮。《小說月報》誕生和發展中的這些複雜關係，使《小說月報》在中國現代文學史上一直受到研究者的關注，也正因爲複雜，使每一個時期的研究者側重點各不一樣，《小說月報》在不同的研究者那裏呈現出不同的面貌出來。

就在《小說月報》停刊之後的不久，曾經作爲《小說月報》主編之一的茅盾就在《〈中國新文學大系‧小說一集〉導言》裏對《小說月報》的革新、

革新之後的性質、以及革新在《小說月報》歷史中的作用、革新之後的《小說月報》與文學研究會的關係等問題進行了追述：

> 民國 10 年（1921）一月，《小說月報》也革新了，特設「創作」一欄，「以俟佳篇」，然而那時候作者不過十數人，《小說月報》（十二卷）每期所登的創作，連散文在內，多亦不過六七篇，少則僅得三四篇。而且那時候常有作品發表的作家亦不過冰心、葉紹鈞、落花生、王統照等五六人。

> 如果我們將民國 10 年（1921）當作一條界線，那麼，即使在《小說月報》的範圍內，我們也就看見了那「界線」之後（民國 11 年，《小說月報》十三卷），已經有些新的東西。〔註31〕

在茅盾這裡，明顯地將前後期的《小說月報》作了一個明確的劃分，將關注的重點直接放在了革新之後的《小說月報》之上，這種論述在很長時間內影響了後來研究者對《小說月報》的基本看法，在重要的文學史著作中，《小說月報》都是前後兩段涇渭分明的。在五十年代王瑤的《中國新文學史稿》中：

> ……從這裡可以看出他們反封建和反對藝術至上主義的態度。這篇由上述十二人署名的宣言發表在《小說月報》的十二卷一期上。《小說月報》是一個已經有了十一年歷史的刊物，從第十二卷起，由沈雁冰（茅盾）編輯；在文學研究會的支持下，全部革新了。……《小說月報》是新文學運動以來第一個純文學的雜誌，一直出版到 1932 年「一二八」事件後停刊，在中國新文學史上發生過很大的影響。〔註32〕

強調革新後的《小說月報》是反封建和反藝術至上的，暗含著對前期《小說月報》封建性的批判，正是沿著茅盾的分法，將《小說月報》的歷史一刀兩段。到了七十年代唐弢等編著的《中國現代文學史》：

> 這年一月，由鄭振鐸、沈雁冰、葉紹鈞、許地山、王統照、耿濟之、郭紹虞、周作人等發起的文學研究會，正式成立於北京。他們把上海商務印書館出版、經過革新、由沈雁冰接編的《小說月報》（自第十二卷第一號起）作為自己的會刊（至 1931 年 12 月第二十

〔註31〕茅盾：《現代小說導論（一）—— 文學研究會諸作家》，《中國新文學大系》，上海良友公司 1936 年版。

〔註32〕王瑤：《中國新文學史稿》，上海文藝出版社，1982 年 11 月版，頁 46。

二卷第十二號止，不計號外，共出一百三十二期）⋯⋯該刊在十二卷一號的《改革宣言》中早就表示：「同人以爲寫實主義（文學）在今日尚有切實介紹之必要；而同時非寫實亦應當充其量輸入，以爲進一層之預備。」可以看出，後來在介紹外國文學方面，正是沿著這一方向來實踐的。〔註33〕

這裡隻字不提革新之前的《小說月報》，將革新後的《小說月報》視爲文學研究會的「會刊」，點明了兩者之間的緊密關係，同時將《小說月報》寫實主義的傾向作了概括。到了20世紀90年代，《小說月報》在文學史的書寫中則變爲：

> 1921年1月，中國現代文學史上的第一個文學社團文學研究會成立，茅盾接編了原來是「鴛鴦蝴蝶」派地盤的《小說月報》，並加以全面革新，成爲文學研究會的代用機關刊物，《小說月報》全面革新後的第一期發表了周作人起草的《文學研究會成立宣言》和茅盾執筆的《小說月報·改革宣言》。這兩個宣言分別申述成立了文學研究會的宗旨和《小說月報》的編輯方針⋯⋯「爲人生的藝術」可以說是文學研究會文藝思想的核心⋯⋯《小說月報》在茅盾主編的兩年間，就是按照這個「宣言」的精神工作的，提倡「爲人生」的現實主義文學，發表了不少現實主義的理論和創作⋯⋯〔註34〕

前期《小說月報》被視爲「鴛鴦蝴蝶派」的地盤一筆帶過，在闡述《小說月報》與文學研究會的關係時，進一步將文學研究會「爲人生」的寫實主義傾向視爲革新後《小說月報》的總體風格。在影響甚大的錢理群等編著的《中國現代文學三十年》裏，《小說月報》被表述爲：

> 文學研究會於1921年1月在北京成立⋯⋯他們將沈雁冰接編、經過革新的《小說月報》作爲代用會刊，還陸續編印了《文學旬刊》及《詩》、《戲劇》月刊等刊物，出版了「文學研究會叢書」二百多種。文學研究會的宗旨是「研究介紹世界文學，整理中國舊文學，創造新文學」。針對社會上存在庸俗的「禮拜六派」等遊戲文學，文學研究會宣稱：「將文藝當作高興時的遊戲或失意時的消遣的時候，現在已經作曲了。我們相信文學是一種工作，而且又是於人

〔註33〕唐弢主編：《中國現代文學史》，人民文學出版社，1979年版，頁54～60。
〔註34〕邵伯周著：《中國現代文學思潮研究》，學林出版社，1993年版，頁102～104。

生很且要的一種工作。」……因此注重文學的社會功能性，被看作是「為人生而藝術」的一派，或現實主義的一派。〔註35〕

　　「老牌的鴛鴦蝴蝶陣地《小說月報》自 1921 年 1 月（12 卷 1號）起革新，改由茅盾完全執編，緊接著停刊數年的《禮拜六》在當年 3 月便復刊了，以表絕不示弱。舊派並且利用自己掌握的小報領地，用抄襲外國和性欲描寫等兩項「理由」來反擊新文學。但圖書市場較量的結果是《小說月報》到第 11 卷，採取對新舊文學兩面討好的策略（已先期由茅盾編「小說新潮欄」，占刊物的三分之一篇幅，其餘仍載禮拜六派小說），銷數卻逐月下降，到 10 月號僅印了 2000 冊。茅盾接編後的第一期即印了 5000 冊，馬上銷完，商務印書館各處紛紛打電話要求下期多發，於是第二期印了 7000，到 12卷末一期已印到 10000。當然，新文學的勝利主要是在青年學生讀者群中的勝利，在此時此後，都還不可能全部佔領讀書市場。而舊派小說在新文學的強大攻勢下敗退下來，失利後逐漸明白了自己的位置，被迫同新文學相區分，發揮所長去努力爭取一般老派市民讀者。舊派小說在越發向「下」，向「俗」發展的過程中，也艱難地試圖加強自身的「現代性」。於是，中國現代文學雅俗分流、雅俗互滲的初步格局便形成了。〔註36〕

在錢著裏面，《小說月報》顯示出了它的複雜性，在成為文學研究會的代用會刊後，成為了俗文學與雅文學競爭的主要陣地之一。

　　上述這些文學史的論述明顯表現出兩個特徵：一是以 1921 年為界，《小說月報》分成了前後兩期，研究者對 1921 年以後的《小說月報》給予了重點關注，特別對茅盾的革新給予了濃墨重彩的描述，而對 1921 年以前的《小說月報》要麼將其視為鴛鴦蝴蝶派的陣地一語帶過或批判，要麼不予提及。很長一段時間裏，這種論述一直影響到我們對《小說月報》的基本看法；二是在將《小說月報》與文學研究會聯繫在一起的時候，往往將《小說月報》作為文學研究會的機關刊物或者代用會刊，進而將文學研究會「為人生」的寫實主義傾向也視為《小說月報》的刊物風格，從而無限放大文學研究會對《小說月報》的影響，而商務書館的商業背景對《小說月報》的影響被有意無意

〔註35〕錢理群等：《中國現代文學三十年》，北京大學出版社，1999 年版，頁 16。
〔註36〕錢理群等：《中國現代文學三十年》，北京大學出版社，1999 年版，頁 94。

地忽略了。

這種對《小說月報》的研究到了 20 世紀 90 年代後期已經有所改變，我們又看到了《小說月報》不同的面貌：

一、對《小說月報》進行歷史性的考證，對《小說月報》的性質、地位重新認識。相對於文學史敘述的滯後性來說，這類研究帶著重新發現《小說月報》真面目的目的，在佔有詳盡史料的基礎上，撥開《小說月報》被長期遮蔽的部分，重點在對早期《小說月報》的重新發掘和《小說月報》革新時的歷史細節的發現。對早期《小說月報》的重新發掘，努力尋找革新前的《小說月報》與革新後《小說月報》之間的關聯，重新認識茅盾革新的意義和作用，可謂是當前《小說月報》研究中最為引人注目的成果。從顧智敏的《〈小說月報〉不是「文學研究會」的機關刊物》（載 1983 年第 2 期《上海師範大學學報》）提出疑問開始，研究者就對先前對《小說月報》的定論開始發起挑戰，董麗敏的研究論文《〈小說月報〉革新斷裂還是拼合 —— 重識商務印書館和〈小說月報〉的關係》一文（載 2003 年第 10 期《社會科學》）突破了以往僅從文學研究會的角度出發研究《小說月報》一元思維，將商務印書館出於商業考慮的因素納入到革新《小說月報》的研究視野裏面，認為《小說月報》需要全面的革新，儘管當時有來自於新文學一方的壓力，但更有來自商務印書館方面的出於商業利益的需要，正是商務印書館出於盈利的需要導致了《小說月報》主編的更換。因而，茅盾改革《小說月報》，與其說是一次「文學革命」，是一種新文學對舊文學的「斷裂」，還不如說是一場帶有商務印書館運營特色的商業「拼合」〔註 37〕。從這個角度出發，研究者們不斷把目光朝歷史縱深處探尋，改版之前的《小說月報》的狀況和意義被一點一點的挖掘出來：謝曉霞的幾篇論文：《論 1921 年〈小說月報〉的改革及其意義》（載 2004 年第 4 期《齊魯學刊》）、《過渡時期的雜誌：1910～1920 年的〈小說月報〉》（載 2002 年第 4 期寧夏大學學報》）、《1910～1920 年〈小說月報〉作者群的文化心態》（載 2004 年第 3 期《深圳大學學報》）、《期待視野與讀者的主動建構》（載 2004 年第 2 期《求索》）等，重新發現了改版前的《小說月報》，從 1910 到 1920 年間《小說月報》的創刊始末、過渡時期作者群的文化心態以及讀者的期待視野等多方面著手，力圖對 1910 年到 1920 年間《小說月報》有

〔註 37〕參見董麗敏：《〈小說月報〉革新斷裂還是拼合 —— 重識商務印書館和〈小說月報〉的關係》，載《社會科學》2003 年第 10 期。

一個較爲眞切的認識。柳珊 2004 年百花洲文藝出版社出版的《在歷史縫隙間掙扎——1910～1920 年間的〈小說月報〉研究》一書，在其博士論文的基礎上，集中探討了革新前的《小說月報》裏面刊載的文學理論、短篇小說、翻譯小說等文本，在對其中的小說類型進行探討之後提出了「民初文學」的概念，認爲這是一個不可忽視的文學階段，試圖爲其鴛鴦蝴蝶派刊物的定性進行翻案，將長期「被隱蔽」的《小說月報》前期納入到中國文學進程中去。同時研究者對《小說月報》革新時的各種歷史細節也在不斷的走向深入，比如，段從學的《〈小說月報〉改版旁證》（載 2005 年第 3 期《新文學史料》），「以改版後的第十二、十三兩卷《小說月報》的銷售數量爲例，對茅盾的回憶進行必要的旁證，以期對現代文學研究中直接把人敘述當作歷史敘事這種研究方法中包含著的問題有所揭示」〔註 38〕，重新闡釋了「在解釋茅盾被迫離開《小說月報》編輯之職時，除了考慮到商務印書館內部的保守派方面的原因之外，茅盾自己因爲《小說月報》的銷路不佳而辭去編輯工作的可能性，更是必需考慮的因素」〔註 39〕，這些考證，對於重新認識《小說月報》來說，是必不可少的。

　　二、在《小說月報》影響力的研究方面，形成了幾種主要的研究視角。第一是對《小說月報》本身作爲一個實體存在的研究。在關注《小說月報》上的文本創作的同時，90 年代以後的研究中開始關注《小說月報》本身，從《小說月報》的基本美術設計、文化身份、文化品格定位、《小說月報》在當時的地位以及這些對當時及對後來的文學運動和文學發展的影響等方面來進行研究。彭璐、曹向暉的《許敦谷〈小說月報〉裝幀設計芻議（1921～1923）》（載《中國美術》2012 年第 1 期）、王小環的《〈小說月報〉的風格特色》（載《新聞愛好者》2011 年第 14 期）等基於《小說月報》本身，從封面的裝幀設計、插畫選用、基本的風格特色對《小說月報》進行了闡述。第二是將《小說月報》與文學研究會、商務印書館結合起來研究。謝曉霞的論文《商業與文化的同構：〈小說月報〉創刊的前前後後》（載 2002 年第 4 期的《中國現代文學研究叢刊》）「通過對商務成立以後經營狀況的考察和各種期刊創刊前後商務業務背景的具體分析，認爲，商務始終擔當著雙重角色：一方面是不得不時刻考慮到商業利潤的企業經營者；另一方面，作爲當時中國最大的民營

〔註 38〕段從學：《〈小說月報〉改版旁證》，載《新文學史料》2005 年第 3 期。
〔註 39〕段從學：《〈小說月報〉改版旁證》，載《新文學史料》2005 年第 3 期。

出版機構，它又不得不自覺地擔當起文化建設的使命，以一個文化建設者的身份周旋在上個世紀初的中國文化市場。文化人和生意人的雙重身份決定了商務在出版策略選擇上的雙重立場，既照顧到企業的利潤追求，又儘量不失自己的文化身份和文化品位。這不但影響到商務一系列出版物的選擇和出版，而且也影響到商務一系列期刊的創刊及其辦刊宗旨。《小說月報》以及在它前後創辦的商務的各種期刊，都無不基於上述考慮，是商業和文化同構的產物」。〔註40〕從而開始了在《小說月報》的研究中引入商務印書館的商業元素。第三是將《小說月報》納入到文學生產、傳播、消費的鏈條中進行考察。《小說月報》的歷任編輯作爲溝通投資者、出版者、作者和讀者一方，與《小說月報》以及《小說月報》上的創作有著密不可分的關係，編輯的文學觀念和文學實踐對作者和讀者起到重要的引導作用，編輯是期刊雜誌發生、存在的重要一環。於是，《小說月報》的編輯進入到了研究者的研究視野裏面。薛雙芬的《從前期〈小說月報〉看王蘊章和惲鐵樵編輯思想的不同》（載 2012年第 6 期的《佳木斯教育學院學報》）、董瑾等人的論文《沈雁冰改革〈小說月報〉的編輯思想與編輯實踐》（載 2006 年第 4 期的《編輯之友》）、李俊的《專職編輯「業餘」學者——從〈小說月報〉（1923～1927）看鄭振鐸研究範式的獨特之處》（載《編輯之友》2011 年第 11 期）等文分別論述了不同的編輯思想與《小說月報》風格傾向之間的關係。

　　三、還有一類研究《小說月報》的也是影響很大的一種模式是將《小說月報》的研究與文化研究等結合起來，將《小說月報》納入到不同的文化研究領域中去考察。這類研究通常找到一個研究的關鍵詞，將《小說月報》各方面之間的要素串聯起來。從目前看來，主要有兩種傾向，一是從都市文化的角度來考察《小說月報》；一是從現代性的角度來關照《小說月報》。邱培成的專著《描繪近代上海都市的一種方法：〈小說月報〉（1910～1920）與清末民初上海都市文化研究》（鳳凰出版傳媒集團，鳳凰出版社 2011 年 6 月版）從上下兩編分析《小說月報》與近代上海都市文化的關係。上編「《小說月報》與清末民初上海都市文化」從《小說月報》（1910～1920）的編輯理念、兩任編輯和作家群、《小說月報》的思想傾向及其文化影響、《小說月報》的印刷出版與清末民初上海都市文化以及雜誌、讀者與都市文化間的互動等外部因

〔註40〕謝曉霞：《商業與文化的同構：〈小說月報〉創刊的前前後後》，載《中國現代文學研究叢刊》2002 年第 4 期。

素論述了《小說月報》與近代上海都市文化的關係；下編「小說作品與清末
民初上海都市文化」從清末民初都市小說與上海大眾文化、小說現代化與清
代民初上海都市文化的現代化、小說作品所表現出的上海都市文化、小說作
品中人物形象的文化內涵等期刊作品中具體體現出來的上海都市文化著手來
研究《小說月報》。董麗敏《想像現代性（上）——重識沈雁冰與《小說月報》
的關係》（載 2002 年第 2 期的《上海社會科學》）、《現代性的異響（下）——
重識鄭振鐸與〈小說月報〉的關係》（載 2002 年第 1 期的《南京師範大學文
學院學報》）、《〈小說月報〉1923：被遮蔽的另一種現代性建構——重識沈雁
冰被鄭振鐸取代事件》（載 2002 年第 6 期的《當代作家評論》）等論文主要論
析了《小說月報》編輯沈雁冰被鄭振鐸取代的事件，並以此為突破口探討了
中國的現代性問題。作者認為，沈雁冰在編輯理念上，建構起了將文學納入
社會現代性進程的不發達國家「現代文學」理想；在編輯的行為上，沈雁冰
以對「被壓迫被損害民族文學」與「通信」這兩個欄目的重視，企圖落實「現
代性」理想，但這種理想只是一種幻覺，它無法彌合不發達國家的現代性追
求與西方式的現代性追求之間的裂縫。沈雁冰超前的現代性追求造成了《小
說月報》讀者群的流失是商務撤換他的根本原因。而其後接替沈雁冰的鄭振
鐸在文學自身的現代性追求與其對於「現代」國家建構的功利性影響之間尋
找到了一種折中，他對「整理國故」與「諾貝爾文學獎介紹」的重視，對文
學性與學術性的強調，表達了一種更含蓄和隱晦的現代性追求。鄭振鐸的這
種追求是更符合刊物本身的長遠發展的，因此商務調整主編的行為，實際上是
商務立足於民間因而淡化其現實關懷色彩的獨特現代性的一種流露；撤換主編
行為的完成在某種意義上標誌著《小說月報》真正完成了自己的革新過程，達
成了前後期真正的銜接。〔註41〕這些論文後來結集成《想像現代性——革新時
期的〈小說月報〉研究》（廣西師範大學出版社 2006 年 8 月版）一書，對《小
說月報》與現代性的關係做了一次集中的巡禮。

　　雖然還有一些研究無法納入到上述的概括當中，但這些歸納大致反映了
《小說月報》研究的主要方面。與之前的研究相比，20 世紀 90 年代後期以來
的《小說月報》研究可謂取得了突破性的進展，無論是在深度還是廣度上，《小
說月報》的研究都取得了前所未有的成就。但是，從上述的這些研究視角來

〔註41〕韓彬：《二十世紀九十年代以來中國現代文學期刊雜誌研究綜述》，載《德州
　　　　學院學報》2004 年第 20 卷第 5 期。

看，我們也看到了一些缺陷，總的說來，這些研究還含有斷裂性、破碎性和含混性。

研究的斷裂性是顯而易見的，從當前《小說月報》的所有研究來看，研究者還是將《小說月報》分為前後兩時段來研究，從建構起現代文學體系的目的出發，將革新後的《小說月報》作為新文學的組成部分來敘述，而將革新之前的《小說月報》作為舊文學的陣營忽略不計。因為敘述的是新文學史，革新之前的《小說月報》是舊文學陣營的一部分，自然可以不用敘述。即使是當前對革新之前的《小說月報》有所重視，但依然是要麼專門研究前期《小說月報》，要麼直敘述後期《小說月報》的斷裂局面，將前後《小說月報》貫穿起來研究，審視中國現代文學史如何從舊文學一步步轉換過來的研究依然沒有。

研究的破碎性是指在當前對《小說月報》的研究中，表面上看起來似乎涉及到了《小說月報》的方方面面，但研究的各個方面之間並沒有形成統一的整體，也沒有得到一個有機的關照。經常出現的情況時研究《小說月報》裝幀設計的就僅設計說設計，從文學研究會的角度來研究《小說月報》的一般不旁涉到商務印書館的因素，對《小說月報》上刊發的作品研究一般也不會涉及到《小說月報》本身等，這就導致了研究的片面化，無法對《小說月報》達成一個整體的看法。

研究的含混性主要是指通過外在視角來關注《小說月報》的時候，往往為了突出某一個特性，從而將《小說月報》簡化了。將《小說月報》納入到都市文化研究或者是現代性研究的範疇中去，要麼是流於空泛，甚至滑向無關文學的研究上去，要麼冒著簡化的危險，將一切都歸之於「現代性」上去，某些地方有著牽強的嫌疑。本來文化或者現代性就是一個無法準確詮釋的概念，將其用來統攝《小說月報》的研究，自然有考慮不周的時候，無法將影響《小說月報》的各方面因素加於全面整合，導致了研究的含混。

長期以來，這種「歷史傳統」建構起來的「斷裂」是不易或不容質疑的，研究者避免麻煩的措施之一就是各自敘述前後期的《小說月報》，這種模式一直影響至今。即使是當前對革新前的《小說月報》有所重視，研究者的心目中還是有意無意的存在著先入之見，要麼專門研究前期的《小說月報》，要麼直接敘述後期的《小說月報》，將前後期《小說月報》作為一個整體來審視中國現代文學是如何從舊文學一步步轉型過來的研究依舊沒有。而文學的轉型

顯然不是一個一蹴而就的決然斷裂，而是一個漸進的過程，《小說月報》的轉型也是如此，將《小說月報》前後期決然對立，不啻與歷史相距一段距離。

斷裂性研究帶來的影響還不僅僅如此，當前評價《小說月報》越來越趨向於多元化標準，研究者傾向於遵循著自己的標準來對研究對象進行概括或歸納，將《小說月報》納入到不同的範疇中去考察，找到一個關鍵詞，企圖將《小說月報》各要素串聯起來本來也是一種影響較大也較為時髦的一種研究方式。比如邱培成將前期《小說月報》納入到都市文化的研究範疇中去，董麗敏將後期《小說月報》納入到「現代性」的研究中去，但由於斷裂性的存在，這種研究也較易引起人們質疑，前期的《小說月報》描繪了上海的都市文化，後期就與都市文化脫節了嗎？後前《小說月報》充滿了「現代性」，前期的《小說月報》有沒有「現代性」的因素呢？面對著這樣「合理」的質疑，當前的研究模式往往難以做出較為理性的解答。更何況，文化或是現代性本身就是一個較難準確詮釋的概念，用其來闡釋斷裂了的《小說月報》，無疑具有含混性。

也許問題的關鍵還不僅僅於此，更重要的是關乎著研究者的研究態度，包括《小說月報》在內的大部分期刊的研究都存在著一些問題：

> 研究者對中國的歷史經驗研讀較少，存在著某種盲目性，從而出現了對外國理論的照搬照抄，生吞活剝。在抗戰文藝報刊研究中，類似的現象就有所發生。……故只有從本土文學的實際出發，拋棄面對西方文化的俯就心理，拋棄先入為主的主觀預設，才能避免研究的泡沫化，使研究呈現出一種內在的張力。〔註42〕

上述所提出來的問題都是具體的，都是包括《小說月報》在內的期刊研究所要面臨的問題。不論是期刊研究理論的薄弱，對中國的歷史經驗研讀較少，還是盲目照抄照搬外國的經驗，關乎的都是研究者「主體性」的介入。我們在對文學期刊進行研究的時候，往往將期刊視為歷史的「死物」，無法真正觸摸歷史與之對話，與期刊建立起具有豐富聯繫的交流來。如果將文學期刊的研究也視為是文學研究的話，那麼，文學研究無疑是一種研究者到研究對象之間的情感的研究、交流，這種情感的研究交流是不能視為「死物」的，它必須是活生生的一種對話關係。研究文學期刊，將文學期刊進行歷史性的考

〔註42〕劉增傑：《中國現代文學期刊研究的綜合考察》，載《河北學刊》，2011 年第 6 期。

證，用各種理論進行審視固然有其研究的合理性與必要性，可是這只是文學期刊研究的一個方面，我們常常忽略了文學期刊後面存在著的人，文學期刊的誕生、發展並不是憑空出現，一份期刊後面集聚著的是作者、編輯、出版家、讀者等眾多的群體，文學期刊風格的變化、內容的刊載、出版發行、閱讀消費等後面都是這一群體的合力，研究文學期刊，便不能僅僅只是就期刊論期刊，而必須關乎人，關乎在那種歷史場景中，作家、出版家、讀者他們的種種選擇，是什麼原因導致了他們出現那樣的選擇，在面臨著種種約束的時候，他們又是如何運用這些機制以及突破這些機制從而使一份期刊出現了那種面貌的。這樣的研究無疑才是活的研究，也才能真正弄懂一份期刊的價值所在及其期刊背後一個群體獨特的存在。這或許是包括《小說月報》在內的當前文學期刊研究中更應該具有突破性的地方。

這意味著我們可以換一個角度來研究《小說月報》，這樣一種角度應該是將《小說月報》置於當時的歷史時空當中，還原當時的歷史場景，將影響《小說月報》誕生、發展的各種因素一一加以考慮，弄清楚當時《小說月報》為什麼會那樣發展？其背後牽涉著那些經濟、政治、文化的因素，作者、編輯、讀者又是如何參與其中發揮著作用的？這樣一種視角無疑將摒棄階級劃分的偏見，也會暫時將「啟蒙」、「現代性」等先入為主的概念擱置一邊，它要求研究者與歷史時空中的刊物對話，最重要的是與當時的支撐刊物發展的作者、編輯、讀者對話，在哪樣的一種情形之下，看他們如何做出艱難的選擇，如何突破當時的各種局限促使《小說月報》向前發展？我們相信，這樣一種研究，無疑是一種活生生的研究，對研究者或研究對象或許都是有裨益的。

二、民國文學機制與《小說月報》研究的結合

《小說月報》研究中存在的「斷裂性」和「含混性」，促使研究者尋求更加「合理」的邏輯起點。《小說月報》「斷裂性」的存在是基於現代文學「現代」的話語邏輯生發出來的，是在「新與舊」、「封建與反封建」、「現代與非現代」、「精英與通俗」的比照中呈現出來的，這裡的「現代」更多的是一個意義概念，而不僅僅是時間概念。正因為「現代」被賦予了太多的「意義」，甚至極大的超出了文學的承載負擔，導致了在討論《小說月報》的時候，前後涇渭分明，前期被視為「非現代」，後期被確認為「現代」。「現代」與「非現代」的意義在現代文學建構上是如此的重要，《小說月報》前後期就只能被

人為的「斷裂」了。這種「斷裂」造成的麻煩已有研究者意識到，柳珊的《在歷史縫隙間掙扎——1910～1920 年間的　小說月報　研究》，集中探討了革新前《小說月報》裏面刊載的文學理論、短篇小說、翻譯小說等文本，發現其中的一些文學理論、小說等難以歸為「鴛鴦蝴蝶派」，也難以與現代文學相對接，於是提出了「民初文學」的概念，試圖將長期被「遮蔽」的前期《小說月報》納入到現代文學進程中去。應該說這是《小說月報》研究中的一個新的嘗試，從「現代」的意義概念回到了「民初」的時間概念，但「民初文學」的概念依然無法徹底解決《小說月報》前後期的「斷裂」問題，也無法在更大的範圍內對「現代與非現代」「新與舊」做出回應。

要使《小說月報》研究展現更寬廣的視野，使《小說月報》研究獲得更大的闡釋空間，從「現代與非現代」、「新與舊」的既有框架中突圍出來勢成必然，從「現代文學」的意義概念回歸到「民國文學」的時間概念不失為一種較為可行的嘗試。在回歸「民國文學」的概念下，意味著《小說月報》的前後期將統一在同一時間範疇內，不再出現前期《小說月報》屬於近代文學，後期《小說月報》屬於現代文學的奇特景觀；更重要的是《小說月報》的研究從「現代與非現代」、「新與舊」、「封建與反封建」，甚至是「為人生」與「為藝術」兩元對立的糾葛之中解放出來，形成新的視域。當然，「民國文學」的提出並不是全然推翻已有的闡釋框架，也不與現存的闡釋框架形成非此即彼的關係，他們之間更應該是互補擴充的，「新與舊」、「封建與反封建」、「現代」與「非現代」概念的提出無疑有著充分的歷史文化背景，有著合理的內涵因素，也應該成為「民國文學」形成有效闡釋力的成分。

將《小說月報》前後期劃一條涇渭分明的「界線」有著充分的歷史依據。從時間上來看，現代文學或新文學通常將開端定為 1917 年甚至是 1919 年，而《小說月報》是 1910 年創刊的，茅盾革新《小說月報》是在 1921 年，按照現代文學的開端來算，茅盾革新前的《小說月報》很長一段時間都不能算在現代文學裏面，而只能將革新後的《小說月報》算在現代文學的時間範圍內；從「現代」意義上來看，茅盾革新前的《小說月報》充斥著大量娛樂、消遣人生的「鴛鴦蝴蝶派」作品，這與革新後的《小說月報》寫實的、「為人生的」、「反封建和反藝術至上主義」的文學格格不入。從建構現代文學或新文學體系的目的出發，論述者將革新後的《小說月報》作為新文學戰勝舊文學的革命實績來看待，而革新前的《小說月報》無論是在時間還是「現代」

意義上，都是舊文學陣營的一部分，自然在現代文學的話語構建中是忽略不計的。

在「民國文學」的時間維度下，《小說月報》甚至是現代文學研究能獲得什麼樣的闡釋空間？「民國文學」帶來的研究視野應該是多重的，而不僅僅是貫通了《小說月報》前後期的界限，更在研究態度、方法、內容及其旨歸上帶來新的思考。這一點，在以「民國文學」為背景的「民國文學機制」中已現端倪。

包括「民國文學機制」在內的一系列「民國文學」命題的提出，反映出來的都是要面向民國歷史的姿態。面向歷史，就意味著「還原」，從「現代」的意義還原到民國的時間，更意味著還原到文學研究本身。在《小說月報》的研究格局中，無論是「新與舊」的對立，還是「封建與反封建」的總結，都與建立革命話語權息息相關，「現代性與非現代性」、「都市文化與非都市文化」背後隱含的是西方邏輯的話語權力，也就是說，在非自然時序的現代文學裏，非文學的話語綁架了文學的話語，造成的後果就是過度闡釋，在這樣一種情形之下，「還原」便具有了「解救」文學研究的意味，使文學研究重新回到應有的位置上去。

如何還原？在大多數倡議處於模糊之際，「民國文學機制」給出了可操作的方法。「民國文學機制」首先承認歷史細節的豐富性，這種歷史細節的豐富是我們今天獲得闡釋空間的源泉之一，承認這種豐富，必然要反對以某種先入的「成見」去粗暴的裁剪歷史，「民國文學機制」既不固守「反封建」的話題，也不追慕「現代性」的潮流，所需要的僅僅是重新進入歷史，切實把握住歷史的相關節點，理清與歷史事件相連的各種因素。這無疑需要「考證」的毅力，但這正是「民國文學機制」的基礎。《小說月報》作為一份按照近代市場經濟規則運行起來的現代期刊，運行時間之久、受到的關注之多，在近現代的文學期刊中是不多見的，這自然與近現代社會的各種因素產生的糾葛分不開，商務印書館雄厚的資金支撐著其持續發展，又決定著其雅俗格調；政治及法律規避避免其陷入政治漩渦又使其喪失發起新文學革命的動力；近代教育既為前期《小說月報》贏得了廣大讀者也為反叛《小說月報》打下了基礎……

這些糾葛既深刻影響著《小說月報》的走向，也反映出當時的社會變化及精神動態，這些糾葛是如此的複雜，甚至都難以用「封建與反封建」、「現

代與非現代」去概括。

　　當然，「民國文學機制」絕不僅僅將歷史看成是塵封的「死物」，並不提倡機械的「知識」複製和累積，「體驗」因此成為「民國文學機制」的重要詞語，旨在說明研究者進入到歷史現場，與歷史重新建立起豐富的聯繫。文學是作者在體驗世界中創造出來的，現代文學之所以不同於古代文學，就因為現代文學是現代作家在現代社會裏面體驗的結晶，其中既包含了「傳統體驗」與「現代體驗」、「異域體驗」與「域內體驗」，「社會體驗」和「個體體驗」，也包含著作家在現代社會裏面的「經濟體驗」、「法律體驗」、「政治體驗」等等，正是諸多如此的體驗，作家的體驗各自不同，才建立起了現代文學多姿的面貌。這些體驗對文學研究者來說依然重要，因為研究者進入到歷史時空中去，在歷史場域中去體驗作者當初的生命狀態，重新與看似無關的歷史要素建立起聯繫，把握住作者當初的各種歷史選擇，才能真切體會到作家獨特的一面，從而與作者產生共鳴，對其文學作品、文學現象做出較為合理的解釋。不在當時的社會背景下為中國作家進行「設身處地」的「想像」，研究者就難以理解王蘊章的「棄文從政」或惲鐵樵的「棄文從醫」，會將他們的行徑視為是保守或與文學無關的，而難以看到他們曾經對文學的熱切改革與期望；沒有將茅盾放到商務印書館的人事變動、經濟糾紛及當時的整個社會大背景下，研究者顯然也難以想像茅盾是在什麼樣的情況下進行的革新，在充滿著荊棘的道路上茅盾的革新充滿了怎樣熱切的期望。在這裡，無疑要求研究者極大發揮出自身的「主體性」，或者說，這裡的「體驗」是建立在研究者自身基礎上的「想像性的體驗」，只是這裡的想像絕非毫無拘束的天馬行空，而是建立是歷史基礎上的「想像」，文學研究者儘管不可能完全還原到與作者當初的體驗高度一致，卻能做到儘量產生「共鳴」，這種「共鳴」當中既含有作者當初自身的體驗，也含有研究者的自身的體驗，二者合二為一，實現了對文學的再次創造。因為作者的不同，研究者的不同，這種體驗表現出了更多的個體差異性，研究也才變得不再是千篇一律，增強對文學的闡釋力度。

　　就《小說月報》的研究而言，「民國文學機制」要求在現有的研究格局下更加觀注作者或編輯的生存空間。作為古代向近現代轉型的知識分子群體，現有的研究大多關注的是作家們的精神流變，而往往忽視了保障其精神層面得以實現的另外一些因素，而顯然易見的，經濟、政治、法律及教育等社會因素的支撐也是其實現文學抱負的關鍵。《小說月報》的作家群體貫穿了晚

清、民初至 20 世紀三十年代的漫長歲月，在當時風雲激盪的社會環境裏面，作家身份的急遽變換，直接影響了他們不同的人生道路，更導致了他們不一樣的文學主張，甚至在一定程度上決定了當時的文壇格局。《小說月報》創刊時期的作家，對作家的身份是不大認可的，這一作家群主要是從晚清讀書人中轉過來的，比如《小說月報》的主編王蘊章就是舉人，重量級撰稿人林紓也是舉人，指嚴及惲鐵樵出身於晚清官宦之家……，這一背景導致了他們的心理意識還在封建社會裏面打轉，固守著「學而優則仕」的觀點，一有機會就想辦法踏入仕途，這從王蘊章 1913 年辭去《小說月報》主編而去民國臨時政府任職、許指嚴任國民政府財政部輯要秘書便可見一些端倪。在這種心理之下，進入民國以來最早的一批作家都不認可近現代興起來的「賣文為生」的身份，更視小說為小道，視小說為「幻雲煙於筆端，湧華嚴於彈指」，從內心深處是不大願意為之的。但隨著科舉制度廢除，古代讀書人「學而優則仕」的道路被斷，而《大清著作權律》等的辦法，進一步確認了「賣文為生」的合法性，晚清讀書人在政治上失去了晉身之路，又面臨著經濟的壓力，儘管心裏不願意，但卻不得不以撰稿為生。這樣「過渡型」的作家帶來的作品便徘徊在「雅俗」之間，既有考慮讀者市場的一面，也在其作品中堅守自己的人生立場。既難以跟新文學接軌，也不完全是「鴛鴦蝴蝶派」或「黑幕小說」，即為柳珊所說的「民初小說」。這一類文學作品在當時佔了文壇的很大比重，從當時《小說月報》風行一時就可見一斑。隨著民國的建立，資產階級政權組織形式在中國初露端倪，知識分子入仕的希望變得越來越渺茫，知識分子在改良路線中又出現了新的分化，要麼徹底放棄了傳統讀書人的「清高」，放棄為仕的願望，「沉淪」進了市場，比如「鴛鴦蝴蝶派」的崛起；要麼走向了激進，以改變中國為己任，正如團結在《新青年》周圍的作家群體。而「五四」之後，隨著現代知識分子經濟逐漸得到保障（一是靠與雜誌社撰文，二是靠進入學校）和對政治身份的逐漸認同（進一步不再以入仕為人生唯一目標），現代作家的身份更加清晰起來，作家與其他職業的界限愈發清楚，比如早期的《小說月報》主編王蘊章又身兼《婦女雜誌》的主編，其文學家的身份不是特別明顯的，早期的《小說月報》其實也更像一份綜合類的文化期刊，其欄目有圖畫、長短篇小說、筆記、文苑、新智識等等，而茅盾則以專業的文學編輯身份出現，革新時期的《小說月報》欄目主要是評論、研究、譯叢和創作，與文學不相關的欄目全刪了。這種作家、雜誌向著職業化方向發展

的趨勢，顯示了現代作家的逐漸形成，越來越意識到自己的使命和追求，也為現代文學的成熟奠定了基礎。顯然，這些問題只能是在將前後期《小說月報》貫穿之後，將其放在民國歷史的大背景下才能得到合理的闡釋，而這，正是「民國文學機制」的目標之一。

　　生存空間的保障是作家存在的基礎，文學傳播管道的保障則是對作家精神空間的開拓。現代文學期刊的出現是現代文學與古代文學相區別的標誌之一，使作品的傳播速度加快，使作品的傳播面更廣，同時編輯或作家通過議題的設置，使相關的內容可以得到持久、週期性的關注，但文學期刊的出現同時也使文學傳播變得複雜起來。如果僅從精神層面來考察，我們不難發現前後期《小說月報》的對立性，但如果綜合政治、經濟、法律等因素的考量，我們也能發現《小說月報》前後期存在著的一致性。《小說月報》的創刊，從商務印書館的角度而言，顯然是為了贏利，《繡像小說》贏得了相當的讀者市場，讓商務印書館從中嘗到了甜頭，《小說月報》正是繼承著這一傳統而來，但是作為一份雜誌，它又在傳播著精神文化，在商業與文化的雙重要求下，《小說月報》的定位就至關重要。在《小說月報》的整個發展流程中，《小說月報》的定位就在商業與文化之間搖擺。在茅盾革新《小說月報》之前，《小說月報》總體上走的是「雅俗共賞」較為溫和的路線，這種溫和的路線使得《小說月報》創刊後的相當一段時間裏，銷量都是很好的，與當時的文學市場形成了某種程度上的「平衡」。這種平衡到了「五四」前後被打破了，為了挽救市場平衡，商務印書館不得不更換編輯。茅盾革新《小說月報》時，採取了較為「激進」的措施，從表面的欄目設置、全用白話文到編輯理念都與之前的編輯發生了「斷裂」，這種將《小說月報》定位較高與當時的讀者水準拉開了距離，連新文學的提倡者胡適、魯迅等都認為「維新太過」，導致了銷量依然沒有多少起色，「茅盾自己因為《小說月報》的銷路不佳而辭去編輯工作」〔9〕。從企業的角度來看，衡量一份期刊是否成功的關鍵就是看期刊的銷量，也就是說茅盾的革新並未挽救《小說月報》在市場中的「失衡」。與茅盾的激進路線不一樣，繼承茅盾編輯地位的鄭振鐸採取更加理性和溫和的方式進行啟蒙，將茅盾沒有重視的「整理國故與新文化運動」欄目設立起來，拉近了與舊有讀者的關係，同時也保留住了新式讀者，《小說月報》的銷量才逐漸穩定下來，與市場重新平衡，也才達到商務印書館更換《小說月報》編輯的目的。這也是為什麼有研究者認為鄭振鐸任《小說月報》編輯才「標誌著

《小說月報》真正完成了自己的革新過程」的原因。從市場的角度來看，《小說月報》的發展就是一個與市場「平衡——不平衡——平衡」的過程，商務印書館的企業家們看重的並不是革新的內容，而是期刊的銷量與市場的影響力，這也可以解釋爲什麼在茅盾革新《小說月報》之後，商務印書館又創刊了《小說世界》去拉攏傳統讀者，在他們眼裏，新文學與舊文學是一致的，都是牟利的手段。從「民國文學機制」的角度來分析這些現象，顯然更能夠呈現給我們一幅立體的《小說月報》革新圖景。

儘管從商業的角度看來，因爲銷量的原因，茅盾革新《小說月報》還「不夠徹底」，但從現代文學發展的角度，茅盾革新《小說月報》卻有著相當重要的意義。從晚清文學向現代文學轉型的角度來說，前期的《小說月報》是當時雜誌界的「權威」，有著數量眾多的讀者，編者和作者大多都是當時文學界的名家，又有商務印書館雄厚的資金支持，在幾乎占盡「天時、地利、人和」的情況下，現代文學「革命」爲什麼不是首先從《小說月報》開始呢，反而是從「白手起家」的《新青年》開始？這無疑與當時的社會狀況及文化氛圍緊密相關。進入民國之後，儘管《中華民國臨時約法》中莊嚴宣稱「人民享有言論自由」的權利，但接下來的北洋政府鉗制言論自由成爲中國現代史上最嚴重的時期之一，僅 1913 年被封殺的報紙即達 40 餘家〔10〕，而商務印書館又有雜誌遭到查處的經歷，因此，爲了追求利益最大化，商務印書館的政治態度是趨於保守中立的。這種保守中立失去政治敏感度的態度導致了《小說月報》出現了滑向「鴛鴦蝴蝶派」的傾向，在新文化運動中成爲受新文學指責的舊派文學的堡壘。相反之下，《新青年》當時正處於銷量不佳而導致的經費危機中，這種危機加上陳獨秀等人的留學背景，讓該刊能夠「鋌而走險」，試圖用振聾發聵的觀點去贏取讀者市場，導致了其後新文化運動成爲「燎原之火」。到茅盾革新《小說月報》的時候，新文學已在整個文化格局裏面站穩了腳跟，茅盾的革新對《小說月報》的意義猶如《新青年》之於全國的意義，儘管茅盾後來被撤離了主編崗位，但其在《小說月報》裏開創的新文學精神空間及留下的新文學編輯理念卻被後來的編輯鄭振鐸及葉聖陶繼承了下去，使《小說月報》再也回不到舊派文學的陣營裏面去。同時，像《新青年》等這樣的雜誌，屬於綜合類的期刊，更主要的歷史功績在於對舊文化、舊文學的「破」，而對新文學的建設，革新後的《小說月報》成爲第一份真正的新文學期刊，其功績不言而喻。

　　在「民國文學機制」的視野下，從對當前存在問題的回應，到研究態度、方法、內容的再次定位，《小說月報》長期被研究者忽視的問題重新浮現，而正是這些問題的存在，支撐起了《小說月報》在現代文學期刊中的獨特景觀。《小說月報》的研究如此，其他文學期刊的研究也是如此。「民國文學機制」在返回自然時序的同時，爲研究者提供了相應的技術路徑，讓研究者不帶著「成見」去「發現」一些曾經被「遮蔽」了的文學史實，而這些文學史實是如此的重要，爲文學研究提供了相當大的闡釋空間，極大的拓展了當前文學研究的視野。更重要的，「民國文學機制」要求文學研究者發揮其「主體性」，提倡研究者自身的「體驗」，而不是盲從於既往的概念或當前西方的潮流，對於扭轉當前研究中對西方的盲從，無疑具有裨益。而這，恐怕也是「民國文學機制」最終的旨歸所在。

第三節　寫作的基本思路

一、寫作的基本思路

　　「民國文學機制」是一個包容性很強的概念，凡是能夠影響到現代文學的發生、發展的社會歷史因素均可視爲民國文學機制的一部分。作家、作品及一些文學現象都可以放在民國文學機制下進行關照，具體對於《小說月報》而言，影響《小說月報》發展的民國經濟、政治、法律、傳媒、教育等諸多因素都應在考察之列。這些機制是如此的豐富，彼此之間錯綜複雜，導致理清民國文學機制與《小說月報》之間的關係成爲一項複雜而龐大的工程，在短時期內已然難以完全做細緻而全面的考察，因此，本書的寫作並不在於具體而微的關係梳理，而主要著眼於從民國機制涵蓋的諸方面對《小說月報》研究帶來的視野拓展及可行性等學理思考，以期爲從民國機制進一步研究《小說月報》奠定相關基礎。按照這樣的思路，書稿從民國機制所涵蓋的內容中選取民國經濟、政治、法律、傳媒及教育來論述從這些視角審視《小說月報》的必要性及可行性，其基本的寫作內容主要圍繞上述展開。

　　第一章主要從整體上論述民國文學機制與《小說月報》研究的關係，論述主要包括：

　　（1）對現代文學研究中民國文學機制概念提出的歷史梳理。從新文學到

現代文學,再到民國文學、民國文學機制,反映了現代文學怎樣的研究範式,而民國文學機制是對這些研究範式的有益補充,主要思考爲什麼在當下的現代文學研究中提出民國文學機制的概念。

(2)論述《小說月報》研究中引入民國文學機制的必要性。在《小說月報》的研究中,前後期被人爲地劃了一條涇渭分明的界線,本部分論述了這條界線出現的歷史原因及這條界線的出現對《小說月報》研究帶來的斷裂性及含混性影響,前後期的這條界線並不是不可逾越的鴻溝,要對《小說月報》做全方位的關照,需要我們摒棄先入爲主的預設概念,返回歷史現場,從多個維度重新審視《小說月報》的期刊發展,這正是民國文學機制的研究思路。

(3)本書寫作的基本思路。書稿的寫作主要以提供從民國文學機制來研究《小說月報》的方法搭建爲主,一些具體的關係梳理作爲個案來討論,展示的是從民國文學機制來研究《小說月報》的廣度及可行性。

第二章主要論述從民國經濟來《小說月報》的視野拓展。具體說來,主要包括以下內容:

(1)論述在現有的研究中,對從民國經濟來研究現代文學進行文獻綜述,進而展開對從民國經濟研究現代文學的有效性及其限度進行思考,從較爲宏觀的角度思考文學與經濟的關係。

(2)首先論述從民國經濟維度來研究《小說月報》的現有成果,進而根據研究現狀提出從民國經濟研究《小說月報》應該包括的主要內容,搭建起民國經濟與《小說月報》研究的基本框架。

(3)分別以林紓與《小說月報》的關係、文學轉型期《小說月報》作家群的經濟選擇與茅盾革新《小說月報》後作家的經濟狀況分析爲個案,爲從民國經濟研究《小說月報》提供具體實例。

第三章主要嘗試從民國政治的角度來對《小說月報》進行研究的可能性。主要包括以下一些內容:

(1)論述現代文學研究與現代政治的關係。長期以來,現代文學研究受「政治經濟學」的影響,造成了政治標準第一,藝術標準第二的簡單模式,反撥之後,研究者又對政治敬而遠之,對確實影響現代文學的政治因素視而不見,這對現代文學研究帶來了弊端,本書認爲要在民國機制的視野下,回到現代文學與政治發生關係的現場,對從民國政治來研究現代文學的有效性及必要的限制進行思考。

（2）論述民國政治與《小說月報》研究的關係。《小說月報》與民國政治的關係經常被研究者所忽略，該部分梳理了研究現狀，分析了長期被忽略的原因，進而探討從民國政治來研究《小說月報》的必要性、可行性及其研究的一些具體思路、研究內容。

（3）作爲個案研究，探討《小說月報》總體的政治立場及其這種立場形成的原因。探尋《小說月報》政治立場的隱秘性，進而分析《小說月報》與民國政治之間千絲萬縷的聯繫，從政治的角度重新審視《小說月報》。

第四章主要從民國法律的角度來考察研究《小說月報》的方法及途徑。主要包括以下一些內容：

（1）論述民國法律與現代文學研究的關係。綜述現有的民國法律與現代文學研究可以發現，民國法律與現代文學的研究才剛剛起步，儘管存在著限度，但民國法律視角對於拓展現代文學研究視野是不可或缺的。

（2）具體論述民國法律與《小說月報》帶來的研究空間開展。與《小說月報》研究的政治視角相似，從民國法律的維度來考察《小說月報》研究者也著墨不多，依然是現代文學研究尚待開墾的領域，進而考察這一視角帶給《小說月報》研究的可能性及可拓展的研究空間。

（3）作爲個案研究，本部分主要考察《大清著作權律》在現代文學建構中的作用。以《小說月報》的稿酬條例爲具體例子，詳細分析《大清著作權律》在現代作家形成中、文學市場形成及現代性進程中的作用。

第五章主要論述民國傳媒與《小說月報》研究之間的關係。主要論述了以下問題：

（1）在梳理當下民國傳媒與現代文學研究現狀的基礎上，認爲儘管民國傳媒與現代文學的關係研究較多的被研究者關注，但研究依然全面，不透徹。本部分主要論述了從民國傳媒來研究現代文學的必要性，同時警惕研究中應該注意的各種失誤。

（2）著重梳理民國傳媒與《小說月報》研究之間的關係。在文獻綜述的基礎上，提出從民國傳媒來研究《小說月報》可進一步開拓的空間。

（3）分析以往被研究者所忽視的廣告對《小說月報》創刊、盈利等的影響，作爲案例來考察在以往研究視野中被遮蔽的部分。

第六章主要論述從民國教育視角來研究《小說月報》所能帶給我們的啓示，包括了以下一些內容：

（1）綜述民國教育與現代文學研究，進而提出民國教育對於現代文學研究的有效性及其限度。

（2）著重分析從民國教育來研究《小說月報》所具有的優勢。從民國教育的角度來研究《小說月報》，射獵者甚少，但恰好預示著一個研究潛力較大的可開拓空間。

（3）作爲案例分析，本部分主要從晚清民初商務印書館的小學教科書的角度來分析不同的教育對文學讀者的培養。

結語部分主要論述了民國文學機制所蘊含的豐富內涵，經濟、政治、法律、傳媒、教育僅是這個機制裏面的一部分，民國經濟、政治、法律、傳媒、教育等多重因素錯綜複雜的交織在一起，推動或制約著《小說月報》的發展，要探尋《小說月報》原初的面貌，就必須對這些因素及其相互之間的關係進行一一梳理和關照。本書所列舉的僅僅是一種框架的搭建，作爲一種研究視野，研究方法，民國對於《小說月報》研究，對於現代文學研究，目前僅僅只是一個開端。

現代文學期刊是在現代社會裏形成的，本書的寫作緊緊圍繞「民國機制」這一核心，以《小說月報》爲切口，展開對現代文學傳播各個方面的考察。首先，文學期刊的運行與社會機制緊密掛鉤。作爲一家文化企業，商務印書館就是在現代市場、政治、法律、教育、傳媒語境競爭中發展起來的，從企業運作來看，這是企業的一系列相關活動，但對於中國現代文學而言，這又不僅僅是企業活動，而是一項重要的文學活動。這樣就形成了社會機制既促進了文學的發展，但其相互牽扯也制約了文學的發展。課題探究的問題就是民國社會機制在多大程度上促使《小說月報》的發展，又在多大程度上制約了文學的發展。通過分析和比較，課題將盡可能的揭示《小說月報》運營的每一個要素是如何受制於社會機制又反抗社會機制的。在此基礎上，課題將探究作爲文學活動主體的作者是如何面對現代商品市場、政治、法律、傳媒、教育語境的，在從古代作家向現代作家的轉型過程中，這些機制起到了什麼樣的作用？從古代到近現代，作家身份發生了改變，心理也發生了巨大的變化。圍繞著《小說月報》的作家群，課題將力圖揭示出他們轉型的艱難、分化與堅守的。作家發生分化，同樣讀者也同樣在發生分化。課題將盡可能的揭示民國社會機制在這些環節中的作用。

課題研究既有橫向的各要素之間的分析、比較，也有縱向的不同時間段

的《小說月報》的分析比較。在總的研究思路中，以橫向爲緯，縱向爲經，縱向的分析比較將隱含在研究的每一節裏面。

二、需要注意的問題

「民國文學機制」是近幾年來在研究界興起的一個概念，其提出的時日較短，學界對其討論還遠遠談不上充分，而《小說月報》經歷的晚清、民國兩個時期，其本身構成又是異常複雜的，導致了從「民國文學機制」來探討《小說月報》總會出現各種值得警惕的問題：

1、本書中所謂的「民國文學機制」。《小說月報》的創刊是在 1910 年，屬於清朝，或者說影響《小說月報》創刊的應當是「清代機制」，而非「民國機制」，但 1910～1911 相對於《小說月報》漫長的歲月而言，只是其中的短暫時期，更重要的是儘管 1911 年從清朝跨越到了民國，但顯然社會機制難以完全一刀切，所以，本書在對這一段時間的社會機制命名的時候，主要以「民國文學機制」爲主。

2、「民國文學機制」這一概念所包含的大致有三方面：作家生存空間的保障、作品傳播管道的保障及基本文化氛圍，所涉及的不僅僅是外部的社會條件，亦關注作家基本的精神生活，因此，本書所說的「民國經濟」、「民國政治」、「民國法律」、「民國傳媒」、「民國教育」等，既包含作爲一般意義上的「經濟」、「政治」、「法律」、「傳媒」、「教育」等，也包含與之相關的意識及行爲，如「民國法律」，既包括一般理解的法律制度、法律條文等，也包括人們的法律意識及與之相關的法律行爲，更類似於法律文化較爲寬泛的概念。其他「民國經濟」、「民國政治」、「民國傳媒」、「民國教育」等概念亦如此。

3、關於「民國文學機制」的命名。在當前相關的論述中，儘管討論的是同一對象，但依然出現了「民國文學機制」與文學的「民國機制」兩種說法，在寫作過程中，出於寫作統一的需要，本書採用「民國文學機制」這一名稱。

第二章　民國經濟與《小說月報》研究

　　《小說月報》作爲中國現代文學史上的一代名刊，其發展歷程跨越了晚清與民國兩個時期。在《小說月報》創刊與發展的過程中，正值中國近代向現代轉型的複雜過程，經濟、政治、思想、法律、教育等各個領域都發生著前所未有的變化，這些變化或隱或現地影響著《小說月報》的辦刊。在以往的研究中，這些「機制」性的因素或被忽略或被簡化，極大地制約著我們對《小說月報》原初面貌的認識。在諸多因素裏面，作爲期刊運行的基礎，經濟的作用常被研究者提到，又往往難以進入到深入的細節描繪。從經濟的角度去關注《小說月報》，既能勾勒經濟與文學的關係，也能重新發掘出之前研究中被遮蔽的文學現象，但同時，經濟視角也不是萬能的，有著其必有的限度。

第一節　民國經濟與現代文學研究

一、現代文學研究中的民國經濟視角

　　梳理已有的從經濟角度來研究現代文學，其研究主要沿著以下一些維度展開：

　　1、粗線條的勾勒民國經濟對現代文學的整體影響，這類研究主要是在史著或宏觀把握現代文學的論著中將民國經濟作爲現代文學發生、發展的背景給予審視。比如在《現代文學三十年》（修訂版）中，作者在論述文學革命的發生時，就關注到：「第一次世界大戰後帝國主義列強暫時放鬆了對中國的侵

略，中國民族工業乘機發展，新興的社會力量增長，又爲新的文化與文學運動提供了物質的階級的基礎」，「而由現代印刷工業技術的引入促成現代出版業的發展，晚清大批報紙副刊與專門文學雜誌的出現，導致了現代文學市場的形成，現代稿費制度的規範化，爲職業作家的出現提供了經濟保證」〔註1〕，在論述通俗文學、新感覺派、社會剖析小說等的時候，作者也將民國經濟作爲大背景給予關照。魯湘元將中國的近現代市場經濟文學分爲多個階段進行考察，最後得出結論：「狹義的作爲社會經濟形態而存在的市場經濟，是中國近、現代文學生產者——作家和出版家——賴以存在的基礎，也是讀者賴以讀到各種各樣作品的客觀條件」，「沒有狹義的市場經濟，就沒有，中國近、現代文學的大部分」〔註2〕，這是將經濟因素作爲了整個文學格局必不可少的一部分了。還有陳平原在《二十世紀中國小說史（1897～1916）（第一卷）中的《商品化傾向與書面化傾向》一章，都注重於從經濟的外部原因之於整體文學的關係。

2、從某一種文學現象中去發掘與之相關的經濟因素。比如欒梅健的《二十世紀中國文學發生論》中的《稿費制度的確立與職業作家的出現》論述稿酬對作家的影響，還有諸多從現代文學的出版傳媒、編輯發行等角度進行的研究，都不可避免的涉及到經濟基礎這一因素。

3、研究作家的經濟狀況。比如裴毅然的《中國現代文學經濟生態》（河南人民出版社，2012年）在對1898～1949年中國文化界經濟狀況進行整體宏觀考察時，考察的主要內容還是現代作家的經濟狀況；陳明遠的《文化人的經濟生活》（陝西人民出版社，2013年）選取了部分作家對其經濟狀況進行考查。

4、研究作品中的「經濟文學」，主要關注現代文學作品中所反映出來的社會經濟面貌。比如鄔冬梅的《民國經濟危機與30年代經濟題材小說》（《文學評論》2012年第3期）從社會經濟學的視野探討了民國時期的經濟危機與經濟題材小說創作熱之間的關係、李哲的《經濟・文學・歷史——〈春蠶〉文本的三個維度》（《文學評論》2012年第3期）致力於從經濟學的視野來解讀茅盾小說文本。

〔註1〕錢理群等：《中國現代文學三十年》（修訂版），2004年8月，頁4。
〔註2〕魯湘元：《稿酬怎樣攪動文壇——市場經濟與中國近現代文學》，紅旗出版社，1998年，頁259。

5、從方法論的意義上來審視文學與經濟的關係。近年來，伴隨著經濟與文學越來越多的走進學者視野，反思從經濟角度研究文學的論文也相繼出現。比如李怡就認爲之前的「政治經濟學」研究文學存在著簡單化、單一化的弊病〔註3〕；楊華麗則認眞分析了經濟能帶給現代文學研究的諸多方面，並對從經濟研究文學的限度作出了分析〔註4〕。

從當前民國經濟與文學研究的成果來看，既有粗線條對兩者關係的勾勒，也存在著從具體關係的梳理，既有理論總結、反思，也不乏相關的文本解讀，可以說，民國經濟與現代文學的研究，已然沿著多個維度展開。然而，相較於民國經濟與現代文學之間豐富的內蘊關係，當前的研究依然略顯冷清，儘管多方開花，但都還處於起步階段，總的來說，粗線條的勾勒多，具體的分析欠缺，理論提倡方熱，實際成果尤待。民國經濟介入現代文學的長期「留白」，既與研究者的觀念有關，也與有效方法介入的缺失相聯。

長期以來，囿於傳統，文學作爲高高在上的精神形態，總是與形而下的經濟格格不入，作家、研究者遵循「文不經商，仕不理財」，不屑於談錢論金，或出於隱私，「諱言錢」，導致哪怕是在作家日記、傳記裏面，關於日常經濟生活的記載很少，研究者能夠找到的資料亦非常零散，要進行調查、考證難度極大，幾乎沒有人系統加以搜集整理；而從現代文學的研究格局來看，現代文學研究已在思潮、審美、題材、內容等精神層面獲得了相當精深的成果，研究領域已然非常廣闊，研究者有意無意忽略了經濟基礎這一領域，成爲「被遺忘的角落」；而從民國經濟視角來研究現代文學的薄弱，更深的原因可能與研究者慣常的對「經濟與文學」關係的認識有關。按照我們熟知的「政治經濟學」模式或大多數文學理論，文學屬於一種懸浮於空中的意識形態，「文學是顯現在話語蘊藉中的審美意識形態，這種審美意識形態是一般意識形態的特殊形式，而一般意識形態又屬於社會結構中的上層建築」〔註5〕，既然文學屬於「上層建築」，而馬克思政治經濟學告訴我們，「經濟基礎決定上層建築」、「上層建築反作用於經濟基礎」，於是順理成章的，中國現代文學就是中國現代社會（舊中國）生活（包括經濟狀況）的反映等等，像《林家鋪子》、《駱駝祥子》這樣的現代作品是如何反映20～30年代中國的經濟以及民族資產階

〔註3〕李怡：《民國經濟與文學》，《文藝報》，2012年1月30日。
〔註4〕楊華麗：《現代文學研究的民國經濟視野——有效性及其限度》，《社會科學研究》，2012年第5期。
〔註5〕童慶炳：《文學理論教程》，高等教育出版社，2003年5月，頁75。

級是如何喪失前途的等等，都是我們耳熟能詳的結論。在這種「決定──反作用」的認知模式中，文學與經濟的關係似乎是明瞭確定的，實無討論之必要，從民國經濟視角來討論現代文學長期缺失於研究者的視野也就不足爲怪。

二、民國經濟研究現代文學的有效性

剔除文人「恥於言錢」的狹隘視野，跳出「決定──反作用」的簡單模式，回到現代文學的歷史場域，我們不難發現，經濟與文學之間錯綜複雜的關係遠遠比我們的慣常認識複雜得多，遠不是我們所謂文人清高或「經濟基礎決定上層建築」、「上層建築反作用於經濟基礎」這樣簡單的「政治經濟學」所能夠概括的。

在以往的「政治經濟學」模式下，固有的「經濟基礎決定上層建築」這樣簡單的判斷往往讓我們只關注在經濟基礎之上的階級對立和階級鬥爭，而忽略了經濟之於社會生活更爲廣闊的影響。經濟作爲社會活動基礎，其決定的不僅僅只是不同社會階級的對立、衝突與聯合，對教育、思想、法律、新聞等的影響依然是顯而易見的，而這些因素因緣際會地交織在一起，又或隱或顯的影響著文學的發展。回到歷史場域，就是要撥開以往被簡單模式遮蔽的豐富的歷史現象，理清經濟、教育、思想、法律、新聞等諸種因素綜合起來是如何促進現代文學發展的，從而勾畫出經濟在不同的文學形態中到底起到了何種作用。

在以往的「政治經濟學」模式中，建立在階級對立的基礎上，只堅持從經濟形態引發政治意識形態的解讀，最終達到對資本主義的痛斥和批判，對定性爲資本主義的作家、作品置之不理，長時期的忽略了他們的文學活動，與之一起遮蔽的，還有造成這些文學現象之後的社會因素，現代文學研究忽略了歷史上每一個階段（包括資本主義）的經濟形態都具有諸多的正面價值，同是半殖民地半封建社會的市場經濟，爲什麼生發出不同形態的文學，這本身就是一個極富思考意義的問題。

在之前對民國經濟與現代文學的研究中，大多數研究都只描述了經濟現象的某些外在形式，而嚴重忽略了「經濟欲望」之於人內在情感、思維的深刻作用。文學之所以爲人學，很大程度上取決於作家內在的情感、思維，忽略了作家面對經濟考驗時所投射在文學中的情感變化，忽略了作家「經濟欲望」的分析，在追尋現代文學之所以是現代文學原因時，無疑是極爲嚴重的缺失。

　　從這樣的角度出發，民國經濟對研究現代文學的有效性不言而喻，至少在以下層面可以展開進一步的思考：

　　（1）民國經濟與現代文學創作研究。考查經濟對文學的制約作用，很重要的切入點就是作家的經濟狀況。「要理解作家職業的本質，必須想到，一個作家，即使是最清高的詩人，他每天也要吃飯和睡覺」，〔註6〕作家的經濟體驗是其生存感知中最基本也最重要的一種。現代作家的經濟狀況形態各異，導致作家的生活狀態千差萬別，這種不同的生活狀態參與培養了作家獨特的氣質，從而形成風格迥異的作品。現代文學史上著名的「京派」與「海派」之爭，爭論的焦點之一就是文學與經濟的關係，「海派」趨從於經濟自不待言，就是在看似與經濟、政治相隔較遠的「京派」作家身上，我們依然能看到經濟在他們身上打下的深深烙印。比如沈從文，1922年在湘西部隊支取三個月的工資27元來到北京的時候，他是懷抱著「我來尋找理想，讀點書」〔註7〕的追求，郁達夫的《給一個文學青年的公開狀》說：「你到北京來的，是一個國立大學畢業的頭銜，你告訴我說你的心裏，總想在國立大學弄到畢業，畢業以後至少生計問題總可以解決」〔註8〕，顯然，沈從文最初是為了一個國立大學的畢業文憑，而不是進行文學創作。他認為在北京可以半工半讀，但顯然沈從文最初在北京的生活異常的艱難，「第一靠朋友的幫助。當時住北大附近公寓的相熟同學，幾乎過著一種原始共產主義生活，相互接濟是常事⋯⋯第二是靠當時的環境，照清朝規矩，舉子入京會試，沒有錢，可以賒賬，到民國初年，雖然科舉制度已經廢除，其遺風猶存」〔註9〕，正是在這種異常的艱難中，沈從文寫信向郁達夫求援。在《給一個文學青年的公開狀》發表一個多月後，沈從文的第一篇文章終於發表了，帶給了他極大的精神鼓舞。文章有了發表的機會，慢慢的有了稿費，他早期的作品主要發表在《晨報副刊》，他每月從那裏領取稿費4元到12元不等〔註10〕，雖然還難以完全讓他有足夠的衣食保證，但總算相對穩定了。取得了作家身份之後，沈從文完全靠寫作謀生。「他要以手中的一支筆，養活三口人。小妹要上學，而他母親又疾病纏

〔註6〕羅貝爾・埃斯卡爾皮：《文學社會學》，符錦勇譯，上海譯文出版社，1988年，頁54。

〔註7〕沈從文：《從文自傳・一個轉機》，北京十月文藝出版社，2009年，頁97。

〔註8〕郁達夫：《給一個文學青年的公開狀》，《晨報副刊》，1924年11月16日。

〔註9〕凌宇：《沈從文傳》，北京十月文藝出版社，1988年，頁191。

〔註10〕沈從文：《沈從文文集》（第9卷），花城出版社，1984年，頁58。

身打針吃藥，花費不少。因而他得夜以繼日，拼命寫作」〔註11〕。正是通過創作，沈從文慢慢讓自己獲得了經濟上的獨立，使其可以生存下去。對照沈從文最初到北京的理想，我們不難看出，沈從文選擇作家這條路，生活所迫是主要原因之一。也正因為早期寫作多是為了投稿為生，所以沈從文早期文學創作雖然高產，但評價卻不高：「一開始時，他大概還沒有體會到寫小說原來要顧慮到那麼多技術型的東西的。他常常在文體與主題上做各種不同的試驗，寫了一連串的短篇小說，有好的，有壞的，更有寫後連他自己也不知道是什麼東西的」〔註12〕，這是經濟狀況影響作家成才及寫作的典型例子。一個作家經濟狀況的好壞對作家創作既有利亦有弊，但無論利弊，這種影響都是巨大的。因而，只有尊重作家包括經濟體驗在內的生存感知，我們才能更準確地理解作家的思想、行為以及作品。研究民國經濟對現代作家創作的影響，理應成為民國文學機制的題中之意。

現代文學作品中的民國經濟書寫研究。文學作為一種特殊的意識形態，總是要反映一定的社會存在，經濟也就成為文學反映的重要內容之一。文學作品中反應出來的經濟，無疑與專門的經濟學統計、分析的精細嚴格有別，是經濟現象中較感性、印象式的一面，往往給予人的印象又極為深刻，比如恩格斯說巴爾扎克小說「彙集了法國社會的全部歷史，我從這裡，甚至在經濟細節方面……所學到的東西，也要比從當時所有職業的歷史學家、經濟學家和統計學家那裏學到的全部東西還要多」〔註13〕，但顯然，對現代文學作品中的民國經濟書寫進行研究，揭示民國經濟的基本面貌並不是研究的重點，更重要的是研究民國經濟的文學書寫方式、可能性，甚至研究文學書寫中的經濟與及經濟統計中的經濟之間的區別，進而分析文學與經濟之間的糾結。比如茅盾的「社會剖析小說」，作家基於「大規模地描寫中國社會現象的企圖」，廣泛描寫由城市、農村、鄉鎮及工人、農民、企業家、金融家、小商人等組成的立體式的社會經濟結構圖，描寫對象涉及各個行業，包括工業、農業、商業、金融業、投機業等等，顯示出社會經濟結構的多層次性，從中可以看出作家對表現經濟問題的濃厚興趣和用經濟視角分析社會問題的精闢性，在這其中，茅盾著力從階級的角度來勾畫民國經濟凋敝或人的不平等一

〔註11〕 王保生：《沈從文評傳》，重慶出版社，1995年，頁83。
〔註12〕 夏志清：《中國現代小說史》，復旦大學出版社，2005年，頁137。
〔註13〕 恩格斯：《致瑪·哈克奈斯》，《馬克思恩格斯選集》（第4卷），人民出版社，1975年，頁462。

面，比如《春蠶》中描寫蠶農在豐收之年的破產，《林家鋪子》中民族資產階級的破產等，這與經濟史上分析的民國經濟「黃金十年」有著相當的差距，為什麼文學作品中描寫的經濟現象與經濟史上的經濟有著截然不同的反映？這與茅盾的小說創作方式有關還是與當時的社會現實相連？文學與經濟之間存在著怎樣的微妙關係？思考這些現代文學與民國經濟之間的歷史節點，對於我們理解現代文學無疑是有裨益的。

（3）民國經濟與現代文學傳播研究。文學傳播與經濟發展的關係密切是顯而易見的，尤其是近代大眾報刊傳媒興起以來，使文學從小眾傳播走向了大眾傳播，文學普及面大大提高，這些背後都是在近現代商品市場經濟的條件下完成的。研究民國經濟與文學傳播的這些細節，具體勾畫出民國經濟與現代文學傳播的關係，對於從另一個維度來思考現代文學，是不可或缺的。民國眾多的報刊雜誌、出版社等構成了現代文學傳播的主要載體，這些載體傳播的廣度、深度，深刻影響著現代文學普及的效果，而支持這些載體傳播的，經濟是最重要的因素之一。文學報刊雜誌及出版社存在的週期長短、運行的基本機制、發行的地域廣狹等都與當時的經濟息息相關，甚至是讀者對文學雜誌、書籍的購買，都與經濟相關，也直接關係到文學的發展。相對來說，在對民國經濟與現代文學的研究中，這一部分較多地引起了研究者的注意，但研究依然不全面，比如，當下更多的時候是將文學傳播機製作靜態的關照，往往忽視了經濟之於編輯、之於出版商的影響，梳理經濟帶給他們的深刻體驗進而影響到文學的傳播內容、傳播方式的改變，是在研究中需要更進一步考量的。

（4）民國經濟之於中國現代文學歷史特徵的認識。當我們以經濟為視角打量中國現代文學時，有必要從總體上思考民國經濟帶給了現代文學怎樣的變化，帶給了現代文學怎樣的歷史特徵，這對於我們長期以來從「現代」出發總結歸納現代文學特徵無疑是有益的補充。比如五四啟蒙文學，在啟蒙之外，是否有現代商品經濟帶來的變化；比如中華民國所頒佈的一系列經濟法律法規和民國經濟的發展變化，在為文學生產、傳播、消費鏈條中產生了怎樣的必要準備，如何形成了對現代文學產生影響的民國經濟機制？尤其是民國的地域差異性，導致了不同地域產生了不同的經濟形態，形成了不同的經濟機制，這些經濟機制又如何制約或影響了現代文學的發展？從民國經濟來看待現代文學，現代文學又呈現出怎樣的整體特徵？現代文學在民國經濟社會中與古代在古典社會中或當代文學在市場經濟條件下呈現出了怎樣鮮明的

特徵？這些問題，以前更多的被我們被我們忽略或遮蔽，當我們試圖擺脫單一的研究模式式，從民國經濟的角度出發，無疑是一個較為可行的角度。

三、民國經濟視角研究現代文學的限度

現代文學研究的民國經濟視角具有相當的有效性，自然也存在著必要的限度，這些限度，是從該視角研究現代文學必須給予注意的：

1、警惕「泛經濟」的研究。作為社會生活的基礎，經濟必然與許多社會領域發生著千絲萬縷的聯繫，甚至決定著社會的基本形態，文學必然牽涉其中，但不是所有的經濟因素都能參與形成現代文學的經濟機制，在經濟是社會基礎這一論斷下，很容易就會將論述空泛化，從而形成不了有效的結論。這就必然要求我們回到民國歷史現場，在民國經濟與現代文學之間梳理出一條清晰的聯繫，有效甄別哪個時段的哪些作家、作品、文學現象，更適合從民國經濟角度來進行解讀，而哪些作家、作品、文學現象等，如果從此角度切入時會顯得比較牽強。在此基礎上才能勾畫作家、作品、文學現象之間的聯繫細節。

2、以現代文學為本位的研究。研究民國經濟與現代文學的關係，我們審視的是在現代文學的建構中，民國經濟起到了何種作用，對現代文學產生了怎樣的影響，這是以文學為主體的研究，而不是將現代文學視為一種說明民國政治經濟形態的形象化工具。以回歸現代文學為本位，要求這種研究與近年來流行的文學的外部研究區別開來，民國經濟不僅僅是現代文學發生的背景，而是切切實實參與了文學的進程，使我們在一定程度上規避既往經濟學視野下的研究曾落入的一些陷阱。

從這些思路出發，無疑，民國經濟與現代文學的探討才開始。

第二節　《小說月報》研究的民國經濟維度

一、民國經濟視野裏的《小說月報》研究綜述

《小說月報》從創刊至今，一直吸引了諸多研究者的關注，審視已有的研究，已有研究者涉及到了《小說月報》與民國經濟的關係，如謝曉霞《商業與文化的同構：〈小說月報〉創刊的前前後後》、董麗敏《〈小說月報〉革新斷裂還是拼合——重識商務印書館和〈小說月報〉的關係》、謝曉霞《〈小說

月報〉1910～1920：商業，文化與未完成的現代性》和錢理群主編的《中國
現代文學編年史——以廣告爲中心》涉及到《小說月報》的部分都有所涉及。
但整體上看，這些研究都不是專門探討《小說月報》與經濟關係的，都沒有
對《小說月報》與經濟的關係進行詳細考證，敘述的重點都不在此，都只是
零星涉及。

從總體上看，儘管湧現出了越來越多的從社會機制來探討現代文學的研
究，但大都還處於探索階段，屬初線條研究的多，深刻研究經濟之於人的內
在感情、思維的深刻作用的論文還沒有充分展開，特別是將現代文學期刊放
在一個具體的歷史場景中去考察，綜合考察文學與社會經濟的研究還沒有出
現。本章設計爲《民國經濟視域中的〈小說月報〉研究》，擬綜合全面考察《小
說月報》與經濟的關係，這正是當前《小說月報》研究中所缺乏的。

二、民國經濟與《小說月報》研究空間拓展

從「民國文學機制」的角度出發，關注民國經濟與《小說月報》，至少以
下是需要給予考慮的：一是關於《小說月報》的運行機制與經濟關係的考察；
二是關於《小說月報》作者與經濟之間的關係考察；三是《小說月報》中的
作品與經濟之間的關係考察；四是《小說月報》讀者與經濟之間的關係考察；
五是整體反思經濟與文學的關係。

（一）民國經濟與《小說月報》運行機制考察。主要包括以下內容：

1、《小說月報》的創刊動機考察：考察作爲一家文化企業，商務印書館在
什麼條件下創辦《小說月報》？爲什麼要創辦《小說月報》？是出於經濟動機
還是文化動機？對《小說月報》的創刊與當時其他期刊的創刊作橫向比較。

2、《小說月報》籌資方式考察：作爲商務印書館旗下的《小說月報》，其
資本是否完全源自於商務印書館？商務印書館的出資對《小說月報》的辦刊
方針起到了何種影響？將《小說月報》與其他不同籌資方式的文學期刊進行
橫向比較。

3、《小說月報》的銷量分析：搜集資料，對《小說月報》不同時期的銷
量進行整理分析，考察每一時間段內，《小說月報》銷量下降或上升的原因。

4、《小說月報》編輯的調換考察：對前後《小說月報》的歷任編輯考察，
重點關注每次編輯調換與經濟的關係，每任編輯在主編刊物的時候，是如何

在文化與經濟之間平衡的。

5、《小說月報》廣告投放的考查：考察不同時間段內《小說月報》廣告投放的異同及這些異同，給《小說月報》帶來了怎樣的影響。

6、《小說月報》的議程設置與經濟的關係：《小說月報》在相當長的時間內，每一期都會圍繞著一個相對集中的主題組稿，探究這種議程設置出現的原因以及與經濟的關係。

（二）民國經濟視域裏的《小說月報》作者群考察◎主要包括以下內容：

1、考察每一時間段內《小說月報》作者群的經濟狀況。探究前後期《小說月報》作者群的經濟狀況，不同的經濟狀況導致了作者怎樣的寫作態度和寫作文本，與其他社會階層做橫向對比。

2、《小說月報》的運行方式對寫作者產生的影響。《小說月報》採取符合現代市場的運行機制，這種運行機制對作者產生了什麼樣的影響？探究在這種機制下作家從古代向現代的轉型。

3、《小說月報》作者群的文化選擇。作為中國現代文學史上的一代名刊，《小說月報》培樣了許多的文學巨匠，選擇一個或多個有代表性的作家，探究他們是如何克服經濟的制約，堅持文化堅守的。

4、《小說月報》作者群的經濟選擇。《小說月報》處於新舊文學轉型階段，作者面臨著分化，在面向市場還是堅守傳統的選擇上，追逐利益還是堅守文化上，不同的作家做出了不同的選擇，選擇一個或多個面向市場的作家，探究他們是如何滑向市場的，在市場的博弈中，他們採取了怎麼的策略在文壇中立足。

（三）民國經濟視域中的《小說月報》文本研究

1、《小說月報》中的文學作品所反映的經濟狀況。在前後期的《小說月報》中，刊登了大量寫實的文學作品，其中有許多涉及中國當時的經濟的狀況的，探究這些文學文本反映了怎麼的經濟面貌。

2、《小說月報》中反映經濟狀況的文本分類及原因分析。《小說月報》中出現了許多反映當時經濟狀況的文學文本，探究出現這些文學文本的原因。

3、《小說月報》中反映經濟狀況文學文本的深層意蘊分析。挑選有代表性的文本進行深度分析。

（四）民國經濟視域中的《小說月報》讀者群體分析

1、《小說月報》的期刊價格、傳播機制與銷量分析。《小說月報》的銷量曾經大幅增長，也大幅下降過，分析傳播機制、期刊價格與銷量之間的關係，探究影響《小說月報》影響力中的經濟因素。

2、經濟視野下的《小說月報》讀者群體分析。都市文化的興起，導致了小說在 20 世紀初的繁榮，這種讀者的增多致使《小說月報》有了怎樣的反映？探究讀者的期待視野與《小說月報》之間的關係。

3、《小說月報》的革新與讀者群體的分化。茅盾革新《小說月報》，導致了《小說月報》的作者群發生分化，同時，《小說月報》的讀者群也發生了分化，探究這種分化是在怎麼的經濟條件下發生的。

（五）對經濟與文學關係的反思

1、對當前文學期刊改革的思考。借助於經濟與《小說月報》關係的研究，反思當前文學期刊的改革，探究文學期刊在當時如何平衡市場與文化的關係。

2、對文學邊緣化的反思。當下的文學市場正逐步走向「小眾化」，由此思考文學在整個社會中應該處於什麼地位，探究文學邊緣化與經濟之間的關係。

第三節　作家與經濟——民國經濟與《小說月報》研究的個案分析

一、經濟制約下的作家——以林紓為案例的分析

《小說月報》第六卷第六號，刊有兩則關於林譯小說的廣告：

最近出版　完全華商　商務印書館發行

新譯義俠小說　義黑　林紓譯　洋裝一冊　定價二角

　　書中主人翁為一黑奴女也，於英國西方殖民地某島猝遇民變，一家人逃難相失，黑奴挈其主家之一子一女，間關跋涉而至紐約。仰給於苦工者六年，流離顛沛。極人世所難堪。辛能堅持到底，厥後無意中其主人忽互相值，竟得骨肉團聚，而黑奴以勞瘁已甚，負擔縈弛，竟長眠矣。以一不識不知之黑種婦人，而能任重致遠如此，視程嬰存趙尤奇，諡之曰義，疇日不宜。譯者以淵雅之筆，狀況痛

之情，其事其文都成神品，尤爲得未曾有。

新譯偵探小說：風雌羅利 林紓譯 洋裝一冊 定價三角半

書中言俄皇遊歷歐洲，虛無黨人，乘時起事，一時風起雲湧，荊軻轟政之徒，無慮數十百倍，而當中主要多貴族名媛，以金枝玉葉之尊，行燕市狗屠之事，尤爲駭人聽聞，與之對壘者爲皇家偵探，於行在復壁，發見機關，玫瑰花莖，偵之毒藥。如公輸之善攻，墨子之善御，詼奇詭譎，匪夷所思。譯筆之佳，更不待贊，新譯小說中之良著也。

這是兩則很值得玩味的廣告，寫得很精緻，讀過之後就能體會出這是典型的文人寫作的廣告。語言精練簡潔，帶有極強的情感感染力，單從廣告本身來看，既有突出重點的內容，也帶有常見的廣告宣傳語，這無疑是極爲高妙的。跟一般的商業廣告相比，這也是大異其趣的廣告。首先，這是用文言寫成的爲文言翻譯的外國小說所作的廣告。與其他商品廣告相比，我們便可清楚的感覺出書籍作爲一種消費品，使書籍既有與其他商品一樣的消費性，也存在著與其他商品不一樣的地方。比如第二卷第五號前封後插的廣告：

屈臣氏大藥房

EUMINTOL

AIDED BY

Tooth Brush Drill

Cleanses and Sterilizes the Mouth, Sweetens the Breath

And Prevents Tooth Decay

$1.00Per Bottle

憂名塔牙水

憂名塔爲最近新發明之牙水於漱口時敷於牙刷上擦之其功效如下

——能使口中潔淨

——能使呼吸清香

——永免蛀牙之患

價目每瓶一元 屈臣氏大藥房啓〔註14〕

〔註14〕《小說月報》第二卷第五號。

這一則廣告就是放到當下也不覺得陳舊，中英文均有，近乎口語的白話。如果將文學作品也視為一種消費品，那麼同為從外國引進的商品，林譯小說無疑跟憂名塔牙水有著同樣的性質，它們都在尋求最吸引消費者的地方。在憂名塔牙水的廣告裏，英文顯示了它從外國進口的高檔次，口語化的中文則讓它貼近普通大眾，這無疑是一則很成功的廣告。林譯小說廣告與憂名塔牙水的廣告一相比，一個文言冗長，情感煽動藏在字裏行間，一個中英皆備，短小明晰，貼近大眾。這是兩則不同風格的廣告，一個將情感共鳴作為賣點，一個將實用作為賣點。

其次，跟同時期林譯小說的其他廣告相比，這兩則廣告也有著不一樣的地方。刊登在該時期《小說月報》上的其他林譯小說的廣告，許多僅僅僅提供書名，比如第六卷第六號的廣告：

商務印書館發行　說部叢書

第三集第一次發售預約：合計一百萬字　分訂二十五冊　定價六元五角　陰曆八月預約全部只收四元

第一編：林譯　《亨利第六遺事》一冊　二角五分

第二編：《冰蘗餘生記》二冊　五角

第三編：林譯　《情窩》二冊　六角

第四編：《海天情孽》一冊　一角八分

第五編：林譯　《香鉤情眼》二冊　六角

第六編：《名優遇盜記》一冊　二角

第七編：林譯　《奇女格露枝小傳》一冊　二角

第八編：《大荒歸客記》二冊　四角

第九編：《眞愛情》一冊　二角五分

（以上九種業已出版）

這些僅提供書名的廣告，賣點往往要麼是書名，要麼是奔著作者來；也有一些給予簡介的，不過這些簡介大多寥寥數語，非常簡潔，比如第二卷第六號上的廣告：

林譯小說　五十種九十七冊　零售三十七元餘　全部定價十六元

風行海內　膾炙人口　有志文學　尤宜速購

這些簡介性的廣告基本不涉及文本內容，基本屬於套語，對讀者構成的吸引力很小，購買者應多半是林譯小說的老讀者。而上述林譯小說的這兩則廣告

不但對小說內容用文言給予詳細的介紹,而且在陳述之間,廣告者的強烈的思想情感得以完全呈現出來,這完全就是一篇書評。如果與林譯小說的其他廣告相對照,聯繫起林紓作品的一貫風格,那麼很能讓人懷疑這兩則廣告極有可能出自林紓之手。並且,相對於林譯小說的其他廣告,這兩則廣告用了許多中國歷史典故,「程嬰存趙」、「燕市狗屠」、「公輸之善攻,墨子之善御」等,廣告中用短語來做宣傳的極多,但用歷史典故的不多,原因在於用短語做廣告不但易於誦記,而且能增強趣味性。但歷史典故不一樣,歷史典故的背後往往是一段歷史事件,如果不是對歷史有著較深的解讀,很容易就形成了誤讀,而誤讀很容易造成消費者與廣告商原初意義之間的背道而馳,從而不利於宣傳。

這則廣告同時刊登在商務印書館旗下的另一份雜誌《婦女雜誌》一卷七號上,兩相對比之下,如果考慮到《婦女雜誌》的讀者群體,那麼這兩則廣告就很耐人尋味了。據 1916 年～1917 年間曾在商務印書館編譯所擔任學徒的謝菊的回憶:「《婦女雜誌》創刊於 1915 年,供中學以上程度的女學生和家庭婦女閱讀。」〔註15〕也就是說《婦女雜誌》的讀者主要來自於女學生和家庭婦女,而民國初年的女子教育才剛剛興起,1912 年,全國中學數量為373 所,學生數為 52100 人〔註16〕,而在這些學生數中,女學生數量遠不到一半,家庭婦女相對於女學生來說,能看書識字的更少,在這些女學生和家庭婦女當中,能看到婦女雜誌的,又少之又少。女子教育在民國初年處於一個低下落後的水準,許多以婦女為讀者對象的雜誌為了能更大的爭取到讀者,紛紛由文言辦報轉為白話辦報,比如裘毓芳主辦的《官話女學報》、中國女學會主辦的《女學報》、秋瑾、馬伯平主辦的《中國女報》等,而從整體來看,從清末到民初(1897～1918),共計有白話報 170 餘種,白話報幾乎無省不有〔註17〕。雜誌採用白話文,相應地,廣告也大半採用白話文。其實,《婦女雜誌》、《小說月報》上的許多廣告也是白話文廣告,為的就是爭取到更大的消費群體。很典型的就是《小說月報》在第六卷第六號上論說欄目之後插入的一則廣告:

〔註15〕 謝菊曾:《十里洋場的側影》,花城出版社 1983 年 4 月版,頁 38。

〔註16〕 朱漢國、楊群等:《中華民國史》誌四,第五冊,四川出版集團四川人民出版社,2006 年 1 月版,156。

〔註17〕 徐松榮:《維新派與近代報刊》,山西古籍出版社 1998 年 2 月版,頁 190。

演義叢書 伊索寓言演義 孫毓修編 定價三角

　　演義小說，最足動人，本館今取中外小說中之引喻設義，辭理
俱足，可為人心世道之助者，以**極有趣味之白話演成之**，茲先成伊
索寓言演義一種。伊索寓言作於上古希臘之世，至今流傳不衰，歐
美諸國莫不奉為經典。以其詞約理博，無智無愚，鑽研不盡，所以
江河萬古不能廢也，今取是本演成白話，**每則略加短評**，以資發揮，
插圖百有餘幅，讀之於德育智育裨益匪淺。

在這則廣告裏，廣告者明顯將白話作為一大賣點。這從一個側面表明了當時
白話文廣告比文言廣告更能吸引消費者。

　　從擴大消費群體的因素來看，那麼林譯小說的這兩則廣告採用文言寫
就，其中夾雜大量的歷史典故就顯得與時代頗有些「格格不入」。當時的女子，
能讀懂文言的很少，能正確知道歷史典故的更少之又少，也就是說，林譯小
說的這兩則廣告所要能達到的廣告效果其實是很有限的，僅僅限於極少的一
部分人。《婦女雜誌》作為商務印書館之下的一家大型期刊，對廣告的經營不
可能不重視，也不可能不講求經營的經濟效益。實際上，《婦女雜誌》的創刊
從一開始就帶有著某種經濟利益的驅使而來。民國肇造，隨著整個社會思想
的大變動，介紹各類新潮、進步思想的書刊都容易成為暢銷書，在這樣一種
機遇之下，各地出版商抓住商機，以辦新派雜誌為時髦，而此中更以滬上出
版商為甚，成為了中國新思想傳播的中心。但民國初期的政治極為不穩定，
隨著袁世凱的復辟登場，倡導尊孔尊經的復古思想與先進思想背道而馳，於
是有壓制進步刊物的「癸丑報災」發生，傳播新潮思想受挫。經歷了這一事
件，辦報人人人自危。相比之下，因辦婦女雜誌，其內容多以宣揚女子自強、
男女平等及女子議政等，其言辭不是很偏激，較少有政治風險，因此許多報
館都轉辦婦女報刊雜誌。於是在數年間，《婦女時報》（有正書局 1911 年發行）、
《女子世界》（中華圖書館 1914 年發行）、《中華婦女界》（中華書局 1915 年
發行）等紛紛興起。商務印書館也在 1915 年推出《婦女雜誌》以搶佔市場。
就是在這樣背景之下誕生的一家雜誌，為什麼刊登了林紓看起來不能帶來經
濟利益的小說廣告呢？從《婦女雜誌》廣告的整體來看，《婦女雜誌》的廣告
裏面，文化書籍類的廣告佔了大半部分，比如《婦女雜誌》的第二卷第三號，
正文有 121 頁，有 25 頁廣告，其中除了五洲大藥房、濟生堂大藥房、明明眼
鏡公司、屈臣氏大藥房、韋廉士大醫生紅色補丸各有一則廣告之外，其餘均

爲書籍廣告。也就是說文化廣告的收入是當時《婦女雜誌》廣告的一個主要來源。並且這兩則廣告附在小說欄目裏面，單獨成頁，沒有在其中夾雜其他的廣告，紙質比其他頁得紙質要好，淡藍色，配上兩幅精美插圖，幾十年過去了，與其他發黃的頁面相比，這一頁廣告仍令人賞心悅目，也可見該期的《婦女雜誌》對這兩則廣告的重視。

回到這兩則廣告的內容本身。通讀這兩則廣告，我們不難發現林紓所譯的這兩本書，《義黑》宣揚的是女子的忠義，《風雌羅刹》宣傳的則是俠義。這些主題，在林譯小說的前半期已經屢見不鮮，甚至在林譯小說中佔了大多數。許多林紓的研究者已經注意到，以1912年林紓翻譯完《離恨天》爲界，林紓的翻譯可以分爲前後兩期，後期的譯作，並沒有給人提供更好的思想，仍不外是團結禦辱、保種救國，發展工商業，孝友忠信等主題，在前期的翻譯中都出現過了〔註18〕。相比較他前期的翻譯來，林紓後期的翻譯水準已經大大下降了，「後期翻譯所產生的印象是，一個困倦的老人機械地以疲乏的手指驅使著退了鋒的禿筆，要達到『一時千言』的指標。他對所譯的作品不再欣賞，也不甚感覺興趣，除非是博取稿費的興趣。換句話說，這種翻譯只是林紓的『造幣廠』承應的一項買賣；形式上是把外文作品轉變爲中文作品，而實質上是把外國貨色轉變爲中國貨幣。〔註19〕」但就是這種掉了水準的翻譯，在「五四」之前一直都還是暢銷書，其中的原因，跟雜誌社對其的大力宣傳廣告不無關係。

再看當時的《婦女雜誌》。《婦女雜誌》作爲當時商務印書館旗下的一本雜誌，背後有著資金雄厚的商務印書館撐腰，但該雜誌早期的銷量一直不大好。其主要原因在於該雜誌早期所堅持的「賢妻良母性」的辦刊方針。該刊早期的主筆王蘊章爲光緒時代的舉人，對閨秀詩詞頗有研究，是「中學爲主、西學爲用」的鴛鴦蝴蝶派主要作家之一。作爲一個過渡時期的人物，加之當時復古的風氣，王蘊章在操持《婦女雜誌》的時候，就將該刊定位爲「賢妻良母」的取向。《婦女雜誌》創刊的時候曾經刊發過好幾篇「發刊辭」，其中一篇則提出：「應時世之需要，佐女學之進行，開通風氣交換知識，其於婦女界爲司晨之鍾、徇路之鐸；其於雜誌界爲藏智之庫，饋貧之糧，所謂沈沉黑

〔註18〕孔慶茂：《林紓傳》，團結出版社1998年2月版，頁180。

〔註19〕錢鍾書：《林紓的翻譯》，收《中國近代文學論文集・小說卷》，中國社會科學出版社1983年4月版，頁654。

幕中放一線曙光者。此物此志，抑餘有進者，吾國坤教失修，女子能讀書識
字者實占少算，主持言論諸彥，尤宜體察國民程度，飫以相當之知識，文字
務求淺顯，持論不必過高，以適社會。至詼諧嘲笑之作，奇麗香豔之文，伐
性汩情，長惡敗德，當然在屏棄之列。」〔註20〕「《婦女雜誌》初創時欲以培
養女學爲女子爭權利的基礎，其次則在討論有益家庭生活改善的實用知識，
造就賢妻良母。」「該刊早期的宗旨趨重於提倡女學及實用，意在以女學培養
具備科學文化知識的賢妻良母，擺脫過去專事倚賴的女性角色，成就具有獨
立生活能力的人，以其所學的知識負起爲人女，爲人妻，爲人母的職務。」〔註
21〕王蘊章的這種取向被五四以後取代他的章錫琛概括爲：「提倡三從四德，專
講烹飪縫紉」。〔註22〕按照這樣的要求，林紓所譯的《義黑》和《風雌羅刹》
所宣傳的女子忠義和狹義剛好與《婦女雜誌》的取向吻合，與當時的編輯王
蘊章的欣賞口味一致，加之林紓與商務印書館此時已經有了多年的合作，林
譯小說的廣告上《婦女雜誌》自然是情理中事。更重要的是，借助林紓的名
望，能爲雜誌帶來更多的銷量與經濟利益。

　　1915 年的林紓，已達 64 歲，通過 1899 年翻譯的《茶花女遺事》獲得了
極大的成功，嚴復曾經評價說「可憐一卷《茶花女》，斷盡支那蕩子腸」，隨
著林譯小說在全國引起的極大反響，林紓不啻成爲了清末民初的文化名人。
是名人就能帶來效應，不光是文化的影響，同樣也包括經濟上的效益。利用
名人的影響力，在商家看來就會存在著許多商機，「『粉絲』通過消費與其摯
愛對象相關的商品，爲品牌帶來高額利潤。這是『粉絲』們的重複消費形成
的超強生產力。」「明星名人廣告的『粉絲』營銷功能是倍增消費者的最佳利
器」「明星名人廣告的『粉絲』營銷功能還能提升品牌防禦風險的能力。」〔註
23〕名人能帶來這麼多的好處，很快，林紓便被商務印書館籠絡至旗下。林紓
作爲名人，能爲商務印書館旗下的雜誌帶來銷量，特別是作爲銷量一般的《婦

〔註20〕張芳芸：《發刊辭四》，《婦女雜誌》第一卷第一號，1915 年 1 月 15 日，頁 4
　　　～5。
〔註21〕周敘琪：《1910～1920 年代都會女性生活風貌 —— 以〈婦女雜誌〉爲分析實
　　　例》，收《國立臺灣大學文史叢刊（100）》，國立臺灣大學出版委員會，1996
　　　年 6 月版，頁 52，頁 47。
〔註22〕劉慧英：《被遮蔽的婦女浮出歷史敘述 —— 簡述初期的〈婦女雜誌〉》，載《上
　　　海文學》2006 年 3 月。
〔註23〕饒德江、程明等：《廣告心理學》，武漢大學出版社 2008 年 9 月版，頁 261～
　　　262。

女雜誌》,《婦女雜誌》在五四以前銷量每月僅在兩三千份,直到五四以後改革了,銷量才陡然升至每月萬份以上。在這種銷量平平的情況之下,《婦女雜誌》急需名人來為其維持銷量就是情理之中的事了。雖然不能準確的計算出林紓廣告對《婦女雜誌》的銷量到底帶來多大的影響,但是通過林紓與《小說月報》之間的關係,我們不難發現其對商務印書館旗下雜誌的影響。一個很明顯的例子就是林紓與《小說月報》之間的關係。平均起來,幾乎每期的《小說月報》都有一篇甚至同時有兩篇林譯小說。《小說月報》不但大量刊登,還在醒目的位置為林譯小說的單行本做廣告。如第 4 卷第 1 期的目錄後就是林琴南譯言情小說《迦茵小傳》、《紅礁畫槳錄》、《洪罕女郎傳》、《玉雪留痕》的廣告;第 4 卷第 8 期的廣告仍為「林琴南先生譯最有趣味之小說」;直到第 10 卷第 7 期,還在為其做廣告。這樣的雙重轟炸,無疑為質量大不如前的後期林譯小說提供了強大的輿論支持,這也難怪 1915 年後還有很多讀者不解「林譯小說質量下降實情,仍然希望看到林紓的翻譯作品,甚至為看不到而問詢編輯部。〔註 24〕林紓利用當時的身份地位,不啻為商務印書館旗下的雜誌保持了一定的讀者量。

同樣,對於林紓來說,與雜誌社之間的這種合作,使其名利雙收。查詢林譯小說目錄,我們發現林紓翻譯的小說絕大多數均由商務出版。據現有資料統計,林紓在商務出版的著譯共 140 多種,其中用文言翻譯的西方小說約 100 種,〔註25〕據鄭逸梅等回憶說,林譯小說稿費特別優厚。當時一般的稿費每千字二至三圓,林譯小說的稿酬,則以千字六圓計算,而且是譯出一部便收購一部的。這也難怪老友陳衍曾與林紓開玩笑,說他的書房是造幣廠,一動就來錢。〔註 26〕在這樣一種空氣裏,文學家與雜誌社之間自然是相得益彰了。於是,文人於雜誌社之間的「文學經濟」便形成了。

與《小說月報》同為商務印書館下的雜誌,《婦女雜誌》不會不熟諳利用林紓為自己打廣告的機會,在《婦女雜誌》上,依然可以看到單個作家中林紓的書籍廣告是最多的。其實《婦女雜誌》從創刊開始就很熟練的運用名人

〔註24〕 成昭偉,劉傑輝:《「贊助人」視角下「林譯小說」研究——商務印書館個案分析》,《重慶大學學報》,2009 年第 15 卷第 5 期。

〔註25〕 東爾:《林紓與商務印書館》,收《商務印書館 90 年》,商務印書館 1987 年 1 月版,頁 527。

〔註26〕 鄭逸梅:《林譯小說的損失》,收《中國近代文學史論文集》,中國社會科學出版社 1983 年 4 月版,頁 688。

效應來爲自己擴大銷量。據謝菊的回憶：《婦女雜誌》延留美回來的無錫朱胡彬夏女士爲主編，創刊號出版之時，在各大報大登廣告，對朱胡彬夏極盡吹捧能事。實際她與掛名差不多，從未到過編譯所一次，一切均由王蘊章負責編輯，每期並用她名義寫一論文，刊在卷首。王蘊章每月必登朱胡彬夏之門，代館中面致薪資一百元，同時徵求她一下對於編輯方面的意見，此亦不過虛應故事而已。過了一、二年，即由王蘊章正式出面主編，不再藉重她了。〔註27〕「《婦女雜誌》之所以起用胡彬夏，從該刊的宗旨來看，是爲了將發刊宗旨現身於讀者的眼前，同時也爲期待於胡彬夏能帶來的宣傳效果。」〔註28〕這一點在《婦女雜誌》自己刊登的廣告上也能看出，《婦女雜誌》第一卷第十二號卷首廣告云：

> 美國惠爾斯來大學校學士　無錫朱胡彬夏女士編輯婦女雜誌大改良廣告
>
> 　　本雜誌發行以來大受社會歡迎甫及一年，銷路日廣，今特意加奮勉於第二卷第一號起改良體例分爲社說、學藝門、家政們、記述門中外大事記、國文範作、文苑、小說、雜俎、餘興十門，敦請**朱胡彬夏女士主任編輯**，女士籍隸無錫，先留學日本東京女子實踐學校，旋改赴美國入胡桃山女校，繼入惠爾斯來大學校專習文學史學哲學等科，先後七年得**學士學位**，後又在康奈爾大學參考女學諸書，實地調查數月，並奉教育部委任爲萬國幼兒幸福研究會委員赴華盛頓代表與會。在本國歷在吳江同里麗則女學校及浦東中學校擔任教務，學問經驗兩臻其勝，今出其所學，餉我國人以女界明星放報章異彩，凡**研究科學文藝之士皆宜各手一編**，固不僅爲女界說法而**女界閱之自更覺其親切有味**，愛讀諸君知必有先見爲快者，特此布告伏惟。
>
> 　　　　　　　　　　　　　公鑒　商務印書館婦女雜誌社謹啓

〔註27〕謝菊曾：《十里洋場的側影》，花城出版社 1983 年 4 月版，頁 38。

〔註28〕〔韓國〕陳姃湲：《〈婦女雜誌〉（1915～1931）十七年簡史——〈婦女雜誌〉何以名爲婦女》一文，作者還作注補充：「在 1915 年前後，胡彬夏曾發表文章於其他多種婦女刊物，但是 1916 年擔任《婦女雜誌》的主編以後，不再投稿於其他同一類刊物。這也從旁支持，商務印書館起用胡彬夏，是爲了吸引其他婦女刊物的讀者」，參見胡彬夏《美國胡桃山女塾之校長》，《女子雜誌》1-1（1915 年 1 月）。

這則廣告詳細介紹了朱胡彬夏的學習經歷，其中不乏大力稱讚之語，期待其爲雜誌帶來新的局面之情洋溢於表。有著這樣背景的《婦女雜誌》在利用林紓作爲名人宣傳效應的時候，自然是得心應手，一方面《婦女雜誌》利用林紓來維持或擴大原本爲數不多的銷量，同時林紓也能得到不菲的報酬，在兩方面都能得到利益的情況下，文人與雜誌社之間形成了心照不宣的「文學經濟」。

不僅僅林紓與《婦女雜誌》、《小說月報》之間存在著這樣的關係，從《小說月報》的其他廣告中，我們也可以看出，作家與文學雜誌之間的這種「文學經濟」，該雜誌第六卷第六號，名著欄目的廣告：

　　商務印書館出版 梁啓超著 歐洲戰役史論 前編已出 定價七角

　　梁任公先生文章之價值，舉國所共知，論史之文尤其特長，前此如意大利建國三傑等篇，讀者殆無不神飛肉躍，今茲戰役，因果糾紛，形式詭異，非先生妙筆，孰能傳之，本館當戰事初起，即請先生編纂此書，幸承許可，而先生機鄭重其事，搜集材料，結構章法，幾經斟酌致避囂郊外，竭全力以成之，本館敢信無論何人一讀此書必不能釋卷，非終篇不肯休，蓋先生之文本有一種魔力，此篇又其精心結撰之作，故趣味洋溢感人極深也，人生今日，適地球上有此空前之熱鬧戲劇，苟不留心觀聽自問亦覺辜負，然非先知腳本大意，則亦何能領略，苟無先生此書，則吾輩眞如聾如瞶耳，且先生費數月之力鎔鑄數十種參考書，以成斯篇，吾輩但費數點鐘一讀，則事勢瞭若指掌，天下便宜之事，何以過此？況先生之文，雖機雄奇，又機通俗，凡商界及小學生人人可解。本館爲灌輸國民常識起見，謹普勸全國人各手一編，諸君讀後，方信本館之言非誕也。

　　〔注意〕卷首有先生手寫詩一首，即此書成後自題者，詩格之雄深，書法之遒美與本書可稱三傑，學士、大夫當益以先睹爲快也。

廣告在極力抬高梁啓超的同時，也在無形中爲雜誌作了宣傳。

文學家與雜誌社形成的這種「文學經濟」，一方面它的出現是必然的，特別是清末民初，在清政府廢除科舉制度以後，廣大的科舉試子失去了進軍仕途的門道，被逼紛紛依靠市場賣文爲生，不管是做報人還是做專職作家，都必須遵循市場規則。而在文人要得到市場的認可，就必須得到廣大讀者的支持和熱捧，成爲了暢銷作家方才能立穩腳跟。在成爲暢銷作家之前，雜誌社

的作用就不可能被忽視，報刊雜誌的宣傳與否往往決定一個作家的成敗。而反過來，成名的作家也能推動雜誌社的經濟利益，特別是那些剛成立的雜誌社，在尚未有名聲，市場份額極小，資金不夠雄厚的情況下，能否拉到廣告對其影響甚大，甚至關係到雜誌社的生死存亡。由此可以推測，文學家與雜誌社之間的這種「文學經濟」是普遍存在的，而且成爲了整個文學市場的常態。這樣的狀態一直延續到當下，擴大到整個廣告市場，小到一雙鞋，大到汽車，如今名人的廣告效應已成爲司空見慣的現象，幾乎每一種商品都有名人廣告存在。

　　廣告利用名人效應來吸引眾多的消費者，這樣做的基礎一方面是消費者對名人的信任，另一方面是生產商利用名人來對自己生產商品良好品質的證明。生產商、廣告商、消費者在文學市場裏變成了作家、出版家和讀者，在這三者的互動之間，如果作家真的有精品出現，對其宣傳就能推動整個文學的良性發展。當然也存在純粹爲了商業利益的炒作，在現代廣告學裏面，「粉絲」總存在著「崇拜偶像，追求明星」的心理，存在著「從眾模仿，追趕潮流，衝動消費」的行爲特徵〔註 29〕，在文學市場裏，出版社就會抓住讀者盲從於名人效應的消費心理進行宣傳，這種炒作使得文學家與雜誌社互用名聲去獲取利益，在一個不夠成熟理性的閱讀市場裏，抓住消費者衝動消費的心理，它能夠獲得一時之利，這樣出現讀者因爲看不到林紓作品的而去編輯部詢問就顯得極爲自然了。但從長遠看來，這種行爲卻是對文學家、雜誌社甚至整個文學市場都是有害無益的。從這個角度去看，上述林譯小說廣告的出現就不足爲奇了。

二、從「經濟轉型」到「心態轉型」：傳統作家轉型的尷尬

　　每一種社會現象的形成都不是孤立的，文學亦然，特別是中國文學從古典向現代的大轉變，更是與其他社會關係發生著千絲萬縷的聯繫。研究文學，離不開當時的各種環境，但當我們在進行文學研究時，政治、經濟等與文學相關的外部因素往往被置於文學現象的背景之下，一旦進入到文學的內部研究時，政治、經濟（特別是經濟的）就往往有被忽視的危險。這樣的研究方式，導致了文學研究的某種「生硬」與割裂。體現在對現代文學初期的研究，

〔註29〕饒德江、程明等：《廣告心理學》，武漢大學出版社，2008 年 9 月版，頁 263。

研究者往往看到的是當時現代文學興起時的那種奪目的光環和對從西方引進各種思想的那種新奇，分析偏重於社會思想，而對當時人們置於各種社會關係中的感受往往忽略過去，特別是對那些後來逐漸被邊緣化的人物更是如此。本文認爲，政治、經濟等各種社會因素不僅僅是文學現象發生的背景，同時，這些因素也直接參與了文學現象的構成，正是這些因素的參與，才使當時的人對當時的社會發生出了最眞切的感受。

相對於社會的其他方面來說，文學的轉型在表面上看起來不是那麼的激烈（比如相對於政治、法律甚至是經濟），但是文學的轉型更能直指人的內心，對個體帶來的影響比社會的其他方面更爲深廣，同時文學的轉型受制於政治、經濟、文化等諸多方面，與其他方面錯綜複雜的關係讓文學轉型的每一方面都充滿了艱巨性。當我們從一個更爲廣泛的角度回望中國文學從古典向現代轉型的那一段歷史，思考古代與現代的區別，文學與其他社會關係的關係，我們不難發現中國文學從古典向現代的嬗變是一條充滿了荊棘的道路。在這條道路上，充滿了傳統與現代的交融、東方與西方的碰撞，同時政治的、經濟的大變動又隨時影響著文學的走向，使現代文學每走一步都步履維艱。這種艱難性，深刻的體現在當時的寫作者身上，不僅體現在他們的創作當中，更體現在他們與社會的諸多關係之中。基於以上理由，本文從考察《小說月報》早期的作者群出發，認眞的梳理他們與當時的政治經濟的關係，希冀從中理出一條當時文學艱難轉換的粗略線索。

《小說月報》1910 年 7 月的創刊號卷首有一則通告：

徵文通告

現一一身，說一一法，幻雲煙於筆端，湧華嚴於彈指，小說之功偉矣，同人聞見無多，搜輯有限，尚祈海內大雅，匡其不逮，時惠鴻篇，體則著譯兼收，莊諧並錄。庶入鄧林之選，片羽皆珍，一經滄海之搜，遺珠無憾。率布簡章，伏希亮詧。

—— 本報各門，皆可投稿，短篇小說尤所歡迎。

—— 來稿務祈繕寫清楚，並乞將姓名住址詳細開示，以便通訊。

—— 如係譯稿，請將原書一同擲下以便核對。

—— 中選者當分四等酬謝：甲等每千字酬銀五元，乙等每千字酬銀四元，丙等每千字酬銀三元，丁等每千字酬銀二元。

　　—— 來稿不合者立即退還。

　　—— 入荷惠寄詩詞、雜著，以及遊記、隨筆、異聞、軼事之作，本報一經登載，當酌贈本報若干冊以答雅意，惟原稿概不退還。
〔註30〕

這則通告被認爲「建立中國期刊史上第一份稿酬條例」〔註31〕，並且「可看作近代小說稿費制度確立的標誌」〔註32〕。這則通告將稿酬的分類、怎樣計算稿酬、哪些項目必須寫清楚等都表達得清清楚楚，與當下的稿酬制度相差無幾。而從這則通告的措辭來看，編輯對作者不乏卑謙尊敬之意。這樣的通告《小說月報》每期都有，只是中間偶有調整，比如第一年第五期換爲：

　　—— 本報各門，皆可投稿，短篇小說尤所歡迎。

　　—— 來稿務祈繕寫清楚，並乞將姓名住址詳細開示，以便通訊。

　　—— 如係譯稿，請將原書一同擲下以便核對。

　　—— 中選者當分五等酬謝：甲等每千字五元，乙等每千字四元，丙等每千字三元，丁等每千字二元，戊等每千字一元。

　　—— 來稿不合者立即退還，惟卷帙過少者恕不奉璧。

　　—— 如有將詩詞雜著遊記隨筆以及美人攝影風景寫眞惠寄者，本社無任感級，一經採用當酌贈本報若干冊以答雅意，惟原稿概不退還。〔註33〕

對比創刊號的那則通告，這則通告將酬謝由四等增加成了五等，這樣一來，拉攏了作者，擴大了作者陣容。到了第二年第一期，則變成了：

本社通告

　　—— 本報各門，皆可投稿，短篇小說尤所歡迎。

　　—— 來稿務祈繕寫清楚，並乞將姓名住址及欲得何種酬報詳細開示，以便通訊。

〔註30〕《小說月報》第一卷第一號。
〔註31〕李曙豪：《現代稿酬制度的建立與對發表權的保護》，《出版發行研究》2003年第5期。
〔註32〕葉中強：《稿費、版稅制度的建立與近現代文人的生成》，《上海大學學報》2006年9月第13卷第5期。
〔註33〕《小說月報》第一卷第五號。

　　——如係譯稿，請將原書一同擲下以便核對。

　　——中選者當分五等酬謝：甲等每千字五元，乙等每千字四元，丙等每千字三元，丁等每千字二元，戊等每千字一元。

　　——來稿不合者除長篇立即退還外，其餘短篇小説及各種雜稿概不奉璧。

　　——如有將詩詞雜著遊記隨筆以及美人攝影風景寫真惠寄者，本社無任感級，一經採用當酌贈本報若干冊以答雅意，惟原稿概不退還。〔註34〕

與前兩則通告相比，這則通告無疑更詳細，增加了作者須將欲得何種報酬詳細開示，同時將長篇之外的其他稿件均不退還。《小説月報》第二年全年刊登的通告都與這則通告隻字無差，作爲一個慣例保留了下來。

　　縱觀這幾則通告，從創刊號的第一則對作者充滿卑謙的口氣，第一年第五期想要擴大作者陣容，到第二年第一期要作者將報酬開示，要作者帶價而沽，後面這兩則通告與第一期的徵文通告相比，最大的不同在於增加了「欲得何種酬報」及將第一則的當分四等酬謝變成了分五等酬謝。可以説這兩個增加的內容都是對作者相當有利的，一是作家可以估計自己作品的價值；二是《小説月報》分明是想擴大自己的作者陣容，這從一個側面表明了當時《小説月報》小説的庫存量是不夠的，特別是每則通告的開頭都點明「短篇小説尤所歡迎」，表明了《小説月報》對短篇小説的渴求。以後連續的小説徵文也表明了《小説月報》庫存不足的事實：

《小説月報》1912年第三卷第十二號：

本社特別廣告

　　本社所出小説月報，已閲三載，發行以來，頗蒙各界歡迎，邇來銷數日增，每期達一萬以上，同人欣幸之餘，益加奮勉，茲從四卷一號起，凡長篇小説，每四期作一結束，短篇每期四篇以上，情節則擇其最離奇而最有趣味者，材料則特別豐富，文字力求嫵媚，文言白話兼擅其長，讀者鑒之。

　　　　　　　　　　　　　　　　　　　　　　　　　　本社謹啓

〔註34〕《小説月報》第二卷第一號。

徵求短篇小說

　　本社現在需用短篇，倘蒙海內文壇惠教，曷勝欣幸，謹擬章程如下：（一）每篇字數，一千至八千爲率（二）謄寫稿紙，每半頁十六行，每行四十二字（三）稿尾請注明姓名住址（四）酬贈照普通投稿章程，格外從優（五）投稿如不合用，即行寄還，合用之稿，由本社酌定酬贈，通告投稿人，如不見允原稿奉璧。

本社謹啓〔註35〕

《小說月報》1918年第九卷第二號：

本社通告

　　—— 本社歡迎短篇投稿，不論文言白話譯文新著，一經登錄，從豐酬報。

　　—— 自本期起，每期刊印關於美術之稿一二，重以喚起美感教育。

　　—— 本卷第一號所刊登之《玉魚緣傳奇》、《俟針師記傳奇》登完後再行續登。

　　—— 自本期起，擴充材料，每期短篇小說必在十篇以上。

〔註36〕

這些通告都表明《小說月報》稿量不足，特別是短篇小說需求量大。那麼，《小說月報》作爲當時的一個大型的文學刊物，爲什麼會出現稿量不足呢？是酬謝不夠，作者不願意寫稿嗎？從上面《小說月報》第一期所擬的稿酬條款我們就可以看出，從創刊開始，《小說月報》便進行商業化運作，將作者與市場掛鉤。我們可以先看一下，《小說月報》第一年小說作者創作的一個基本狀況：

期　數	題　目	作　者	字　數	體　裁
第一期	鑽石案	王蘊章	約4400	短篇小說
	碧玉環	王蘊章	約2900	短篇小說
	雙雄較劍錄（1～6）	林紓、陳家麟譯	近2萬	長篇小說
	合歡草（1～7）	聽濤、朱炳勳譯	近2萬	長篇小說
第二期	化外土	朱炳勳	約650	短篇小說

〔註35〕《小說月報》第三卷第十二號。
〔註36〕《小說月報》第九卷第二號。

	淩波影	湘屏	約 2400	短篇小說
	雙雄較劍錄（7～12）	林紓、陳家麟譯	約 2 萬	長篇小說
	合歡草（8～13）	聽濤、朱炳勳譯	約 12000	長篇小說
第三期	周郎怨	松風	約 1100	短篇小說
	支那旅行記		約 2500	短篇小說
	雙雄較劍錄（13～16）	林紓、陳家麟譯	約 18000	長篇小說
	合歡草（14～17）	聽濤、朱炳勳譯	約 10500	長篇小說
	劍綺緣（1～5）	宣樊	近 12000	長篇小說
第四期	明珠寶劍		約 4000	短篇小說
	雙雄較劍錄（17～21）	林紓、陳家麟譯	約 19000	長篇小說
	合歡草（18～21）	聽濤、朱炳勳譯	約 12000	長篇小說
	劍綺緣（6～8）（完）	宣樊	約 4000	長篇小說
第五期	桃李鴛鴦記	覺民譯	約 4000	短篇小說
	墮溷花	指嚴	約 3700	短篇小說
	雙雄較劍錄（22～26）（完）	林紓、陳家麟譯	約 15000	長篇小說
	合歡草（22～23）（完）	聽濤、朱炳勳譯	約 4000	長篇小說
第六期	不如醉	潘樹聲、葉諴譯	約 3700	短篇小說
	賣花聲	嘯天生意譯	約 4000	短篇小說
	三家村	指嚴	約 3700	短篇小說
	美人局	朱炳勳	約 3700	短篇小說
	自治地方（1～7）	芻狗	——	短篇小說

現在難以確定《小說月報》當時衡量四等酬謝的標準，何種小說為甲等，何種小說為丁等，但是從《小說月報》創刊時自己給自己的廣告來看：

編輯大意

一、本館舊有《繡像小說》之刊，歡迎一時，嗣響遽寂。用廣前例，輯成是報。匪曰丹稗黃說，濫觴《虞初》，庶幾撮壞涓流，貢諸社會。一、本報以趨譯名作，綴述舊聞，灌輸新理，增進常識為宗旨。一、本報各種小說，皆敦請名士，分門擔任。材料豐富，趣味釀深。其體裁則長篇短篇，文言白話，著作翻譯，無美不收。其內容則偵探言情，政治歷史，科學社會，各種皆備。末更附以譯叢、雜纂、筆記、文苑、新智識、傳奇、改良新劇諸門類，廣說部之範

圍，助報餘之採擷。每期限於篇幅，雖不能一一登載，至少必在八
種以上。一、本報卷首插圖數頁，選擇蓁嚴，不尚俗豔。專取名人
書畫，以及風景古蹟足以喚起特別之觀念者。一、本報月出一冊，
每冊以八十頁至一百頁為率。裝訂華美，刷印精良，字數約在六萬
左右。一、本報月出一冊，每冊售銀一角五分，外埠加郵費二分。
預定全年銀一元五角，郵費二角四分，遇閏照加。〔註37〕

期　數	題　目	作　者	字　數	體　裁
第一期	香囊記	指嚴	約5700	短篇小說
	獄卒淚	悵盦	約4000	短篇小說
	汽車盜	陸仁灼	約4400	短篇小說
	賣藥童	卓呆	約3700	短篇小說
	薄倖郎（1～4）	林紓、陳家麟	約12500	長篇小說
	自治地方（完）	窈狗	約15500	長篇小說
第二期	毒龍小史	悵盦	約4700	短篇小說
	一日三遷	長佛	約1000	短篇小說
	佛無靈	抱真	約2400	短篇小說
	薄倖郎（5～8）	林紓、陳家麟譯	約10000	長篇小說
	劫花小影（1～4）	心石、況霖	約11000	長篇小說
	小學生旅行（1～2）	亞東一郎	約12100	長篇小說
第三期	探囊新術	悵盦	約2350	短篇小說
	百合魔	泣紅	約4400	短篇小說
	薄倖郎（9～11）	林紓、陳家麟	約10500	長篇小說
	劫花小影（5～8）	心石、況霖	約13400	長篇小說
	小學生旅行（3～4）	亞東一郎	約14400	長篇小說
第四期	采蘋別傳	指嚴	約4400	短篇小說
	霜鐘怨	南溟	約2000	短篇小說
	程大可		約3000	短篇小說
	薄倖郎（12～15）	林紓、陳家麟	約8700	長篇小說
	劫花小影（9～12）	心石、況霖	約12000	長篇小說
	小學生旅行（5～6）	亞東一郎	約13000	長篇小說

〔註37〕《小說月報》第一卷第一號。

第五期	三風記小說之 —— 巫風記	不才	約 5000	短篇小說
	碧血花	非吾	約 2000	短篇小說
	二十世紀之新審判	水心	約 2700	短篇小說
	薄倖郎（12～15）	林紓、陳家麟	約 8700	長篇小說
	劫花小影（13～16）	心石、況霖	約 13700	長篇小說
	小學生旅行（7～8）（完）	亞東一郎	約 13000	長篇小說
第六期	三風記小說之 —— 巫風記二	不才	約 5300	短篇小說
	三人冢	負劍生	約 4700	短篇小說
	胭脂雪	玉田趙紱章	約 5370	短篇小說
	薄倖郎（22～27）	林紓、陳家麟	約 9700	長篇小說
	劫花小影（17～20）	心石、況霖	約 14400	長篇小說
	醒遊地獄記（1～3）	不才	約 9400	長篇小說
臨時增刊	秦吉了	悵盦	約 5400	短篇小說
	偵探女	慘綠	約 2700	短篇小說
	賽鸚兒	鵑紅	約 2300	短篇小說
	孤星怨	泣紅	約 2600	短篇小說
	一百五十三歲之長病大仙	朱樹人	約 4000	短篇小說（白話）
	綠窗殘淚	指嚴	約 12000	長篇小說
	葫蘆旅行記	卓呆	約 6000	長篇小說（白話）
第七期	三風記小說之一巫風記三	不才	約 6000	短篇小說
	蓮孃小史	前度	約 2350	短篇小說
	不瘋人院	東俠、嘯侯同譯	約 4000	短篇小說
	薄倖郎（28～32）	林紓、陳家麟	約 8700	長篇小說
	劫花小影（21～24）	心石、況霖	約 13400	長篇小說
	醒遊地獄記（4～5）	不才	約 6000	長篇小說
第八期	榜人女	指嚴	約 5700	短篇小說
	情天紅線記	鳳雛	約 5900	短篇小說
	風流犬子	朱樹人	約 6000	短篇小說
	薄倖郎（33～35）	林紓、陳家麟	約 7700	長篇小說
	劫花小影（25～28）	心石、況霖	約 9700	長篇小說
	醒遊地獄記（6～7）	不才	約 9700	長篇小說

第九期	棋緣小記	指嚴	約 2300	短篇小說
	退卒語	蠻兒	約 2000	短篇小說
	土窟餘生	朱樹人	約 5700	短篇小說
	薄倖郎（36～39）	林紓、陳家麟	約 8400	長篇小說
	劫花小影（29～32）（完）	心石、況梁	約 9700	長篇小說
	醒遊地獄記（8～9）	不才	約 12000	長篇小說
第十期	火花斧	共誼	約 1500	短篇小說
	掠賣慘史	指嚴	約 5700	短篇小說
	病後之觀念	朱樹人	約 5700	短篇小說
	薄倖郎（40～42）	林紓、陳家麟	約 7700	長篇小說
	十字碑（侯官汪劍虹）	況梅	約 5000	長篇小說
	醒遊地獄記（完）	不才	約 15000	長篇小說
第十一期	冤禽語	恨人	約 4700	短篇小說
	掠賣慘史二	指嚴	約 3700	短篇小說
	嗚呼	雙影	約 4000	短篇小說
	薄倖郎（43～45）	林紓、陳家麟	約 7700	長篇小說
	死後	卓呆	約 6400	長篇小說
	十字碑（侯官汪劍虹）	心月	約 6400	長篇小說
第十二期	地理教習	（傲）（鐵）	約 1000	短篇小說
	歐蓼乳瓶	鐵樵	約 2300	短篇小說
	陳生別傳	靜銓	約 3700	短篇小說
	薄倖郎（46～48）	林紓、陳家麟	約 9000	長篇小說
	死後	卓呆	約 6400	長篇小說
	福爾摩斯偵探案	甘作霖	約 13700	長篇小說

　　上面《小說月報》所說的各種小說皆「敦請名士」，這大致是可以成立的。
王蘊章是《小說月報》的主編；林紓自 1899 年翻譯《茶花女遺事》後就文壇
走俏一時，成爲商務印書館各雜誌的特邀作家；宣樊即林白水，1901 年即出
任《杭州白話報》的主筆，他先後與宋教仁、孫中山結識，1910 年正在宣揚
孫中山及其領導的革命；指嚴即許指嚴，南社社員，清末執教於上海南洋公
學，文壇名家李定夷、趙苕狂等皆爲其高足，1910 年的時候正受商務印書館
之聘，編寫中學國文、歷史等教科書，兼教該館練習生；潘樹聲當時爲如皋
師範學校校長。以上這幾位，均爲當時有一定聲望，有一定社會地位的人，

其他無從考證的人，依照商務印書館的名望，早期的《小說月報》又正處於樹立品牌時期，另外的那幾位也幾乎可以斷定是一時的名流。他們的文章，自然不會列為最末的丁等，以乙等酬謝來算：王蘊章兩篇短篇約 7000 字，可得稿酬 28 元（以下均指銀元）；聽濤、朱炳勳合譯《合歡草》，連載五期，約 6 萬字，可得稿酬 240 元；宣樊的《劍綺緣》約 16000 字，可得稿酬 64 元；林紓的稿費是每千字以 6 元計算的，除了第六期沒有，每一期幾乎都有 1 萬 5 到 2 萬字，光從《小說月報》得到的稿費每個月就將近是 120 元，按照陳明遠的算法，折合 1995 年的人民幣 6000 元，合 2010 年人民幣 12000 元，其餘短篇小說，均在 5000 字以下，稿酬在 4 元到 20 元之間不等。

再來看 1911 年《小說月報》第二年小說作者創作的基本情況：

跟第一年相比，林譯小說在本年每期的刊載量有所減少，每期在 1 萬左右，甚至有幾期不足一萬，但這並不意味著林紓在該年收入的減少，事實上，此時的林紓是商務印書館的持股人之一，又在京師大學堂上課，收入只高不低。其餘經常寫稿的人：指嚴（不才亦為指嚴）本年在《小說月報》共計約 10 萬字，每千字按 4 元計，可得酬銀 400 元左右；悵盦約 2 萬字，按每千字 4 元，可得 80 元左右；卓呆（即徐卓呆）計約 2 萬 5 左右，可得酬銀 100 元左右，徐卓呆在該年《小說月報》的「新劇介紹」欄目發表了大量的劇作，相對於劇作而言，他在該年發表的小說只能算是很少的一部分，小說酬謝自然也只是在《小說月報》上一小部分而已；心石、況霖兩人該年在《小說月報》約 10 萬字，可得酬銀 400 元左右；（按，懷疑況霖、況梅、霖、心月均為王蘊章：在《小說月報》第二年第 8 期指嚴的《榜人女》後，插入《然脂餘豔》一則：熊芝露女史工詩，其已見國朝閨秀集中者不具錄，近見其在母家時與某女史作合卺之戲，賦催妝三絕句云：鈴閣生春喜欲狂，幾回握管賦催妝。風流絕勝黃崇嘏，竟敢吹簫引鳳凰。不羨簫郎紫玉簫，妝成弄玉似花嬌。丁寧囑咐卿卿道，留取雙蛾待我描。高燒銀燭待昏黃，手折梅花照晚妝。此夕銀河無鵲渡，天孫切莫怨牛郎。放誕風流令人想見三五少年時閨中韻事。閨秀共詞者當推長洲級蘭李氏生香館集，為最近從他書中得其小令數闋，為郭頻伽靈芬館詩話中所未載者。笙清簧脆如鳥中子規，自是天地間愁種真可娣視，易安斷腸一集不足道也。暮春感賦賣花聲云：眉影控簾釘，花補苔痕。滿身香霧嫩寒侵，怨人杜鵑聲裏血，獨自愁吟。玉笛撼離情，艸長紅心，月鈎空弔美人魂，憐爾為花猶命薄，何況儂今。蝶戀花云：記得黃昏尐靜坐。寵

柳嬌花，春恨吟難妥。珠箔飄燈風婀娜。四圍碧浪春痕簸。譜就紅鹽蘭燭墮。
擊碎珊瑚，唱徹誰人和。提起閒愁無一可。淚絲彈瘦緗桃朵。秋夜書懷菩薩
蠻云：冰輪碾破遙空碧。砧聲敲冷相思夕。望斷雁來天。瀟湘煙水寒。玲瓏
花裏月。知否人間別。一樣去年秋。如何幾樣愁。其後署名：況梅。《然脂餘
韻》爲王蘊章所作，而這篇從口氣、情調均與《然脂餘韻》相合，在報刊未
連載之初，《然脂餘韻》很可能爲《然脂餘豔》，況梅也即王蘊章。這還需要
詳細考證。如若屬實，則該年所刊《十字碑》也爲王蘊章所作，其所刊作品
爲更多。但現在的研究資料均未提此點。）朱樹人本年在《小説月報》上共
計 15000 左右，可得酬銀 60 元；亞東一郎約爲 42000 字左右，可得酬銀 170
元左右；其餘作家如鐵樵（惲鐵樵）、（傲）（鐵）（胡適）、泣紅（周瘦鵑）、
甘作霖等人，多爲短篇，多在 3 千到 1 萬字，酬銀當在 12 元到 40 元之間。

　　這些當然不是一個作家的全部收入。按照現在可以考證的來看，王蘊章
時任《小説月報》主編，當時大學生畢業在商務印書館當職員起點月薪是 30
銀元，此後慣例每年增加 10 元；而據包天笑回憶，1912 年他在商務編譯所半
天工作（每日下午 1～5 點，星期日休息），擔任小學圖文教科書的編輯，月
薪是 40 銀圓。王蘊章與包天笑同爲南社社員，「民國前後，南社社員紛紛雲
集上海，把持了上海的各大報刊陣地，如《時報》爲包天笑；《申報》爲王鈍
根、陳蝶仙、周瘦鵑；《民權報》爲徐枕亞、徐天嘯等等；社員之間聲氣相
應，互相推薦提攜，幾乎掃蕩了上海所有報刊。柳亞子曾經很得意地開玩笑
說：『請看今日之域中，竟是南社的天下。』我很懷疑王蘊章之所以能進商務
印書館編《小説月報》，也是這些南社社員把持上海報刊界的結果。」〔註38〕
按照這種估計，同爲南社社員，王蘊章又是主編，又是全天工作，月薪應該
比包天笑的 40 銀元高，或者是兩倍還不止；同時，戈公振在《中國報學史 1912
～1927 年》中有記述：「總編輯亦稱爲主筆，爲編輯部之領袖……總編輯常兼
司社論，其月薪約在 150 圓至 300 圓之間」，按照這個算法，王蘊章在作爲《小
説月報》主編期間，月薪不會下於 150 元；而林紓除了據鄭逸梅等回憶說，「林
譯小説稿費特別優厚。當時一般的稿費每千字二至三圓，林譯小説的稿酬，
則以千字六圓計算，而且是譯出一部便收購一部的。這也難怪老友陳衍曾與

〔註38〕柳珊：《1910～1920 年的〈小説月報〉是「鴛鴦蝴蝶派」的刊物嗎？》，《中國
　　　　現代文學研究叢刊》2000 年第 3 期。

林紓開玩笑，說他的書房是造幣廠，一動就來錢」〔註39〕之外，林譯的許多小說，既發表又出版，在書籍的稿酬方面，商務印書館有著比較靈活的規定，其標準視著者的知名度、學識水準、書稿質量和發行量等各個方面情況而定。比如梁啓超的《中國歷史研究法》等書得版稅爲 40%，這當然是最高的」〔註40〕對照梁、林兩人在商務印書館的發表待遇，林紓的版稅也大致在 40%上下。這樣一來，林紓十幾年間的稿酬收入高達 20 萬銀元以上（合 2009 年人民幣 2000 萬以上）〔註41〕就不足爲奇了。朱炳勳是商務印編譯所的成員，宣樊、許指嚴、周瘦鵑等還是其他報刊的編輯，朱樹人曾編《蒙學讀本》，收入自然也不菲。而其他的幾位，由於寫小說只是作爲兼職，稿酬只是業餘收入的一部分，經濟來源自然不全靠此。

而上海在 1910 年左右一般人的生活水準，民國名記包天笑在其自傳《釧影樓回憶錄》中說，1906 年他到上海租房子，開始在派克路、白克路（現南京西路、鳳陽路）找，連找幾天都無結果，後來他發現一張招租，說在北面一點的愛文義路（現北京西路）勝業裏一幢石庫門有空房。貼招租的房東當時講清住一間廂房，每月房租 7 元。當時上海一家大麵粉廠的工人，一個月的收入也不過 7 到 10 元，而包天笑當時在《時報》任編輯，每月薪水 80 元。按照這個標準，上述的許多作家都遠遠高於 7～10 元這個標準，也就是說，小說家創作小說的收入在當時並不低。

按照陳明遠的算法，上海市民在 1927 年的一般生活水準爲每月 66 元，扣除物價上漲的因素，1910 年的一元約合 1927 年的 6 角 8 分 9，66 元約合 1910 年的 96 元，這樣的家庭收入在上海市約占 4%，這樣的日常生活費大約是貧民家庭的兩倍，也是當時上海一般知識階層的經濟狀況。按照這樣的標準，對比《小說月報》給出的稿酬標準，一個專門靠在《小說月報》上發表小說的作家，每月寫 12000 字左右即可保持在上海的「小康」水準，進入 4% 的少數人行列，並且這樣不算太難，從 1902 年到 1916 年間，創辦的文藝期刊計有 57 種，〔註42〕對比當時知識分子的人數，作家當時的投稿應該還不算太難。

〔註39〕鄭逸梅：《林譯小說的損失》，收《中國近代文學史論文集》，中國社會科學出版社 1983 年 4 月版，頁 688。
〔註40〕陳明遠：《文化人的經濟生活》，陝西人民出版社 2010 年 6 月版，頁 78。
〔註41〕陳明遠：《文化人的經濟生活》，陝西人民出版社 2010 年 6 月版，頁 78。
〔註42〕《中國現代出版史料》丁編（下），中華書局 1957 年版。

一面是小說家能寫稿費維持一種比較舒適的生活，一方面是雜誌社缺乏小說稿件，於是一個有趣的問題就產生：當時的小說家為什麼不願意向雜誌社寫小說？也許這個問題的解決還得回到作家本身。這裡有必要考查下上述各位作家的背景，除去不可考人員，可知道的計有：

王蘊章：光緒二十八年（1902 年）中副榜舉人。

林紓：光緒八年（1882 年）舉人。

宣樊：曾任養正書塾講席。

指嚴：南社社員，出身仕宦之家。

朱炳勳：商務印書館編譯所成員。

徐卓呆：七歲喪父，曾赴日留學。

朱樹人：曾在無錫三等公學堂就學，編有《蒙學讀本》為中國人第一本自編教材。

胡適：曾多年在家塾讀書，1910 年在春在華童公學教國文。

惲鐵樵：出身於小官吏家庭，1911 年，應商務印書館張菊生先生聘請，任商務印書館編譯。

周瘦鵑：1895 年 6 月 30 日出生於上海一個小職員家庭。六歲時父親病故。

從上述這些作家來看，他們中後來有的成為新文學的領袖，有的抱著文言不放，有的徹底將文學市場化，走入鴛鴦蝴蝶一派，也有的中途改行；僅從這些作家來看，他們大都與傳統的封建社會有著深厚的聯繫，在如何對待小說方面，無疑受到傳統的深刻影響。這一點，從上述《小說月報》第一期的徵文通告就可以看出來：

> 現一一身，說一一法，幻雲煙於筆端，湧華嚴於彈指，小說之
> 功偉矣，同人聞見無多，搜輯有限尚祈，海內大雅，匡其不逮，時
> 惠鴻篇，體則著譯兼收，莊諧並錄。庶入鄧林之選，片羽皆珍，一
> 經滄海之搜，遺珠無憾。率布簡章，伏希亮譽。〔註43〕

按照編輯的大意，小說之功僅在於現身說法，「幻雲煙於筆端，湧華嚴於彈指」，再對照另外一則廣告，則《小說月報》當時對小說的心態就可一覽無遺：

宣統三年閏月《小說月報》臨時增刊的封底廣告：

> 惟一無二之消夏品：夏日如年，閒無事求，所以愉悅性情，增

〔註43〕《小說月報》第一卷第一號。

長聞見，莫如小說，本館年來新出小說最多，皆情事離奇，趣味濃

鬱，大足驅遣睡魔，消磨炎暑，茲特大減價，爲諸君消夏之助，列

目如下……〔註44〕

在這裡小說成爲了驅遣睡魔的消夏品，與中國傳統的「飾小說以干縣令，其
於大達亦遠矣」的觀點相差無幾。這些觀點也許代表著當時一般文人的觀點，
從那麼多小說作家除了有名的幾位，要麼是不署名，要麼是署別號就可以看
出來。此時距梁啓超 1902 年發起「小說界革命」已有八年，而相當的文人對
小說仍不在意，從一個側面也可見證「小說界革命」的某種不成功。

居於當時對小說這一體裁的這種認識，當時文人一方面按照傳統鄙視小
說，一方面卻又不得不借助寫小說來達到賺錢過生活。1905 年的科舉考試停
止，當時《諭立停科舉以廣學校》如此寫道：

茲據該督等奏稱科舉不停，民間相率觀望，推廣學堂必先停科

舉等語，所陳不無爲見。著即自丙午科爲始，所有鄉會試一律停止，

各省歲科考試亦即停止。其以前之舉貢生員，分別量予出路，及其

餘各條，均著照所請辦理。

舊學應舉之寒儒，宜籌出路也：文士失職，生計頓蹙，除年壯

才敏者入師範學堂外。其不能爲師範生者，賢而安分，則困窮可憫。

其不肖而無賴者，或至爲非生事，亦甚可憂。〔註45〕

正是「生計頓蹙」，在學校當教員或者從事文化方面的創作就成爲當時文人的
去處。而稿酬制度的新起，1910 年《大清著作權律》的頒佈：

第五條　著作權歸著作者終身有之；又著作者身故，得由其承

繼人繼續至三十年。

第六條　數人共同之著作，其著作權歸數人共同終身有之，又

死後得由各承繼人繼續至三十年。

第七條　著作者身故後，承繼人將其遺著發行者，著作權得專

有至三十年。

第三十三條　凡既經呈報註冊給照之著作，他人不得翻印仿

〔註44〕《小說月報》第二卷閏月增刊。

〔註45〕《光緒政要》第二十七冊，轉引自《中國近代教育史資料》，舒新城編，人民

教育出版社，1979 年 5 月。

製，及用各種假冒方法，以侵損其著作權。

　　第四十條　凡假冒他人之著作，科以四十元以上四百元以下之罰金；知情代爲出售者，罰與假冒同。

　　第四十一條　因假冒而侵損他人之著作權時，除照前條科罰外，應將被損者所失之利益，責令假冒者賠償，將印本刻版及專供假冒使用之器具，沒收入官〔註46〕。

這部法律的頒佈，爲作家賣文謀生提供了合法的依據。於是爲各種雜誌寫作，爲作家失去入仕之道後謀生提供了去處。也就是說文人由科舉考試時代的入仕由國家提供俸祿轉變成了靠出賣寫作爲生，近代中國文人出現了「經濟」轉型，如果我們對比一下清朝前中期文人的出身，我們會更清晰的看到這一點。從大清成立到鴉片戰爭爆發這段約二百年的文學歷史中，出現的 124 位有影響力的作家裏面，進士出身的有 52 人，舉人出身的有 18 人，僅這兩項就占整個作家比例的近 60%，如下表〔註47〕：

進士出身的作家五十二人：

姓　名	生卒年	進士年份
錢謙益	1852～1644	萬曆三十八年（1610）一甲三名進士
吳偉業	1609～1671	崇禎四年（1632）進士
方以智	1611～1671	崇禎十三年（1640）進士
彭孫遹	1631～1700	順治十六年（1659）進士
周亮工	1612～1672	崇禎十三年（1640）進士
宋琬	1614～1674	順治四年（1647）進士
龔鼎孳	1615～1673	崇禎七年（1634）進士
施閏章	1618～1683	順治六年（1649）進士
汪琬	1624～1690	順治十二年（1655）進士
葉燮	1627～1703	康熙九年（1670）進士
姜宸英	1628～1699	康熙三十六年（1697）70 歲始成進士
王士禎	1634～1711	順治十五年（1658）戊戌科進士

〔註46〕《大清著作權律》，收周林、李明山主編《中國版權史研究文獻》，方正出版社 1999 年 11 版，頁 89。
〔註47〕下面兩表的編製參照欒梅健《二十世紀中國文學發生論》的數據，廣西師範大學出版社，2006 年版。

曹貞吉	1634～？	康熙三年（1663）進士
查愼行	1650～1727	康熙四十二年（1703）進士
戴名世	1653～1713	康熙二十六年（1687）進士
納蘭性德	1654～1685	康熙十五年（1676）進士
趙執信	1662～1744	康熙十九年（1680）進士
方苞	1668～1749	康熙四十五年（1706年）考取進士第四名
沈德潛	1673～1769	乾隆四年（1739）成進士
鄭燮	1693～1765	乾隆元年（1736）進士
袁枚	1716～1797	乾隆四年（1739）進士
盧文弨	1717～1795	乾隆十七年（1752）一甲三名進士
高鶚	不詳	乾隆六十年（1795）進士
紀昀	1724～1805	乾隆十九年（1754）進士
王昶	1724～1806	乾隆十九年（1754）進士
蔣士銓	1725～1785	乾隆二十二年（1757）進士
趙翼	1727～1814	乾隆二十六年（1761）進士
畢沅	1730～1797	乾隆二十五年（1760）進士，廷試第一
姚鼐	1731～1815	乾隆二十八年（1763）中進士
翁方綱	1733～1818	乾隆十七年（1752）進士
李調元	1734～？	乾隆二十八年（1763）進士
章學誠	1738～1801	乾隆四十三年（1778）進士
洪亮吉	1746～1809	乾隆五十五年（1790）進士
張惠言	1761～1802	嘉慶四年（1799）進士
張問陶	1764～1849	乾隆五十五年（1790）進士
阮元	1764～1849	乾隆五十四年（1789）進士
梁章鉅	1775～1849	嘉慶年間（1802年）成進士
張維屏	1780～1859	道光二年（1822年）進士
周濟	1781～1839	清嘉慶十年（1805）進士
林則徐	1785～1850	嘉慶十六年（1811年）進士
梅曾亮	1786～1856	道光二年 （1822）進士
龔自珍	1792～1841	道光九年（1829）進士
趙慶禧	1792～1847	道光進士
魏源	1794～1857	道光二十四年（1844）進士

何紹基	1799～1873	道光十六年（1836）進士
馮桂芬	1809～1874	道光二十年（1840）進士
劉熙載	1813～1881	道光二十四年（1844）進士
郭嵩燾	1818～1891	道光二十七年（1847）進士
俞樾	1821～1906	清道光三十年（1850年）進士
張景祈	1827～？	道光進士
李慈銘	1830～1895	光緒六年（1880）進士
吳汝綸	1840～1903	同治四年（1865）進士

舉人出身的作家十八人：

姓　　名	生卒年	中舉年份
閻爾梅	1603～1679	崇禎三年（1631）舉人
吳兆騫	1631～1684	順治十四年（1657）舉人
顧貞觀	1637～1714	康熙五年（1666）舉人
厲鶚	1692～1752	康熙五十九年（1720）舉人
惲敬	1757～1817	乾隆四十八年（1782）舉人
舒位	1765～1815	乾隆五十三年（1787）舉人
沈欽韓	1775～1831	嘉慶十二年（1807）舉人
俞正燮	1775～1840	道光元年（1821）舉人
管同	1780～1831	道光五年（1825）舉人
項鴻祚	1798～1835	道光十二年（1832）舉人
姚燮	1805～1864	道光十四年（1834年）舉人
吳敏樹	1805～1873	道光十二年（1832）舉人
鄭珍	1806～1864	道光十七年（1836）舉人
陳澧	1810～1882	道光十二年（1832）舉人
莫友芝	1811～1871	道光十一年（1831）舉人
張裕釗	1823～1894	道光二十六年（1846）舉人
譚獻	1832～1901	同治六年（1867）舉人
王闓運	1832～1916	咸豐七年（1857）舉人

　　在科舉時代，舉人已經具備做官的資格。從上述兩表可以看出，在前清的社會體系中，文學家多由爲官者擔當。文人的經濟來源由國家給予保證，但是，廢除科舉以後，國家不再保障全部文人的經濟來源，於是，文人只好

自謀出路，教師、辦期刊雜誌，爲期刊雜誌寫作剛好填補了國家不給予文人生活保障的空缺。中國文人不得不走由國家保障到個人自謀出路的「經濟轉型」。對於廣大文人來說，這種「是被迫的，也是無奈的，但又是必須的。科舉制度的廢除，伴隨而來的就是知識階層地位的急劇下降，特別是政治地位的下降，文人的被邊緣化。在科舉取士的時代，一旦考上了科舉，文人就爲國家統治階級的一員，成爲人上人，而科舉廢除之後，文人一下子成爲與農工商同等地位的社會邊緣人，甚至還沒有農工商的地位高。山西舉人劉大鵬發現許多讀書人因此失館，又「無他業可爲，竟有仰屋而歎無米爲炊者」他不禁慨歎道：「嗟乎！士爲四民之首，坐失其業，謀生無術，生當此時，將如之何？」文人當時的失望、落魄及擔憂，都在他的日記裏有記：

> 下詔停止科考，士心散渙，有子弟者皆不作讀書想，別圖他業，以使子弟爲之，世變至此，殊可畏懼。（1905 年 10 月 15 日）

> 甫曉起來心若死灰，看得眼前一切，均屬空虛，無一可以垂之永久，惟所積之德庶可與天地相終始。但德不易積，非有實在工夫則不能也。日來凡出門，見人皆言科考停止，大不便於天下，而學堂成效未有驗，則世道人心不知遷流何所，再閱數年又將變得何如，有可憂可懼之端。（1905 年 10 月 17 日）

> 昨日在縣，同人皆言科考一廢，吾輩生路已絕，欲圖他業以謀生，則又無業可托，將如之何？吾邑學堂業立三年，而諸生月課尚未曾廢，乃於本月停止，而寒酸無生路矣。事已至此，無可挽回。（1905 年 10 月 23 日）

> 凡守孔孟之道不爲新學蠱惑而遷移者，時人皆目之爲頑固黨也。頑謂梗頑不化，固謂固而不通，黨謂若輩眾多不能捨舊從新，世道變遷至於如此，良可浩歎。科考一停，士皆毆入學堂從事西學，而詞章之學無人講求，再十年後恐無操筆爲文之人矣，安望文風之蒸蒸日上哉！天意茫茫，令人難測。（1905 年 11 月 2 日）

> 科考一停，同人之失館者紛如，謀生無路，奈之何哉！（1905 年 11 月 3 日）

> 近來讀書一事人皆視之甚輕，凡有子弟者亦不愼擇賢師而從之，所從之師不賢而亦不改從，即欲子弟之克底於成，夫豈能之乎？

今之學堂，所教者西學爲要，能外國語言文字者，即爲上等人才，
至五經四書並置不講，則人心何以正，天下何以安，而大局將有不
堪設想者矣。（1906 年 3 月 15 日）

去日，在東陽鎮遇諸舊友藉舌耕爲生者，因新政之行，多致失
館無他業可爲，竟有仰屋而歎無米爲炊者。嗟乎！士爲四民之首，
坐失其業，謀生無術，生當此時，將如之何？出門遇友，無一不有
世道之憂，而號爲維新者，舉欣欣然有喜色而相告曰：「舊制變更如
此，其要天下之治，不日可望，諸君何必憂心殷殷乎？」（1906 年 3
月 19 日）〔註48〕

這種狀況使這批從傳統科舉中走出來的文人處於一種尷尬的狀態之中，一方
面恥於賣文爲生，一方面卻又不得不靠賣文爲生，特別是小說創作者，一方
面從心裏輕視小說，一方面卻又不得不靠小說來進行吃飯維生。這種與科舉
時代強烈對比，在文人心裏的震動之大可想而知，而當時文人的「心態轉型」
之艱難也由此可見一般。面對著這種狀態，文人應該如何反應呢？

通過上述《小說月報》的作家群我們不難發現，在那一群作家中，後來
各自產生了分化，大致分化爲三類：一類是堅守著傳統，期望延續傳統的；
一類是通過海外留學，對傳統文學進行反思的；一類是放棄古代文人清高，
徹底將文學市場化，以賣文換取金錢的。

第一類作家以林紓、王蘊章、許指嚴等人爲代表，這一類作家受到中國
傳統的影響比較深，對中國傳統的文化雅致的一面較爲欣賞，於是重視文言，
輕視白話。在王蘊章 1910 年～1911 年這兩年主編的《小說月報》裏，雖然編
輯申明文白兼收，但整整十八期的雜誌，標明白話小說的僅有一篇。這一群
體堅守著傳統學而優則仕的觀念，一旦有機會，就會想辦法重走仕途的道路，
王蘊章在 1913 年辭去《小說月報》主編一職而去國民臨時政府任職、許指嚴
進入國民之後去任民國政府財政部機要秘書大概也有這種心態在裏面。這個
群體在當時應該佔了一個很大的比重，《小說月報》在創立當初便成爲當時全
國的文藝期刊的權威和林譯小說在當時風行於文人之間證實了這一群體的人
數可觀。憑著傳統文言的良好功底，這一群體在晚清民末的文化市場裏找到
一份可供養家糊口的職位不會很難，解決了一定的經濟後顧之憂，使得他們

〔註48〕劉大鵬：《退想齋日記》，喬志強標注，山西人民出版社 1990 年版。

在報刊雜誌上繼續他們的文化理想，堅守自己的人生立場。並且在這一群體裏，年齡越大，對傳統的堅守越牢固，從林紓、嚴復等後來簽名支持將孔教立爲國教，與《新青年》諸作家論戰就可以見傳統對他們影響之深。隨著歷史的變遷，這一群體所堅守的理想越來越不合時宜，慢慢的這一個群體逐漸淡化出人們的視野，他們所堅持的文化理想也就僅僅存在於個人的心中。

第二類以胡適等人爲代表的群體，這一群體接受西方思想比較早，在經歷了歐風美雨之後又反觀傳統，進而提出文學改良的主張，但這一部分人身上也帶著傳統的印記，對比一下同在《新青年》上發表的胡適《文學改良芻議》和陳獨秀的《文學革命論》我們就不難發現胡適身上所帶有的傳統文人的烙印。這一類作家後來成爲了新文學的代表。

第三類是以周瘦鵑、徐卓呆等人爲代表的群體。從上述分析這類作家的背景時我們可以發現，這一類作家大多出自底層，徐卓呆七歲喪父，周瘦鵑六歲喪父，自幼生活就比較貧困，因此在某種程度上比上述兩類作家更具有現實性，也更具有經濟的緊迫感，但同時也能及時放下傳統所帶給他們的影響。因此，在面臨著堅守文學傳統還是放棄文學傳統的選擇時，他們很快就適應了現代的文學市場，貼近市民世俗，很快就知道如何利用文學去謀取生活。後來形成了遠洋蝴蝶派、禮拜六以至於海派的形成，都大抵與這一心態有關。當這一群體缺乏對創痛文學的反思，在將文學市場化的過程中，一味的迎合大衆市民的通俗口味，而缺乏積極的改進，對文學缺乏一種現代性的反思，這也許是爲什麼通俗文學期刊很早就適應市場化，很早就運用白話，而人們卻沒有把他們視爲現代文學的一個原因吧。正如陳思和所言：「新文學的效果和特點，其實並在於是否使用一般意義上的白話，因爲晚晴民初的一般傳媒和創作已經通用了白話語體，這在古代白話創作方面就有傳統；而新文學之所以『新』，在於現代人的意識開始衝擊傳統文人的替天行道或者是才子佳人的意識形態，而語體的歐化正是這種新意識形態的載體，使人們在陌生的語體裏感受到陌生的感情世界和陌生的心理世界。」〔註49〕這也許可以從一個側面回答人們提出的爲什麼新文學要從 1917 年開始的疑問吧。

以上三類作家長時期的活動在中國 20 世紀上半葉的文學世界裏面。他們之間的此消彼長，相互之間的合力，豐富著我們現代文學的圖景。通過以上分

〔註49〕陳思和：《一份填補空白的研究報告》，柳姍的《在歷史縫隙間掙扎——1910～1920 年間的〈小説月報〉研究》序，百花洲文藝出版社，2004 年 12 月版。

析，我們不難發現，無論是哪一類作家的形成，其背後都有著這樣那樣的政治、經濟因素，正是這些政治、經濟因素推動著作者不斷的形成自己的文學觀念，進而決定著現代文學的格局。從某種程度上來說，現代文學是在政治的影響下，經濟的催化中轉型過來的，儘管在這個轉型過程中帶著幾分艱澀。

三、經濟與革新時期的《小說月報》作家

　　前期的《小說月報》歷經王蘊章、惲鐵樵兩任編輯，被視爲是舊文學的代表，1921 年茅盾主編《小說月報》，對其進行了全面革新，由此拉開了前後《小說月報》之間的距離。前期《小說月報》於 1920 年在王蘊章手上終結，後期《小說月報》1921 年在茅盾手上展開，將 1920 年《小說月報》後幾期的廣告與 1921 年《小說月報》前幾期的廣告進行對照也許是一件有趣的事。

　　1920 年第十一卷第十二號廣告：

廣告商	廣告內容	廣告性質	其他
1、《小說月報》	本月刊特別啓事一	啓事	2 頁
2、《小說月報》	本月刊特別啓事二	啓事	
3、《小說月報》	本月刊特別啓事三	啓事	
4、《小說月報》	本月刊特別啓事四	啓事	
5、《小說月報》	本月刊特別啓事五	啓事	
6、商務印書館	商務印書館出版　新體寫生水彩畫	繪畫	
7、萬國儲蓄會	能力者金錢也　萬國儲蓄會啓	儲蓄	一頁
8、英國聖海冷丕胅氏補丸駐華總經理處	上海江西路七號丕胅氏大藥行披露	藥品	
9、北京中華儲蓄銀行	特別獎勵儲蓄	儲蓄	
10、上海華羅公司	威古龍丸	藥品	
11、商務印書館	商務印書館發行言情小說《玫瑰花》	書籍	半頁
12、商務印書館	上海商務印書館發行《小楷心經》十四種	書籍	
13、國貨馬玉山糖果餅乾公司	國貨馬玉山糖果餅乾公司廣告	食品	一頁
14、上海貿勒洋行	美國芝加哥斯臺恩總公司中國經理上海貿勒洋行　巴黎弔襪帶　威廉修面皂	衣物、裝飾	

15、貿勒洋行	固齡玉牙膏	日用品	一頁
16、貿勒洋行	博士登補品	藥品	
17、美國芝加哥高羅侖氏公司	雞眼之消除法 加斯血藥水獨一無二	藥品	
18、貿勒洋行	LAVOLHO 眼藥水	藥品	一頁
19、商務印書館	商務印書館發行 張子祥花卉鏡屏	家居用品	
20、商務印書館	商務印書館發行《然脂餘韻》	書籍	
21、貿勒洋行	LAVOL 拄福錄 醫治皮癢諸症	藥品	一頁
22、商務印書館	世界最新地圖、精製信箋信封	文化用品	
23、商務印書館	《教育雜誌》、《學生雜誌》、《少年雜誌》《英語周刊》目錄	雜誌	
24、商務印書館	《東方雜誌》、《學藝雜誌》要目	雜誌	
25、商務印書館	世界叢書	書籍	
26、《小說月報》	《小說月報》自第十二卷第一號起刷新內容	雜誌	
27、《婦女雜誌》	民國十年《婦女雜誌》刷新內容、減少定價廣告	雜誌	
28、《英文雜誌》	《英文雜誌》七卷一號大刷新	雜誌	
29、商務印書館	商務印書館發售：新到大批美國照相器具	文化器材	
30、商務印書館	上海商務印書館中國獨家經理美國斯賓塞晶片公司	文化器材	
31、唐拾義	專門治咳大醫生唐拾義發明：久咳丸、哮喘丸	藥品	
32、商務印書館	商務印書館發行：《新法教科書》	書籍	
33、商務印書館	商務印書館精印：各種賀年卡片	文化用品	

1921 年十二卷一號主要廣告：

廣告商	廣告內容	性質	其他
1、上海大昌煙公司	請吸中國煙葉：煙絲最細嫩、氣味最芬芳、價目最便宜、各界最歡迎之雙嬰孩牌好香煙	煙草	
2、丕脁氏大藥行	丕脁氏補丸 清潔血液之補劑	藥業	
3、北京中華儲蓄銀行	特別獎勵儲蓄	銀行	一頁
4、上海貿勒洋行	巴黎弔襪帶：用巴黎弔襪帶者日多，物質優勝故耳	衣物	

廣告商	廣告內容	性質	其他
5、美國芝加高羅侖氏公司	加斯血藥水其妙入神	醫藥	
6、貿勒洋行	固齡玉牙膏	日用	
7、上海華羅公司	威古龍丸	藥品	
8、新華儲蓄銀行	公共儲金	銀行	一頁
9、貿勒洋行	新式修面皂	日用	
10、貿勒洋行	Lavolho 賴和岡藥水	藥品	一頁
11、吳昌碩花卉畫冊	商務印書館發行：《吳昌碩花卉畫冊》	文化用品	
12、美國迭生公司	運動用品遠東總經理商務印書館通告	文化用品	
13、中華第一針織廠	菊花牌絲光	衣物	一頁
14、貿勒洋行	Lavolho 賴和岡藥水	藥品	
15、《司法公報》發行所	《司法例規》第一次補編出版廣告	書籍	一頁
16、《司法公報》發行所	《實用司法法令輯要》	書籍	
17、商務印書館	美國精製信箋信封	文用	
18、商務印書館	《教育雜誌》、《學生雜誌》、《婦女雜誌》、《少年雜誌》要目	雜誌	
19、商務印書館	《英文雜誌》、《太平洋雜誌》、《英語周刊》、《北京大學月刊》要目	雜誌	
20、商務印書館	函授學校英文科招生廣告	教育	

《小說月報》第十二卷第二號

廣告商	廣告內容	性質	其他
1、商務印書館	創立念五紀念：國語提倡贈送書券	文化	
2、商務印書館	《中國名人大辭典》、《中國醫學大辭典》預約	書籍	
3、商務印書館	《英華大辭典》	書籍	
4、商務印書館	《婦女雜誌》、《小說月報》內容刷新 減低價格廣告	雜誌	
5、商務印書館	各種賀年卡	文化	
6、商務印書館	新到大批美國照相器材	器材	
7、商務印書館	美國斯賓塞晶片公司造顯微鏡	器材	

8、商務印書館	美國精製信箋信封	文化	
9、商務印書館	滬遊諸君注意：《上海指南》	書籍	
10、萬國儲蓄會	寧爲雞口：儲蓄會儲蓄	銀行	
11、丕胅氏大藥行	丕胅氏補丸 黃種補王	藥品	
12、大昌煙公司	請吸中國煙葉	煙草	
13、華羅公司	威古龍丸	藥品	
14、北京中華儲蓄銀行	特別獎勵儲蓄	銀行	
15、羅侖氏公司	掃除雞眼與各種硬皮之患，請試加斯血藥水	藥品	
16、商務印書館	《僑蹤萍合記》	書籍	1/4
17、貿勒洋行	Lavolho 賴和岡藥水	藥品	一頁
18、商務印書館	乾隆淳化閣帖	書帖	
19、貿勒洋行	威廉修面膏、Lavolho 賴和岡藥水	日用	
21、商務印書館	《東方雜誌》、《學生雜誌》要目	雜誌	
22、《司法公報》發行所	《司法例規》第一次補編出版廣告、《實用司法法令輯要》	書籍	
23、商務印書館	《教育雜誌》、《學生雜誌》、《婦女雜誌》、《少年雜誌》要目	雜誌	
24、商務印書館	《英文雜誌》、《英語周刊》、《太平洋雜誌》、《北京大學月刊》	雜誌	
25、商務印書館	最新編輯《新法教科書》全國適用		
26、商務印書館	《新體國語教科書》、《共和國教科書》、《復式單級教科書》、《實用教科書》、《單級教科書》、《女子教科書》	書籍	
27、商務印書館	《中學師範共和國教科書》	書籍	
28、商務印書館	上海涵芬樓收買舊書：《童子軍用書》、《中華六法》、《模范軍人》、《文藝叢刻》、《古今格言》	書籍	
29、商務印書館	敬告通函諸君、廣告價目表	簡章	
30、威廉士醫藥局	威廉士大醫生紅色補丸	醫藥	

　　縱觀上面的廣告，不難發現，茅盾革新後的《小說月報》在刊登廣告方面與革新之前幾乎差不多，刊登的廣告商、廣告內容都一樣。這很好地說明了《小說月報》在廣告運營方面跟內容編輯方面有可能是分開來運作的，兩邊並不完全產生交集，《小說月報》在革新方面主要是內容方面的革新，其他

方面的變化是不大的。如果考慮到當時期刊雜誌的收入主要來自於廣告收入的話，而《小說月報》是出自於商業與文化之間運作的，那麼，茅盾的《小說月報》革新，涉及到的只是《小說月報》的文化方面，商業方面則依舊如常。從一個側面表明了商務印書館之所以革新《小說月報》，很大程度上是出於商業考慮的，讓還能帶來商業利益的內容保留下來，而將不能帶來商業利益的內容給予革新了。

如果站在商務印書館的立場上來看待《小說月報》的革新是出於商業考慮的話，那麼這對於革新《小說月報》時候發表「革新宣言」的諸位作家來說，無疑有某種程度的悖違，在《小說月報》第十二卷第一期，茅盾將《小說月報》表達了新文學作家的一個傾向：

（一）同人以為研究文學哲理介紹文學流派雖刻不容緩之事，而迻譯西歐名著使讀者得見某派面目之一斑，不起空中樓閣之憾尤為重要；故材料之分配將偏於（三）（四）兩門，居過半有強。

（二）同人以為今日譚革新文學非徒事模仿西洋而已，實將創造中國之新文藝，對世界盡貢獻之責任，夫將欲取遠大之規模盡貢獻之責任，則預備研究，愈久愈博愈廣，結果愈佳，即不論如何相反之主義咸有研究之必要。故對於為藝術的藝術與為人生的藝術，兩無所袒。必將忠實介紹，以為研究之材料。

（三）寫實主義的文學，最近已見衰歇之象，就世界觀之立點言之，似以不應多為介紹；然就國內文學界情形言之，則寫實主義之真精神與寫實主義之真傑作實未嘗有其一二，故同人以為寫實主義在今日尚有切實介紹之必要；而同時非寫實主義的文學亦應充其量輸入，以為進一層之預備。

（四）西洋文藝之興蓋與文學上之批評主義（Criticism）相輔而進，批評主義在文藝上有極大之威權，能左右一時代之文藝思想。新進文家初發表其創作，老批評家持批評主義以相繩，初無絲毫之容情，一言之毀譽，輿論翕然從之；如是，故能相互激勵而不至於至善。我國素無所謂批評主義，月旦既無不易之標準，故好惡多成於一人之私見；「必先有批評家，然後有真文學家」，此亦為同人堅信之一端；同人不敏，將先介紹西洋之批評主義以為之導。然同人

固皆極尊重自由的創造精神者也，雖力願提倡批評主義，而不願爲
主義之奴隸，並不願國人皆奉西洋之批評主義爲天經地義，而改殺
自由創造之精神。

（五）同人等深信一國之文藝爲一國國民性之反映，亦惟能表
見國民性之文藝能有眞價值，能在世界的文學中占一席地。對於此
點，亦願盡提倡之責任。

（六）中國舊有文學不僅在過去時代有相當之地位而已，即對
於將來亦有幾分之貢獻，此則同人所敢確信者，故願發表治舊文學
者研究所得之見，俾得與國人相討論。惟平常詩賦等項，恕不能收。
〔註50〕

從這份「革新宣言」裏的「刻不容緩」、「責任」、「國民性反映」、「貢獻」等
詞語，我們不難看出看出《小說月報》的新文學作家們改變文壇現狀的理想
與抱負，這種理想與抱負很明顯地與功利拉開了一定的距離。於是，在商業
利益與文化理想之間，必然產生衝突。實際上，這種商業利益與文化上的衝
突在革新後的《小說月報》越來越嚴重，對商務印書館來說，如果張元濟時
代的商務印書館還將商務印書館作爲一家文化傳播企業來運作，承擔著文化
傳播的某種自覺性，在經營策略上還表現爲商業與文化並重，那麼，到張元
濟離開了商務印書館，王雲五主持商務印書館的時候，商務恐怕正在悄悄地
將自己的經營重點轉到市場需要上去，而文化的效應顯然就沒有那麼看重
了。〔註51〕這一點可以在胡愈之的回憶裏得到佐證：

原來商務固然也是私人經營的，但到底像個文化事業；原來的
資本固然也是由剝削的，但卻還有一定的進步性。而王雲五卻完全
以一種營利的目的來辦商務，訂了許多荒唐的制度。〔註52〕

而商務印書館的實際做法就是《小說世界》的創刊。《小說世界》的出現無疑
是一種市場化的需要，實際上是爲了收攏爲革新後的《小說月報》所排斥的
鴛鴦蝴蝶派文人的創作。〔註53〕章錫琛的回憶作了最好的注解：

〔註50〕《小說月報》第十二卷第一期。
〔註51〕董麗敏：《〈小說月報〉1923：被遮蔽的另一種現代性建構——重識沈雁冰被
鄭振鐸取代事件》，載《當代作家評論》2002年第11期。
〔註52〕胡愈之：《回憶商務印書館》，《商務印書館九十五年》，商務印書館1992年版，
頁125。
〔註53〕《〈小說月報〉1923：被遮蔽的另一種現代性建構——重識沈雁冰被鄭振鐸

革新後的《小說月報》由沈雁冰主編……但不久爲了與鴛鴦蝴
蝶派鬥爭，著文抨擊，激起了他們的「公憤」，聯名對商務投了「哀
的美敦書」。當時上海各小報編輯權都操在這批馬路文人手中，他們
以在報上造謠訛詐爲專業，商務當局怕同他們鬧翻，只得把新主編
調到國文部，該請鄭振鐸編輯。爲了籠絡這批文人，專事收容他們
的稿件，另創《小說世界》半月刊，由王雲五的私人葉勁風編輯。
〔註54〕

這是一段大可值得玩味的話，一是《小說月報》的主編沈雁冰與鴛鴦蝴蝶派
發生衝突；二是商務印書館不願得罪鴛鴦蝴蝶派，將沈雁冰的主編撤下；三
是創立《小說世界》以籠絡鴛鴦蝴蝶派。

茅盾等文學研究會的作家與鴛鴦蝴蝶派的作家之間由於所持的立場不同
而發生論爭幾乎可以說是必然的，一方追求文學遊戲化、娛樂化，一方視文
學爲改造人生、改造社會的工具，必然導致了兩者之間的不相容。問題是僅
僅由於這次論爭，商務印書館不願與鴛鴦蝴蝶派鬧翻而將沈雁冰的《小說月
報》主編撤下，爲迎合鴛鴦蝴蝶派作者創刊了《小說世界》，這其中明顯反映
了商務印書館對鴛鴦蝴蝶派的倚重，更可能的是對茅盾當時編輯《小說月報》
的某種不認同。

如果說商務印書館此時的經營策略是偏向於商業利益方面，那麼商務印
書館對《小說月報》的不滿更多的可能在於《小說月報》的讀者市場與銷量
問題上。「儘管從表面上看，革新後的《小說月報》高達 10000 份的印數，似
乎表明了《小說月報》所追求的現代文學觀念得到了讀者的認同，其實更可
以說，在《小說月報》輝煌的印數後，起決定作用的，恐怕還是落後的、通
俗的、反現代性的閱讀趣味以及革新後的《小說月報》對此作出的相當隱蔽
的認同與調整。儘管如此，輝煌的印數並沒有掩蓋住編輯者與讀者之間事實
上存在的斷裂與衝突。」〔註55〕

革新後的《小說月報》遭到舊文學讀者不滿應是意料中的事，在《小說
月報》革新之後，眾多的習慣了舊文學的讀者均已表示出了反對，這裡僅看
一例：

　　取代事件》，載《當代作家評論》2002 年第 11 期。
〔註54〕章錫琛：《漫談商務印書館》，《商務印書館九十年》，商務印書館 1987 年版。
〔註55〕董麗敏：《〈小說月報〉1923：被遮蔽的另一種現代性建構——重識沈雁冰被
　　鄭振鐸取代事件》，載《當代作家評論》2002 年第 11 期。

兩年以來，商務印書館的老班不知受了什麼鬼使神差的驅策，夜夢中也想不到的，大講特講起新潮來。東一個叢書應酬這一方面的闊人，西一個叢書又應酬那一方面的闊人，這樣的叢書便出了七八種。雜誌呢？雖然內容並不比從前如何革新，但從形式上看，文體是用今語了，標點符號又加上了，似乎不是沒有漸次革新的意思。

最古怪的莫如《小說月報》，從十二卷一號起，與從前簡直畫成兩截，烏煙瘴氣的小說家與商務印書館幾乎斷絕了關係，小說月報所介紹的只是近世東西洋的文藝作品，創作的也大都出於近世東西洋文藝思潮影響的作家。〔註56〕

這估計能代表大多數習慣了舊小說閱讀口味的讀者看法。《小說月報》在舊式讀者那裏不受歡迎，更為奇怪的是，在新文學讀者那裏也有不滿的聲音。在胡適和魯迅那裏，都曾對《小說月報》提出過意見。胡適在 1921 年 7 月的日記中就記載了他對於革新後的《小說月報》的看法：

我昨日讀《小說月報》第七期的論創作諸文，頗有點意見，故與振鐸及雁冰談此事。我勸他們要慎重，不可濫收。創作不是空泛的濫作，須有經驗作底子。我又勸雁冰不可濫唱什麼「新浪漫主義」。現代西洋的新浪漫主義的文學所以能立腳，全靠經過一番寫實主義的手段，故不致墮落到空虛的壞處。如美特林克，如辛兀，都是極能運用寫實主義方法的人，不過他們的意境高，故能免去自然主義的病境。〔註57〕

在這裡，胡適提到了對革新後《小說月報》的兩個不滿，一是創作過濫，二是不切實際的提倡新浪漫主義。也就在茅盾大力革新《小說月報》之際，魯迅對其編輯態度就提出了批評：

他們的翻譯，似專注意於最新之書，所以略早出版的萊芒托夫……之類，便無人留意，也是維新得太過之故。〔註58〕

雁冰他們太騖新了。〔註59〕

〔註56〕東枝：《小說世界》，芮和師、范伯群等編《鴛鴦蝴蝶派文學資料》，福建人民出版社 1984 年版，頁 854。
〔註57〕《胡適的日記》，中華書局 1985 年版。
〔註58〕1921 年 8 月 6 日致周作人信。
〔註59〕1921 年 8 月 25 日致周作人信。

魯迅說茅盾他們革新《小說月報》太過，這大概是事實，讀者普遍感覺到革新後的《小說月報》高深莫測，令人難懂：

> 曾有數友謂如今《月報》雖不能說高深，然已不是對於西洋文學一無研究者所能看懂；譬如一篇論文，講到某文學家某文學派，使讀者全然不知什麼人是某文學家，什麼是某文派，則無論如何願意之人不能不棄書長歎；而中國現在不知所謂派……以及某某某某文學之閱《小說月報》者，必在數千之多也。〔註60〕

> 據實說，《小說月報》讀者一千人中至少有九百人不欲看論文（他們來信罵的也罵論文，說不能供他們消遣了）。〔註61〕

於是，從上述看來，革新後的《小說月報》似乎處於一個新舊不討好的尷尬局面當中，而這樣一種局面，與以往所宣傳的革新之後《小說月報》「第一期印了五千冊，馬上銷完，各處分館來電要求下期多發，於是第二期印了七千冊、到第一卷末期，已印一萬冊」〔註62〕的輝煌不大相符，而據現在研究者考證，「綜合上述各方面的情形，如果改版之前的《小說月報》真如茅盾所說的那樣，僅印二千冊的話，改版後的《小說月報》第十二卷的銷量，應該不會超過二千份，第十三卷則進一步有所下降」，〔註63〕也就是說，《小說月報》的銷量並不像所宣傳的那樣輝煌。而《小說月報》中的廣告似乎也表明了這一點：

> 刷新內容　減低價格
>
> 婦女雜誌　小說月報
>
> 本館出版之婦女雜誌、小說月報久承各界歡迎，茲特於十年份起大加刷新，同時並將價格酌量減少，藉酬愛讀諸君之厚意，茲特列表於左：〔註64〕

冊數	每月一冊	半年六冊	每年十二冊
舊價	三角	一元六角	三元
新價	二角	一元一角	二元

〔註60〕《沈雁冰（茅盾）同志書信十六封》，載《魯迅研究動態》，1981年4月。
〔註61〕《沈雁冰（茅盾）同志書信十六封》，載《魯迅研究動態》，1981年4月。
〔註62〕茅盾：《革新〈小說月報〉的前後》。
〔註63〕段從學：《〈小說月報〉改版旁證》，《新文學史料》2005年第3期。
〔註64〕《小說月報》第十二卷第二號。

　　站在商務印書館的市場化商業利益來看，文學研究會也好，鴛鴦蝴蝶派
也好，革新後的《小說月報》也好，《小說世界》也好，拋開這些文化立場上
的差異，只要能夠佔領市場，只要能夠贏利，其實是沒有什麼本質區別的。
於是，在革新時期的《小說月報》銷量不被看好的時候，商務印書館為著利
益最大化，創刊《小說世界》就不足為奇了。

　　商務印書館的這樣一種經營策略，革新後的《小說月報》在新舊讀者群
中都不太受歡迎，無疑給革新後的《小說月報》堅持視文學為改造人生理想
的新文學編輯及作家來說是有著巨大壓力的。這些都通過茅盾一點一滴的表
現了出來：

> 《小說月報》出了八期，一點好影響沒有，卻引起了特別的意
> 外的反動，發生許多對於個人的無謂的攻擊，想來最攻擊好笑的是
> 因為第一號出後有兩家報紙來稱贊而引起同是一般的工人的嫉妒；
> 我是自私心極重的，本來今年攬了這勞什子，沒有充分的時間念書，
> 難過得很，又加上這些鳥子夾搭的事，對於現在手頭的事件覺得很
> 無意味了。我這裡已提出辭職，到年底為止，明年不管。〔註65〕

儘管存在著巨大的壓力，革新後的《小說月報》並沒有完全倒向市場，從茅
盾等新文學作家堅持新文學作品的刊載，堅持為人生而創作的理念和大規模
有計劃的翻譯外國文學作品，我們就不難看出革新後的《小說月報》作家群
和編輯，其實不是立足於商務印書館的商業利益，而是立足於新文學自身發
展的啟蒙立場。我們在革新之後的《小說月報》中可以看到，就在當時鴛鴦
蝴蝶派迎合市場復刊之後，在《小說月報》第十四卷第九號上，小說《家風》
的作者俍工依然不受酬謝（該篇在文末標明「不受酬」）〔註66〕，《小說月報》
依然沒有刊登當時在讀者市場上大受歡迎的「言情」、「偵探」等小說的廣告，
還一個勁地向讀者推薦新文學刊物：

介紹文學研究會出版之《文學》

> 　我們這個親愛的小兄弟她的篇幅雖少，內容卻十分充實，可算
> 是短小精悍的一位新文學運動的前鋒，現在中國文壇裏，美的論文
> 極少，而在《文學》裏，這種文字幾乎每期都有，如《讀者的話》，
> 如其《我是個讀者》，《詩歌之力》等，都是很富於詩趣的論文。現

〔註65〕《沈雁冰（茅盾）同志書信十六封》，載《魯迅研究動態》1981 年 4 月。
〔註66〕《小說月報》第十四卷第九號。

在中國的文藝雜誌多低頭努力於創作，不批評不討論，而在《文學》裏則批評討論的文字極多，而其論調又是站在時代之前的，現在的出版物，與世界多很隔膜，而在《文學》裏，則記述世界現代文壇消息的文字極多，使我們時時得接近於時代的潮流，她所發表的創作，也很嚴慎。她的代派處是上海及各省商務印書館北京大學出版部，上海亞東圖書館，她的預定處是：上海寶山路寶興西里九號，她的定價是全年一元，半年五角郵費在內，每張二分。〔註67〕

這一切，無疑都表明茅盾等文學研究會的新文學作家對市場商業化的不妥協，從長遠看來，正是這批新文學作家堅持新文學自身的立場，對外在的經濟壓力絕不妥協的奮鬥精神，最終爲新文學贏得了獨立的發展空間，爲新文學的發展做出了不可替代的歷史貢獻。

如果說清末民初的作家在向現代文學轉型中還存在著尷尬的心態，那麼到了革新時期《小說月報》的現代作家群這裡，這種尷尬則一掃而空。現代作家在追求經濟保障的同時，也將現代文學向多方面展開。在革新時期的《小說月報》作家群這裡，我們看到現代作家在與經濟產生這樣那樣糾葛的同時，並沒有完全淪入到一切「以經濟爲中心」的市場法則中去，現代作家堅守著「文學爲人生」的信念，最終使現代文學自信而成功地走出一條新路來。

〔註67〕《小說月報》第十四卷第九號。

第三章　民國政治與《小說月報》研究

　　在影響中國現代文學的諸種外部因素中，政治因素是最爲顯而易見的，也最被研究者所關注。但是，「民國文學機制」視野中的政治與文學卻希冀跳出以往「政治決定文學」的簡單邏輯，思考「政治與人」、「政治與期刊」、「政治與文學」之間更爲深層的複雜關係。

第一節　現代文學研究中的政治糾結

一、現代文學研究中的政治視角

　　在相當長的一段時間內，現代文學研究都遵循著「政治標準第一，藝術標準第二」的原則，現代文學都被視爲是政治的附屬品，這種研究使我們簡單的將現代文學分爲「進步文學」與「反動文學」，遮蔽了大量豐富的歷史細節。應該說，直到現在爲止，文學研究，特別是文學史的寫作，依然沒有開拓出自己新的路子，文學史緊貼政治史而生存。幾十年來，現代文學研究始終陷入一種固定的程序。關注現代文學的人，首先想到的是其產生的背景，更具體的說，是其產生的政治背景，或資產階級與無產階級的劃分，或民族戰爭的號召，或無產階級的強烈號召等，就是對作家作品的分析，涉及更多的是作家的政治立場，著眼多大依然是作品是否表現了當時社會的、政治鬥爭的要求，其評價也都是以政治作爲依據。

　　最明顯的是現代文學的分期。「起於五四文學革命，迄中華人民共和國成

立止」〔註1〕，這是慣常文學史的劃分方法，這種以文學運動始卻以重大的政治事件作爲終結，這是否出於政治的考慮？新政權建立，中國的一切便煥然一新了？其實新政權建立初的文學，更多的是受到四十年代的《在延安文藝座談會上的講話》的影響，四十年代文學與「十七年」文學之間存在必然的精神聯繫。雖然現在許多批評家試圖將現代文學（此處爲狹義的）與當代文學的界限取消，即倡導「中國現代文學」（廣義的）「二十世紀文學」或「百年文學」，但在文學階段的劃分上卻又有意識地把四十年代文學與「十七年」文學分割開來，實質上仍是研究者在自己心目中有一個政治標準。

從 1917 年的文學革命，到 1949 年的中華人民共和國成立，中國的政治明顯地分爲三個階段，即 1919～1927 年爲五四運動和中國共產黨的成立，這一段常被認爲是無產階級革命的準備期；1927～1937 年爲國共十年內戰期，無產階級革命力量逐步壯大；1938～1949 年爲抗日戰爭和解放戰爭時期，共產黨力量壯大並最終戰勝了國民黨勢力。這是中國的現代政治歷史的分期，與政治史緊密相連，現代文學也同樣劃分爲三個階段，錢理群、黃修己、朱金順、陳思和等現代文學研究大家無一例外，當然不否認他們這樣劃分有其依據，然而這其中是否也有存在於其頭腦中的政治意識在作祟？「人類的審美史和文藝史展示了一個基本史實：政治與文藝是相互爲用、相互滲透的。」〔註2〕但在現代文學上政治的作用是否過份強大了一些，破壞了文學本身的審美標準？文學成了「時代的鼓手」、「時代精神的單純的傳聲筒」〔註3〕。

在政治標準成爲唯一標準的情況下，現代文學與政治關係的研究只能是簡單地將文學現象與政治事件，將文學作品與作家的政治思想，將文學的內容與政治的歷史進程生硬地直接對應或比附。自 20 世紀 50 年初將現代中國文學納入體制內的法定學科進行研究起，直至 70 年代末，始終從政治視角切入，納進新民主主義政治理論模式或蘇式社會主義政治理論範式給予研究，將現代中國文學的學術探討逐步導向「興無滅資」的「以階級鬥爭爲綱」的政治意識形態框架，使現代中國文學研究不僅成了在意識形態領域兩大階級、兩種思想甚至兩條路線開展鬥爭誰勝誰負的晴雨錶或前哨陣地，而且現代中國文學本體系統四大形態及其作家主體幾乎都成了對意識形態實行全面

〔註1〕 黃修己：《中國現代文學簡史》，中國青年出版社，1984 年，頁 1。
〔註2〕 曾永成：《文藝政治學導論》，四川大學出版社，1995 年，頁 5。
〔註3〕 黃修己：《中國現代文學簡史》，中國青年出版社，1984 年，頁 211。

專政的對象，這就是所謂「政治化」研究導致的最終結果。

　　對於這種特定歷史時期形成的現代中國文學研究「政治化」所帶來的正效應或正價值且不論，只是它導致的災難與弊病，上世紀 80 年代從極左政治思潮禁錮下獲得解放的政界或學界的精英們，對其進行了批判與清算，使現代中國文學研究在很大程度上擺脫了「政治化」模式的羈絆，沖決了一些極「左」政治設下的禁區，逐步跨入「學術獨立」研究的軌道。這主要表現在研究主體思維不再用一元化的政治理論特別是極左政治思維框架，上綱上線地硬套現代中國文學本體系統，或把它從政治上定性爲無產階級領導的新民主主義文學或蘇式社會主義文學，並武斷地判定現代中國文學是民主主義政治革命或社會主義政治革命的有機組成部分，而是力圖「去政治化」把現代中國文學從政治意識形態中分離出來，使之成爲一個獨立審美系統或學術研究的獨立對象。

　　20 世紀 80 年代的「重寫文學史」就是這種「去政治化」的一種努力。1988 年，《上海文論》第 4 期開闢了「重寫文學史」專欄，其初衷是「開拓性地研究傳統文學史所疏漏和遮蔽的大量文學現象，對傳統文學史在過於政治化的學術框架下形成的既定結論重新評價。」〔註 4〕在此思想指導下，他們明確提出「重寫文學史」的主張，即「改變這門學科原有的性質，使之從從屬於整個革命史傳統教育的狀態下擺脫出來，成爲一門獨立的審美的文學史。」〔註 5〕在持續一年半的時間裏，該專欄發表了系列「重寫」性質的文章，對中國現當代文學史上已有定評的一些作家如丁玲、柳青、趙樹理、郭小川、何其芳、郭沫若、茅盾等的創作傾向和藝術成就提出了質疑，對《青春之歌》等文學作品以及別、車、杜美學理論，左翼文藝運動中的宗派問題，現代派文學，胡風文藝思想等文學現象進行了重讀、重評。其倡導者提出：「重寫」之目的，「是要改變這門學科的原有性質，使之從從屬於整個革命史傳統教育的狀態下擺脫出來，成爲一門獨立的、審美的文學史學科」〔註 6〕、「『二十世紀中國文學』這一概念首先意味著文學史從社會政治史的簡單比附中獨立出

〔註 4〕陳思和：《中國現代文學展望》，《談虎談兔》，廣西師範大學出版社，2001 年，頁 6。

〔註 5〕陳思和、王曉明：《「重寫文學史」專欄「主持人語」》，《上海文論》，1988 年，第 4 期。

〔註 6〕陳思和、王曉明：《「重寫文學史」專欄「主持人語」》，《上海文論》，1988 年，第 4 期。

來，意味著把文學自身發展的階段完整性作爲研究的主要對象。」〔註7〕一些
文章認爲，革命作家存在「思想進步、創作退步」的問題，而一些疏遠或者
迴避政治的作家作品則更具有「主體性」和「藝術性」。這些文章以「審美性」、
「主體性」、「當代性」、「多元化」等爲旗幟，否定政治對文學的控制，同時
又以對「政治」的親疏遠近，來確定作家作品文學史地位的高低，其評價標
準恰恰表明了「去政治化」的政治意圖。以至於一些現代中國文學史的書寫，
不論是通史、斷代史或者是專題史、分體史，都是盡量地淡化政治背景甚至
去掉政治背景，只寫現代文學本體的發展或者作家作品的流變史。這種「去
政治化」書寫的文學史，固然可以突顯文學的本體性，切斷文學與政治的瓜
葛而使現代文學成爲一個獨立自主的審美系統，這種純文學研究或純文學史
書寫的學術追求誠可貴；然而，這樣的現代文學史書寫，或20世紀中國文學
史重構，或中國當代文學史編寫，能夠反映出文學史的眞實面目嗎？如果新
時期伊始所提出的「回到文學本體研究文學或書寫文學史」口號，這是對新
中國成立後前30年泛政治化研究現代中國文學及書寫其文學史的有力反撥，
對於恢復現代文學研究的本體地位和文學史書寫的本體面貌以及把現代中國
文學從牢固拴在政治戰車上拉下來，的的確確發揮了不可低估的積極作用；
那麼到了21世紀的現代中國文學研究及其文學史書寫，已經出現了「去政治
化」的負效應，即影響到現代中國文學全方位的深入研究和文學史全景觀的
眞實書寫，因而就應該從理論與實踐的結合上對「回到文學本體研究或書寫
文學史」的口號進行冷靜地反思了。

　　這種「去政治化」傾向，有意無意忽略文學史上客觀存在的政治因素對
文學的影響，無疑也難以對一些重要的文學現象作出客觀的「歷史」評判，
甚至經過「研究者主體精神的滲入和再創造」——臆想或獨斷，「五四」以來
的進步歷史、共產黨領導的革命鬥爭史和社會主義的偉大歷程就很有可能被
迴避、稀釋、扭曲、消解、否定，甚至被妖魔化爲各種另類表述。對於現代
中國文學的研究越深入，我們越應該清醒地意識到，往往一種傾向掩蓋著另
一種傾向，掀開一種遮蔽常常又造成另一種遮蔽；而要正確全面無偏斜地把
握現代中國文學的研究方向並非易事。我們不能忽視，在對現代中國文學「去
政治化」研究過程中，伴隨著正能量的產生，的確出現一種相反的傾向或另
一種遮蔽，所帶來的研究結果並非全是正效應，甚至是些弊端，因而值得認

〔註7〕黃子平等：《論「二十世紀中國文學」》，《文學評論》，1985年,第3期。

眞考辨方可給出正確結論。所以重構現代中國文學史或 20 世紀中國文學史或
中國現代文學史或中國當代文學史，不能過度地「去政治化」或者不顧必要
的政治社會背景而一味追求「回到現代文學本體」；否則不僅不能回到現代中
國文學的「本體」，反而丟棄了現代文學本體內涵的政治性的重要維度，這不
是增強了文學史書寫的本體性乃是削弱了它的本體性。

　　過度「去政治化」的現代中國文學研究所產生的負效應，也表現於對現
代中國文學的宏大敘事的冷漠或倦意上。所謂現代文學的宏大敘事大都具有
濃烈的政治色彩，或者說都與中國近百年的政治改良、政治革命、社會變革、
思想解放、民族戰爭等重大政治事件緊密相關；尤其是現代文學的政治革命
敘事、各種戰爭敘事的文本構成，乃是 20 世紀中國文學重要的藝術風景線。
這眾多的宏大敘事的文學作品不只數量多，與日常生活敘事的作品相比具有
壓倒優勢；即使從藝術成就或美學質量上考之，也不乏優秀的經典文本。因
此，無論現代中國文學史的書寫還是現代作家作品的研究，都應將帶有強烈
政治色調的宏大敘事的文學置於緊要地位。常常被評論者所詬病的上世紀 30
年代出產的「革命加戀愛」小說和 80 年代創作的「改革加戀愛」小說，若是
把「革命」或「改革」視爲宏大政治敘事而「戀愛」視爲日常生活敘事，那
麼這類小說是否可算作宏大敘事與日常敘事相結合的小說？可見，宏大敘事
與日常敘事在小說文本的建構中，只有相對的意義而沒有絕對的意義。

　　由於現代中國文學與政治結下的錯綜糾纏的複雜關係，決定了對其重新
研究重新評價及其文學史書寫，既要「去政治化」，又不能過度「去政治化」，
務必堅持辯證思維理解政治與現代文學的關係，有分寸地深入地從政治角度
切入來解讀現代中國文學，以求有新的發現、新的突破和新的成就。「民國文
學機制」提倡文學史建構回到自然時序，強調還原歷史，就是希望避免走向
兩極的研究傾向，以眞實客觀的態度來看待政治與文學的關係問題，眞正客
觀地去探究，在不同的歷史時期，政治到底在哪些主要方面，到底以何種方
式，到底在何種程度上左右、影響乃至決定了文學的基本走向，或是構成了
文學的基本的甚至是主要的特徵。

二、民國政治介入現代文學研究的有效視角

　　摒棄之前「政治經濟學」帶給我們的先入爲主觀念，回到民國歷史現場
重新審視民國政治與現代文學的關係，我們既可以發現之前被遮蔽的一些文

學現象，亦可以揭示出民國政治對現代文學的制約與促進，現代文學是如何順從政治或對政治制約的抗爭的，而這些，對於探尋現代文學之所以是現代文學的原因，是有益的。從民國文學機制的角度出發，關注民國政治與現代文學的關係，至少可以從以下方面展開：

1、現代文學的政治機制研究。這裡所說的現代文學政治機制，指在形成中國現代政治體系進程中那些對現代文學產生了相關影響的因素。儘管我們一貫認為民國政治對現代文學的影響十分重大，但顯然不是民國政治的所有方面都對現代文學產生影響，而民國政治有著極為豐富的內涵，既有建立憲政的追求，也有歷史發展的退步；既有國民黨的中央統治，也有地方軍閥實力的割據；既有內憂，也有外患……這些豐富的政治形態，既造成了現代文學有著總體的共性追求，更形成了現代文學不同時期不同地域的文學個性。就是同一種文學形態，比如國統區文學、延安文學、淪陷區文學等，其內部形態也是千差萬別。比如我們熟知的延安文學，我們往往只重視圍繞延安抗日根據地的文學，而忽略了其他形式的文學。一些重要的革命作家群體還沒有真正進入文學史的視野，以 1937～1945 年間抗日根據地三大詩群——延安詩群、晉察冀詩群、蘇浙皖詩群為例。儘管在一些文學史中有介紹，但三大詩群並沒有以「詩群」整體性載入文學史。目前，學界關於延安詩群已有多人論評，有關晉察冀詩群也出了一本《晉察冀詩抄》，但系統、深入的研究仍然很欠缺。至於蘇浙皖詩群，更是很少人知曉。它是一個主要活動於皖南涇縣、蘇北鹽城以及浙東金華一帶的詩人群體，經查證可以確定這個詩群中有如下詩人——馮雪峰、蒲風、夏徵農、辛勞、聶紺弩、樓適夷、許幸之、莫洛、彭燕郊、吳越、蘆芒、賴少其、陳子谷、王亞平、覃子豪、錫金、戈茅、陳亞丁、陳山、黃凡、林山、杜麥青、江明、方尼、錢毅等，他們或者參加了新四軍，或者為新四軍從事秘密地下工作，這其中也應該包括寫下了新體詩《十年》（《新四軍軍歌》初稿）的陳毅元帥。蘇浙皖詩群及其獨特的詩學特質，不僅可以使根據地三大詩群呈現南北呼應的整體風貌，而且三大詩群整體進入文學史，必將為我們重新審視中國現代文學史的歷史構成、藝術範型、審美訴求提供新的視角，同時也為開拓文學史寫作新格局，提供有力的參照和基礎。這些，無疑只有返回民國歷史現場，從民國機制的角度才能挖掘出那些被遮蔽的歷史。

2、現代作家的民國政治體驗研究。我們習慣於「政治決定文學」這樣

的思維定式，這樣的思考模式固然不能算是錯，但顯然忽略了在「政治決定文學」中人的主觀性，尤其是作家的主觀性對文學發展形成的影響。明顯地，政治並不僅僅是簡單的決定文學，文學不是消極的適應於政治。作爲主體性極爲強烈的作家個體，除了對政治的適應外，還有更多的對政治的迴避、游離甚至反抗。反思在民國政治大格局下作家的選擇，細緻描繪作家的民國政治體驗，顯示的正是個體作家成爲其獨特性的一面。就是對整個中國現代文學而言，文學與政治的關係亦不是簡單的「決定與被決定」，依舊充滿著體驗在裏面。就百年來的中國文學與經驗看，恰恰正是文學與政治聯姻創造出了一大批作家作品。魯迅、郭沫若、巴金、曹禺可以說正是政治影響的時代之子，就是周作人、沈從文、張愛玲、錢鍾書等人也無法與政治切割，他們與政治或遠或近的關聯性，促使他們形成了獨特的創作內涵與風格。如果剔除政治的因素，文學作品將失去寶貴的時代經驗與人生內涵。有學者認爲，近百年的中國是一個「非文學的世紀」，我們不認同。其實，任何時代都可以是文學的，文學不是那般的嬌嫩，只任蹂躪，也可如疾風勁草，奮起抗爭。近百年的中國，也許正是文學發展千載難逢的好時機。處於中西政治對抗、文化交流與古今文明形態轉換中，使得近百年的中國成爲一個空前絕後的時期，一方面是淒涼的、陰柔的、內斂的、個人化的、情感的，另一方面是悲壯的、激烈的、外向的、集體化的、理智的；一方面中國社會經歷著巨大的外來壓力，陷於崩潰解體中，另一方面卻又在集聚力量，處於新生中；一方面在拋棄著種種不適應的人，另一方面又在創造著它所需要的時代之子；一方面舊的文化正在消逝，另一方面新的文化又在滋生，而且在消逝與滋生間夾雜著糾纏，令人難以清理。這個時代是政治的時代、革命的時代與變動的時代，這個時代也是文學的時代、審美的時代、想像與熱情的時代。所以，近百年的中國不是一個「非文學的世紀」，而是一個政治兼而文學的世紀。在國難當頭之際，響起的是革命的號角，同時響起的也有文學的豎笛。正因爲如此，觸摸現代作家的政治體驗，才能顯示出現代文學研究「活」的一面。

三、民國政治介入現代文學研究的限度

從民國機制的角度來打量民國政治與現代文學的關係，的確能帶給我們全新的思考，然而，這一視角亦不是萬能的。過度的闡釋這一視角的有效性，正如我們曾經經歷過的那樣，文學研究會陷入泛政治化的境地，這對現代文

學研究已然是一種災難。這告誡我們，從民國政治角度來研究現代文學，必須畫出一定的限度，清楚地知道民國政治介入現代文學的界限在什麼地方。作爲研究者，樹立正確的研究姿態尤其重要：

1、破除政治與文學關係之間預設的觀念。長時期以來，「政治標準第一，文藝標準第二」、「政治決定文學」，或「回歸文學本身」、「去政治化」等固有觀念牢固地盤踞在研究者的腦中，這些預設的觀念對於我們返回民國歷史現場去發現以往被遮蔽的存在形成了相當的干擾，因此，研究者需擯棄此類先入爲主的觀念，既不認爲政治主導現代文學的一切，也不以爲現代文學與民國政治毫無關係，需要在史實的基礎上梳理民國政治對現代文學影響的方方面面，重新建構起自身與民國歷史、現代文學的聯繫來。

2、以文學爲主。由於長期以來受「政治決定文學」模式的影響，現代文學往往被視爲是對現代政治的注解，在相關的研究中，文學也往往被視爲是政治的附庸。這對於探究現代文學的獨特性、現代文學自身的發展形成了障礙，而民國文學機制的提出，旨在通過分析民國社會的諸多因素，看這些因素是如何因緣附會地影響到現代文學的發生、發展的，進而尋求現代文學內在的精神。在這種思路下，文學是研究的出發點，也是研究的終點，而社會的各種因素是構成現代文學發生、發展的原因，是爲文學服務的，這與將文學作爲其他社會因素的注解有著質的不同。

從以上的分析來看，研究民國政治與現代文學的關係，既是現代文學研究的傳統，但在民國文學機制的語境中又表現出了強烈的新質，而這些新質，這是我們在該領域研究的新的學術增長點。可以說，對於民國政治與現代文學關係的探討還遠遠未充分，或者說，從新的民國文學機制的視角來看，這一話題尚在開始階段。

第二節　民國政治視野下的《小説月報》研究

從民國政治視野來研究《小説月報》，這是《小説月報》研究中全新的思路。全新，意味著難度與挑戰，但同時也意味著開拓空間的寬廣及研究的必要。

一、民國政治維度的《小説月報》研究

就當前關於《小説月報》的研究現狀來看，從政治維度來專門研究《小

說月報》的還沒有出現，提到《小說月報》跟民國政治之間關係的，都散落在相關的論著裏，其中主要是闡述早期《小說月報》與當時政治的關係的，比如柳珊的《1910～1920年的〈小說月報〉研究》，就認爲：商務印書館「必須始終堅守住民間立場，不能捲入任何政治鬥爭的漩渦」，導致了「二十世紀前五十年中國政治環境波動如此劇烈，卻很難從《小說月報》中感受到這種變動。1910～1920年間，國內外發生了張勳復辟、袁世凱奪權、俄國革命等一系列政府傾覆事件，可《小說月報》沒有什麼特別的反應，許多重大事件都未曾提及」，儘管如此，「《小說月報》的政治意識雖不鮮明，但仔細觀察，也不是一點沒有」〔註8〕，謝曉霞的《〈小說月報〉1910～1920：商業、文化與未完成的現代性》（上海三聯書店，2006年）、董麗敏的《想像的現代性——革新時期的〈小說月報〉研究》（廣西師範大學出版社，2006年）均持此說。總體上看來，早期《小說月報》的政治傾向是偏於保守的，這幾乎成爲《小說月報》研究界的共識。

關於茅盾革新後的《小說月報》跟民國政治的關係，潘文正認爲：「部分譯者，如沈雁冰、沈澤民、瞿秋白（1899～1935）等，一面翻譯和傳播馬克思主義思想，參加中國共產黨的早期工作，一面也作爲文學研究會會員，從事文學翻譯活動。在一定程度上，文學翻譯成爲革命思想的宣傳工具。這些譯者在《小說月報》上發表翻譯文學作品及文藝理論等，介紹自己的譯介觀念甚至隱匿地表達了一定的政治和國家理想」〔註9〕，雖然作家們、編輯表達政治觀念依然還比較保守，但比起前期的《小說月報》來，其政治色彩已經加強了許多。

可以說，從民國政治的角度來研究《小說月報》是當前《小說月報》研究的一個薄弱點。薄弱的原因大概在於研究者認爲比起五四時期的《新青年》、《新潮》等雜誌來，《小說月報》相對顯得平和，研究現代文學雜誌與民國政治的關係，《小說月報》並不具有代表性。然而，與政治距離較遠並不意味著跟政治沒有關係，研究的薄弱也不意味著沒有價值，或許更代表著更大的可待開拓的空間。

〔註8〕柳珊：《1910～1920年的〈小說月報〉研究》，復旦大學博士學位論文，2000年。

〔註9〕潘文正：《文學翻譯規範的現代變遷——從〈小說月報〉（1921～1931）論商務印書館翻譯文學》，四川出版集團　四川辭書出版社，2012年，頁76。

二、民國政治維度研究《小說月報》的有效視角

從總體上看來，《小說月報》的政治傾向是偏於保守的。然而，這並不意味這《小說月報》沒有政治態度。如果仔細分析的話，我們可以發現《小說月報》與民國政治之間的微妙關係：

1、民國政治生態與《小說月報》的政治選擇。文學期刊誕生於特定的社會文化中，必定要受到當時社會因素的制約，政治文化自然也不例外，顯示出來的就是文學期刊與當時的政治文化都或隱或現的存在著聯繫，《小說月報》亦是如此。《小說月報》偏向於保守的政治選擇，無疑與當時的政治生態密切相關。我們必需考慮到，在一個動盪不安的社會環境裏，一個龐大的文化出版機構，要長期合法地生存下去，就不能依附於任何黨派，或與某一黨派建立比較親密的關係，它畢竟不是一個小小的地下印刷所，印刷完一點政治宣傳品後就關門大吉。商務的立足之本在於它的民間立場，他們的注意力集中在文化精義本身的保存和建設上，所以「商務印書館在二十年代激烈的意識形態鬥爭中，不僅沒有舉步不進，相反，出版的天地更加開闊了。」商務如果不是始終站在民間的立場上說話做事，以評論時事政治為主，大名鼎鼎的《東方雜誌》的命就不可能那麼長，幾經歷史風雲變幻，它仍能屹立於期刊叢中不倒雖說是 個奇跡，可在這後面做支撐的是商務一以貫之的民間性。相比之下，《新青年》、《甲寅》的短命則是意料之中的事。《小說月報》因為不需要談論時事政治，它比《東方雜誌》就顯得更加溫和平靜了。二十世紀前五十年中國政治波動頻繁劇烈，可你很難從《小說月報》中察覺這種變動。1910 年－1920 年間，國內外發生了張勳復辟、袁世凱奪權、辛亥革命、俄國革命等一系列政府傾覆事件，可《小說月報》往往視而不見，大多數事件連提都沒提。但第一次世界大戰期間，倒是頗為注重反映歐洲戰爭的小說，不僅提倡評論這類小說，還由彼及己，發了一些感慨，登了幾幅圖片。大概認為是外國人的事，不容易出問題的緣故吧。可就這樣，《東方雜誌》還是惹了麻煩，《小說月報》對政治也就偃旗息鼓，越發平靜了。《小說月報》的政治意識雖然不鮮明，但仔細觀察，也不是一點也沒有。袁世凱登基的時候，許多報刊雜誌紛紛採用他的年號「洪憲」為紀年方式，在封面上標出「洪憲元年」的 字樣，以取媚袁世凱政權。《小說月報》卻是我行我素，不作變動。而辛亥革命戰爭中，《小說月報》卻登出了北伐女子義勇軍的照片，編輯惲鐵樵還親自動手寫了幾篇反映革命過程中社會狀況的「革命外史」。厚此薄彼

中，《小說月報》的政治取向昭然若揭。應該說，《小說月報》不是沒有政治
傾向，只是其政治傾向表現得更加隱晦罷了。分析《小說月報》的這種政治
選擇與當時的政治生態，對於認識《小說月報》自身的獨特性毫無疑問是必
要的，也是可行的。

　　2、前後期《小說月報》的政治立場分析。按照慣常的理解，前期《小說
月報》屬於舊文學的範疇，而後期《小說月報》屬於新文學範疇，在「舊與
新」的劃分之下，其政治考量無疑也是不相同的。早期《小說月報》甚至是
商務印書館的政治傾向趨於「保守」，比如 1917 月 19 日張元濟的日記裏記載
了這樣一件事：「因越南及新加坡兩處禁制本館　總以爲不登戰事爲是。東方
除去外國大事記及歐戰綜記，其餘譯件愈少愈妙，戰圖亦不登。」事情雖由
《東方雜誌》所起，但也旁及其餘，其中很可以見出商務作爲一家民營企業
對時事政治的態度。商務印書館雖然曾經出過不少國共兩黨方面的要員，如
陳雲、陳叔通、王雲五等人，但這些人在商務時都是一介平民，絕沒有身兼
兩職或以商務爲名從事政治活動的現象。商務當局在出版方面更是一直小心
翼翼，對那些明顯有政治色彩的出版物，總是毫不猶豫地拒絕出版。而對那
些可能牽涉政治鬥爭的書則持審慎態度。1919 月，某俄國人請商務印書，張
元濟擔心會惹政治上的麻煩，提出由俄領事館出函證明此書無「過激」之處，
才予接受。1 月，康有爲希望商務印書館代售《不忍》雜誌和他的著作，由於
康和這份雜誌是著名的保皇派，張元濟沒有同意。3 月康有爲又要張元濟爲他
推銷刊有他寫的《共和平議》的《不忍》雜誌，再次遭張元濟拒絕。然而革
新後的《小說月報》，商務印書館的上層領導大致不變，所持有的掛念也還相
似，但《小說月報》的政治色彩卻明顯加強了，這對《小說月報》意味著什
麼？這就需要詳細梳理《小說月報》前後期政治傾向的轉變及轉變背後的原
因。再比如葉聖陶主編的《小說月報》，將更多的關注點放在文學自身上，這
樣一種考量，是否與當時的政治生態相關？這些問題的思考，對於定位《小
說月報》的性質就顯得具有特別的意義。

　　3、《小說月報》作品裏面的「政治」。革新後的《小說月報》自不用說，
就是前期《小說月報》，儘管對政治持保守的態度，但依然刊登了爲數不少的
反應現實政治的篇目，比如《村老嫗》對鄉村民主選舉的嘲諷：「阿二又言，
今世界已爲共和，百姓最大，官府亦仰其鼻息，譬之設肆貿易，百姓爲店東，
官爲夥計。老身殊不解，吾家阿二何以不安心做店東，而心醉夥計？眞令人

迷惑死。……阿二歸也，意氣洋洋，眉飛色舞，翹拇指示嫗曰：『姥乎，今日備矣，吾人乃投十三票，出而復入，蹀躞無停趾，可笑彼監察員，陳死人，茫不覺』」〔註10〕。如《地方自治》（《小說月報》，第一卷第六號）對當時流行的政治改革「地方自治」的抨擊、《海影淚痕錄》（《小說月報》，第五卷第六號）揭示出的對所謂「共和」社會其實也只是一種形式，並未能給百姓帶來幸福生活和社會穩定等，這些反映當時社會政治的小說與《小說月報》表明上的政治保守無疑形成了一種張力，如何看待這一貌似「分裂」的現象？同時梳理這些反映政治現實的小說的寫作限度在何處？與革新後期描寫政治的作品有什麼異樣？……這些問題，對我們重新理解《小說月報》無疑提供了線索，也展示了一個有著較為寬廣的可挖掘空間。

4、《小說月報》作家的政治觀研究。從《小說月報》創刊到《小說月報》終刊，其作家群是一個龐大的隊伍，其政治傾向各不相同，然而這些各自政治傾向不同的作家齊集在具有同人性質的早期和革新後的《小說月報》旗幟下，無疑就是一個耐人尋味的現象。思考作家的政治觀與《小說月報》整體政治傾向的異同、甚至與商務印書館政治傾向的一致與裂隙，對於作家、《小說月報》甚至是整個現代文學都是較為重要的。比如，思考作家與商務印書館之間的政治觀念，1919 年五四運動爆發時，惲鐵樵上街散發罷課公啟，有人告到張元濟那裏，「先生以為『只可聽人自由』，不預干涉」（《張元濟年譜》）。也就意味著，只要與商務印書館的業務無關，個人的政治舉動商務印書館是不予干涉的。可商務印書館自己在五四運動中是很不積極的，據《張元濟年譜》記載：「6 日，上海學生會代表王斌等來訪，要求聲援北京學生舉行罷工，先生回答說：『此事實不能贊成』，解釋良久。」6 日上海全市罷市後，「商務領導層磋商後決定『午後停工』」。這其中就顯示出商務印書館「守舊與開明」形成張力的一面。就在這些裂縫裏面，我們也許更能勾畫出作家、雜誌及投資方之間錯綜複雜的關係。

總之，從民國政治的角度來關照《小說月報》，不僅能夠揭示之前研究中的一些遮蔽，顯示出該研究視角的寬廣性，而且對於我們重新思考文學與政治的關係，亦是極其必要的。

〔註10〕《小說月報》第三卷第十號。

第三節　民國政治與《小說月報》的關係探究

　　作爲一家聲名在外的大型文學期刊，《小說月報》上能直接嗅到民國政治狀況的信息少之又少，這樣一種狀況的出現，恰好就是一種政治生態的反映。

一、商務印書館的保守與《小說月報》政治的隱秘

　　關於商務印書館的政治立場，一般都用保守中立來形容。這種保守中立自然可以在商務印書館的發展史上找到相關的證據。但是，仔細梳理商務印書館早期的歷史，我們又可以發現情況要複雜得多。

　　1902 至 1917 年間，商務印書館編譯所所長一職由張元濟擔任。在商務內部，張元濟一直被認爲是制定出版方針的靈魂性人物。剛剛進館，張元濟就與夏瑞芳約定：「吾輩當以扶助教育爲己任」，〔註11〕造成了商務印書館以「教育救國」爲宗旨的文化傾向。這種以教育爲宗旨的文化取向，又要兼顧到利潤的獲得，而商務印書館作爲一家民營企業，要在當時長期生存下去，就必須堅守住中立的立場，這就意味著商務主辦的雜誌不能捲入到任何政治鬥爭的漩渦中去，從整體上導致了商務印書館政治敏感的滯後性。但這種政治敏感的滯後性只能說商務印書館爲了保全利益而對當時正在進行的激烈政治鬥爭採取避讓措施，而不代表著其觀點的守舊。比如 1919 年 3 月，有俄國人請商務印書館印書，當時俄國十月革命剛爆發，世界大多數國家都對其抱著懷疑或敵視的態度，中國當時當權的北洋軍閥顯然也是持著敵視的立場。張元濟擔心惹上政治麻煩，出於現實考慮，提出了由俄領事館出函證明此書無過激之處才給予印刷。〔註12〕甚至連孫中山的文集，也被張元濟婉拒。〔註13〕觀點激烈的書張元濟不給予印刷，同樣，觀點守舊的張元濟依然不給予通過。1918 年 2 月，康有爲希望商務印書館代售《不忍》雜誌和他的著作，由於康和這份雜誌都屬於保皇派，張元濟沒有同意康有爲的要求。同年 3 月，康有爲又要求張元濟爲他推銷刊有他寫的《共和評議》的《不忍》雜誌，再次遭到張元濟拒絕。〔註14〕這顯示出了張元濟甚至是商務印書館的一些特點。

　　從 1905 年起，嚴復的《天演論》由商務印書館發行，之後又再版 20 多

〔註11〕 張樹年：《張元濟年年譜》，商務印書館，1991 年，頁 52。
〔註12〕 張樹年：《張元濟年譜》，商務印書館，1991 年，頁 166。
〔註13〕 張樹年：《張元濟年譜》，商務印書館，1991 年，頁 176。
〔註14〕 《陳獨秀與商務印書館》，《商務印書館九十五週年》，頁 407。

次，一時風行全國。它所宣傳的「物競天擇，適者生存」的思想引起中國近代史上第一次思想革新，在當時的中國無疑是一種震撼，代表著中國當時的先進思想。從這時候，乃至「五四」以後，商務印書館的出版的書，大都體現著愛國、進步的進化論思潮，可以說站在了時代的前列。早期的商務印書館「適應了時代潮流的需要，站在資產階級新文化一邊，為提倡新學，興辦新學校，培養新人才，出版了大量適合時代需要的書……最早編印了新式教科書，給開辦學校提供了啓蒙課本。它大量翻譯西方學術著作，打開了人們的眼界，受到了啓迪，可以說起到了開拓者的作用。」〔註 15〕這個時候的商務印書館，可以說是引領潮流的，鋭意進取，絲毫看不出守舊的樣子。

就是人們一貫視爲改良派守舊的張元濟，其思想也不是一成不變的。張元濟因爲參與戊戌變法而被清廷革職，其內心深處很長一段時間依然對「立憲」抱有幻想。1908 年 8 月清廷開始改革，宣佈「預備立憲」，頒佈了《欽定憲法大綱》。當時身在日本考察的張元濟寫信給高夢旦說：「在海外聞此消息，不覺欣喜」，「但求上下一心實力準備，庶免爲各國所笑耳。」同時囑咐：「政法書籍宜亟著手編輯。」甚至到了 1911 年 3 月他在創辦《法政雜誌》時依然是「以普通政法知識灌輸國民」，「冀上助憲政之進行，下爲社會謀幸福。」而商務印書館的一些出版書籍像《漢譯日本法規大全》、《列國政要》、《政法雜誌》以及《東方雜誌》中的一些文章、社說等依然未擺脫戊戌以來變法維新的立憲意識而受到人們非難。〔註 16〕但到了 1912 年（民國元年）商務印書館編印了《共和國教科書》，而且把已經編好的《商務印書館新字典》也「重加釐定，以求適於民國」。此外，1916 年張元濟親編梁啓超的《國民淺訓》並且大量發行，用以宣傳民主政體，普及自由民主的政治常識。這些都反映著張元濟的思想傾向於共和的一面。

但思想進步歸思想進步是一方面，落實到實際行動中又是一方面。且不說在商務印書館內存在著比張元濟更爲守舊的一派，而且這一派相對於張元濟傾向於革新又占著上風。就是在實際的操作中，言論過於激烈爲商務印書館帶來的損失也是慘重的。商務印書館旗下的《東方雜誌》創辦於 1904 年，

〔註15〕 李思敬：《百年讀史的思緒 —— 商務印書館的創業與中國近代史上的思想革新》，《出版廣角》1998 年第 1 期。
〔註16〕 李思敬：《百年讀史的思緒 —— 商務印書館的創業與中國近代史上的思想革新》，《出版廣角》1998 年第 1 期。

是夏瑞芳提議「與社會各界通氣」而辦的信息性雜誌。到了 1910 年代，已經發展成大型的綜合性刊物。「凡世界最新政治經濟社會變象，學術思想潮流，無不在《東方》述譯介紹，而對於國際時事論述更力求詳備。對於當時兩次巴爾幹戰爭和 1914 年的世界大戰，都有最確實、迅速的評述，爲當時任何定期刊物所不及。」〔註17〕可見商務印書館的各類雜誌不是對政治漠不關心的，在相當長的一段時間內是積極介入的。但 1917 年 1 月 19 日，張元濟在日記裏記載了這樣一件事：「因越南及新加坡兩處禁制本館《東方雜誌》，牽及他書，並扣查各貨。當約杜亞泉及朱赤萌、屛農、鐵樵諸人細商。總以不登戰事爲是。《東方》除去外國大事記及歐戰綜記，其餘譯件愈少愈妙，戰圖亦不登。」〔註18〕這次事件對商務印書館造成的影響波及到旗下的其他雜誌，自然使得商務印書館的雜誌對當下政治的言論越來越少，加之各方面的掣肘，《小說月報》上的政治廣告不見蹤影自然就在情理之中了。甚至到了茅盾革新《小說月報》之後，《小說月報》上直接反應政治的廣告依然不見蹤影。20世紀前五十年中國政治環境的波動如此劇烈，卻很難從《小說月報》中感受到這種波動。1910 年到 1930 年間，國內外發生了清帝退位、張勳復辟、袁世凱奪權、俄國革命、五四運動、北伐等一系列影響甚大的事件，可《小說月報》很少有特別的反應，許多重大事件都未曾提及。

二、政治總在轉角處相遇

　　商務印書館避免和當下的政治直接攪和在一起，並不代表著其沒有政治立場。《小說月報》的政治意識雖不鮮明，但仔細體察，也不是一點沒有。

　　辛亥革命於 1911 年 10 月 10 日（農曆辛亥年八月十九日）爆發，這一期的《小說月報》封面上赫然印著：

第二年第八期　辛亥年八月　上海商務印書館印行〔註19〕

這一個月辛亥革命才剛剛打響，國家局勢並不明朗，《小說月報》一改用「宣統」的紀年方式，是十分需要勇氣的。與此形成對比的是，1916 年袁世凱登基的時候，許多報紙雜誌紛紛採用他的年號「洪憲」爲紀年方式，在封面上標出「洪憲元年」的字樣以取媚袁政府，《小說月報》卻是我行我素，依然是

〔註17〕陳應年：《涵芬樓的文化名人》，《縱橫》1997 年第 2 期。
〔註18〕《張元濟日記》，商務印書館，2008 年版，頁 156。
〔註19〕《小說月報》第二卷第八號。

「民國五年」不作變動，這同樣是需要勇氣的。

《小說月報》對「共和」的態度尤其表現在辛亥革命期間，辛亥革命剛剛爆發不久，《小說月報》第二年第九期就刊登出了關於辛亥革命紀念明信片的廣告：

> 革命紀念明信片　單色每張二分　彩色每張三分：革命軍起義人人欲知其眞相，現覓得武漢照片數十幅，特製成明信片以餉海內，其中若起事諸首領之肖像，民軍出征之勇概，清軍焚燒之殘暴，民國旗之式樣披圖，閱之情景逼眞，現出單色彩色各有數十種，精印發售定卜閱者歡迎〔註20〕

接著又在第十期插畫換成「革命女軍首領沈素貞」和「紅十字會會長張竹君女士」，在該期又刊登出了「大革命寫眞畫」的廣告：

> 自武漢起事至各省獨立，其間若重要之人物，戰爭之狀況皆爲留心時局者急欲先見爲快，本館特請人向各地攝取眞相，製成銅版彩墨精印，每四十幅洋裝美製極爲適觀，現先出五集，以下當陸續出版〔註21〕

在袁世凱復辟倒臺之後，《小說月報》第八卷九號在教科書的廣告裏又出現：

> **今日維護共和　當注重共和教育　採用共和國教科書**
>
> 全國教育界諸君公鑒　民國建設六年，帝制發生兩次，共和不能鞏固，由於眞理未明焉，根本計全賴教育家握其樞機，立其基礎，敝館於**民國成立之初**，特編**適合共和宗旨**之教科書，分國民學校、高等小學校、中學校、師範學校四種學生用書及教師用書均全。一律呈經**民國教育部審定公佈**，並將書名**特定共和國教科書及民國新教科書**等，名實相符，庶幾耳濡目染，收效無形，今日教育家欲同心協力，蓋此維護共和之責，則採用此種教科書最爲相宜。各書目錄均詳載圖書彙報謹布區區惟希公鑒。
>
> 商務印書館謹啓〔註22〕

通過這些廣告中點滴透露出來的信息，厚此薄彼中，《小說月報》的政治取向昭然若揭。只是這些政治立場與赤裸裸的政治宣傳相比隱秘了許多，而這是

〔註20〕《小說月報》第二卷第九號。
〔註21〕《小說月報》第二卷第十號。
〔註22〕《小說月報》第八卷第九號。

商務印書館作爲一家民營企業爲了求生存所採取的必要措施。商務印書館的這種政治保守性幾乎在《小說月報》上貫穿前後，特別是1917年發生《東方雜誌》在越南、新加坡被查禁之後，這種愼言愼行更加注意，在茅盾革新《小說月報》之後，基本上連在邊角處都看不到這類政治廣告了。這也顯示出儘管作爲一家文化出版企業，商務印書館首先考慮到的還是利益問題，而不是文化問題。

三、政治：現代作家繞不過去的彎

　　儘管商務印書館出於商業利益的考慮，《小說月報》表達政治立場是隱秘的，但這並不妨礙作家們對中國政治的關注，對中國現實社會的思考。中國作家在由古代向現代轉型的過程中，現代民族國家建立的緊迫壓力與傳統士人「修身齊家治國平天下」的政治抱負使現代作家難以與政治決裂，作家對現實的關注成爲現代文學最顯著的品格。

　　且不說處於傳統向現代轉型的過渡作家身上帶有的那種古代士大夫心底裏的政治情結，中國近現代多事之秋的社會，風雲變化的大時代也容不下作家「兩耳不聞窗外事」的去遠離現實人生去進行創作。晚清憲政、辛亥革命、五四運動、工人階級興起、北伐等一些列的政治事件所帶來的影響已經不是僅僅在某一個階級或階層的範圍之內了，而是遍及了整個社會階層，觸動著整個社會的政治、經濟及文化思想了。在這樣一種時代背景下，儘管以穩健著稱的《小說月報》也不免要打上這種時代的烙印。

　　辛亥革命剛剛結束不久，作爲《小說月報》的主編兼作者的惲鐵樵的小說創作就開始了對這場重大歷史事件從文學角度的描繪和反思。刊登於《小說月報》第三卷第四期的《血花一幕》記錄了辛亥革命在一個郡縣進行的情形。這是一個短篇小說，卻完全展示了辛亥革命的方方面面。在辛亥革命進行之後，局面的混亂使得軍政分府長官一職成爲各方勢力角逐的焦點，膽大妄爲的孫羽、別有用心的地方紳士趙先生、政治無賴李不同、缺乏責任感從事軍火買賣的周時新、吳養年等各色人物紛紛登場。這篇小說及時反思了辛亥革命的弱點，在那個地方進行的辛亥革命，非但沒有得到群眾的擁護和支持，卻成了各方投機分子權利爭奪中的口食。這種反映無疑是及時也是清醒的。而在《村老嫗》當中，作者更是對辛亥革命之後的「民主」產生了質疑，在開篇之前即說道：

反映了辛亥革命後的假民主。某村老嫗的兒子名阿二，年二十五，尚不能自立生活，欲謀得巡士之職，不惜幫助鄉紳操縱選舉。〔註23〕

辛亥革命之後，整個社會換湯不換藥，所謂的「民主」成了投機者向上爬的工具，阿二受鄉紳的利誘，一人就投了十三張選票。惲鐵樵在主編《小說月報》期間一直提倡對現實社會的反映，一直有一種對國家、民族非常強烈的責任感和憂患意識，面對現實中的種種混亂和苟且投機之事，一個有良知的作家又如何能做到袖手旁觀呢？儘管《小說月報》不能赤裸裸的對現實政治進行抨擊，但借助於小說，作者表現出了對現實的關照和警惕。

考察《小說月報》裏面的小說，不僅可以看到社會政治變革在文學作品中的反映，更重要的是能窺視出當時人們對這種社會變革的認識和態度。除了惲鐵樵，在下多作家筆下都有著這種反映：

> 談到商務出的地方自治章樣共有二種，一是城鎮鄉的，一是府廳州縣的。每樣只要四十文。……那邊魏自治自從到東洋去了六個月回來，便自稱爲東洋留學法政科畢業生。滿口都是經濟、法律、立憲、自治。即有一般男女志士卜自利、卜自愛等，附和於他。〔註24〕

> 據我這副冷眼看來，照現在這種情況，憑良心說話·實在不如從先那專制時代，倒還覺得平平整整，乾乾淨淨。自從這麼一變，竟變成一個鬼鬼魅魅的世界。……革命，革命，革出這種世界來了，這還是人過的日子嗎？大家口頭上，講的是公理義務，心目中所爭的，卻是私情權力。文牘上說的是退伍辭職，心目中所爲的卻是陞官發財。明明是個老頑固，他卻說他是個老革命；明明是個大土匪，他卻說他是個大義俠。明明是寡廉鮮恥，他說他是不拘小節；明明是瞎鬧意氣，他說他是發揮政見。明明是空談，他說是實際；明明是破壞，他說是建設。唉！〔註25〕

> 慕陶答以未定，忽顧謂靜妍曰：「今風社會黨爲女子，開一學堂，專授法政，爲女子參政之豫備。」……年長婦人在旁，聞慕陶

〔註23〕《小說月報》第三卷第十號。
〔註24〕《自治地方》，《小說月報》第一卷第六號。
〔註25〕《儔杌鑒》，《小說月報》第四卷第二號。

忽言女子參政，忽言社會黨，茫然不解所謂。〔註26〕

這種對現實政治的反映在早期《小說月報》中已然多見，而到了茅盾革新《小說月報》之後，提倡為人生的文學，直接反映現設社會生活的作品便成為普遍了，這且不待言。

〔註26〕《妒花風雨》，《小說月報》第五卷第十號。

第四章　民國法律與《小說月報》研究

　　政治與法律經常糾結在一起，甚至有時表現為同一種形態，但二者畢竟
還有著較為清晰的界限，因此本章特地論述民國法律與《小說月報》的關係。
同《小說月報》與政治的關係較少地受到研究者關注一樣，民國法律與《小
說月報》也幾乎沒有引起研究者的注意，這其中的原因，除了民國法律與《小
說月報》的關係較為隱秘外，也跟之前對民國的文學機制研究不足有關。

第一節　民國法律與現代文學研究的有效性及限度

　　在文學研究逐步向文化研究靠近的當下，文學研究常常跨入哲學、美學、
政治、心理、倫理乃至進行跨國界的文化比較研究，這似乎已經習以為常，
但從法律角度審視中國近代以來諸多文學現象及文本分析，長期缺席於文學
研究者的視野。對近代以來的中國文學來說，在世界交通日益增加的時代背
景下，中與西、古與今，社會轉型的諸方面均可能與文學發生種種關聯，甚
至某些方面深刻影響了某時期文學發展的歷史面貌。在這個意義上，法律勢
必與文學發生諸種關聯，而正是這些「關聯」的存在，將成為研究者通過法
律審視文學的部分路徑與視角，開拓新的研究領域。

一、民國法律與現代文學研究的歷史梳理

　　論述法律與文學的關係，國外早已有之，甚至較早地形成了一個運動或
者流派。早在 1920 年，美國法律史學家霍爾茲沃思就發表了《作為法律史學
家的狄更斯》一書，開始從法律的角度來審視文學家，但他並非系統的研究。

眞正意義的系統研究，一般認爲始於 1970 年代以來的美國法學院興起的法律
與文學運動，其創始人是密執安大學的懷特教授，他在 1973 年編的教材《法
律的想像：法律與思想與表達的性質研究》被視爲該運動的奠基之作，但直
到 20 世紀 80 年代，這一運動才在美國法學院站穩腳跟。後來美國法官波斯
納成爲這一運動的核心人物，他的著作《超越法律》、《法律與文學——一場
誤會》等也成爲闡述法律與文學關係的經典之作。到了 20 世紀 90 年代，越
來越多的學者加入到「法律與文學」運動的行列，包括托馬斯‧格雷的《華
萊士‧斯蒂文斯研究：法律與詩歌的實踐》、瑪莎‧努斯鮑姆的《詩性正義：
文學想像與公共生活》、尼維爾‧特納和帕米拉‧威廉斯合編的《幸福的伴侶：
法律與文學》、伊安‧瓦德的《法律與文學：可能與視角》等作品出版。到了
21 世紀，法律與文學運動已經在美國法學院站穩了腳跟，大部分學校都開設
了「法律與文學」課程。從美國的法律與文學運動過程來看，這一運動從開
始便是爲了反對法律經濟學而出現的，它反對法律經濟學對人性之豐富的嚴
重忽視、將人看作是毫無區別的個體而不考慮個體所處具體情境中的切身情
感與感受。他們設想帶有文學性的設身處地的想像納入法律審判與裁決當
中。具體來說，它有四個分支：一是將法律文本或司法實踐當作文學文本予
以研究，這是作爲（as）文學的法律；二是研究文學作品中反映出的法律問題，
進行法學理論與實踐的思考，這是文學中（in）的法律；三是研究各種規制文
學藝術產品（包括著作權、版權、出版自由、制裁淫穢文學書刊、以文學作
品侵犯他人名譽權）的法律，這是有關（of）文學的法律；四是通過文學作品
來敘述與討論法律問題，這是通過（through）文學的法律。

　　美國的「法律與文學」運動一開始就引起了中國學者的關注。上個世紀
90 年代，朱蘇力先後翻譯了波斯納的《法律與道德理論》、《超越法律》等著
作，把「法律與文學」運動介紹到中國。2006 年，他出版了專著《法律與文
學：以中國傳統戲劇爲材料》，此書通過傳統戲劇材料來分析中國的傳統法
律。進入 21 世紀，梁治平、劉星、徐忠明、徐昕、汪世榮、強世功等開始關
注到這一領域，並產生了一批高品質的學術論著，例如賀衛方的《法邊餘墨》、
汪世榮的《中國古代判詞研究》、梁治平的《法律與文學之間》、劉星的《西
窗法雨》徐忠明的《法學與文學之間》、《包公故事：一個考察中國法律文化
的視角》和強世功的《法學筆記》等。這些研究都是運用文學的相關材料來
研究法律的，實質上依然是法律的研究而非文學的研究，文學在這類研究視

域中被作爲引證法律的材料，文學研究並不是它的最終目的。

而關於民國法律與現代文學研究方面，研究界幾乎才開始起步，現有的研究呈現出零散狀態。在研究的可行性及研究方法上，出現了康鑫的《在法意與自由之間：民國法律視野與現代文學研究的有效性》(《文藝爭鳴》，2013年第 3 期)，該文認爲從民國法律視角來審視現代文學時一個值得期待的領域，至少可在民國特殊的法律生態與現代文學、民國法律與作家個案研究的新空間等方面展開；同時，苟強詩的《民國文學研究的法律之維》(《成都大學學報》，2015 年第 1 期) 提出從法律的角度思考文學至少應包括 FF1A 增強「以法觀文」的自覺意識，展開文學文本的法律批評；對處於現代生產機制中的文學，考察與分析在其創造、印刷、傳播與閱讀等一系列過程中的法律行爲；關注法律爲文學革新與發展提供的權利保障及其所遭侵犯產生的法律影響的分析；在晚清至民國政府的權力嬗替與轉型中，現代國家法律框架的建構與文學「革命」的發生發展的關係；從整個國家機制的角度，將文學視爲在充滿創造性與交互性的人與人、人與社團、人與社會、人與國家之關係及其種種對應中進行的活動的考察；個人權利的保護以及文學獨立自由發展與法治國家的關係等。〔註1〕這是對民國法律與現代文學研究的可開拓空間較爲細緻的考察，給後來者提供的啓示較大。在具體的研究方面，顏同林的《出版禁令與民國作家的生存空間》(《福建論壇》，2015 年第 12 期) 從整體上勾畫了民國創作自由與出版禁令兩者之間時而交錯，時而並行的狀態；倪海燕的《民國法律形態與女性寫作》(《海南師範大學學報》，2012 年第 6 期) 認爲民國法律條文中對女子參政、受教育權利、婚姻自由等的規定，在客觀上對女性寫作起到了非常積極的作用；另外還有魏曉耘、魏紹馨的《新月社作家與民國前期的人權與法治運動》(《齊魯學刊》，2006 年第 5 期)，揭示了 1920年代末，以留美博士胡適、羅隆基爲代表，新月社作家發動了一次人權與法治運動。他們痛感在黑暗的舊中國人民沒有法律保障的苦楚，批判國民黨政權的倒行逆施和法西斯專政，積極傳播現代社會的人權意識與法治精神，在中國現代思想史上留下了重要的一頁。在更具體的文本分析上，賈小瑞的《回到情節本身──魯迅小說〈離婚〉的法律解讀》，顏同林的《法外權勢的失落與村落秩序的重建──以趙樹理四十年代小說爲例》做出了可喜的探索。從這些具體的個案對於深化民國法律與現代文學的研究是必不可少的一步，但

〔註 1〕苟強詩：《民國文學研究的法律之維》，《成都大學學報》，2015 年第 1 期。

這些研究大多依然還屬於法律的某一方面對某一文學群體的影響，在深度上還可以再進一步。

從整體上看，從民國法律來關注現代文學涉及到的只是這一寬廣領域中的一鱗半爪，遠遠還未達到完全揭示二者關係的地步。在研究的廣度、深度上都還有待於進一步開掘。

二、民國法律與現代文學研究的可開拓空間

當前民國法律與現代文學研究的欠缺，主要原因大概在於我們一貫從「政治經濟學」的維度或「現代性」的維度來關照現代文學，更加注意的是現代文學的思想性及政治性，而很少將現代文學放入一個較為開闊的社會歷史中去考查，因而從法律維度來看待現代文學就被長久的遮蔽了。「民國文學機制」提供的視野正是對之前單一研究視野的一種補充。在「民國文學機制」下研究法律和文學的關係，怎樣通過法律來關照文學便成為了一個亟待解決的問題。在民國法律與現代文學的研究中，法律既是分析的對象也是觀看文學的透鏡，但最終目的卻是通過民國法律視野的燭照獲得對現代文學新的認識與理解。關注民國法律與現代文學的關係，至少如下論題是值得深入思考的：

（一）現代文學發生、發展中的民國法律機制考查。現代文學的發生、發展顯然是在一個錯綜複雜的現代社會歷史文化中出現的，作為社會結構中的有機組成部分之一，法律意識、法律制度、法律行為無疑也參與了對現代文學的建構。因而，當我們試圖梳理現代文學發生、發展的諸多關係時，當時社會的法律生態現狀就成為一個需要考量的因素。民國的法律生態呈現出什麼樣的態勢呢？顯然，儘管現代法治已經有了較大影響，但封建落後的法律意識依然根深蒂固；儘管中央建立了相對完整的法律體系，而地方法律更為深刻地影響著人們；儘管法律宣傳的「自由」、「平等」意識得到了相當多的擁護，但在執行中卻呈現出另外的面貌……這些都構成了現代文學發生、發展的法律生態環境。在這樣一個環境中，我們也就不難理解現代文學史上出現的諸多法律現象，《大清著作權律》、《中華民國臨時約法》等法律法規為現代作家的出現提供了何種保障？為什麼清末民初盜版如此猖狂，作家維權如此艱難？作家在發表、出版時有著什麼樣的法律考量？這些問題都可以從民國法律生態中得到有益的啟示。進而我們可以思考，在現代文學發生、發展過程中，民國法律的哪些因素制約了文學的向前發展，哪些因素促進了文

學的進一步發展？現代文學借助民國法律的哪些力量得以前進？從而形成對現代文學的民國法律機制思考。

（二）民國法律影響下的現代文學精神氣質考查。在中國古代社會向近現代社會轉型的過程中，法律的變動尤為劇烈，近現代法律取法於西方，跟中國古代的法律思想呈現出一種「斷裂」的態勢。從古代的「普天之下莫非王土，率土之濱莫非王臣」到民國的「人民有保有財產及營業之自由」〔註2〕；從古代的「君權神授」到民國的「中華民國之主權屬於國民全體」〔註3〕；從古代的「文字獄」到民國憲法明確規定「人民有言論、著作、刊行及集會結社之自由」〔註4〕……中國近現代法律思想與完全不同於古代的法律思想深刻影響著現代人的意識及行為方式，產生了與古代人不同的生命價值觀，具體到作家身上，使現代作家在現代社會中形成了全新的體驗，出現了與古典作家截然不同的氣質。具體到作家個體身上，民國法律與民國經濟、政治、傳媒、教育等一起，構成了影響作家氣質的綜合因素之一。比如魯迅，魯迅在多篇作品中剖析了中國傳統法律文化中的面子（身份）問題，比如他的《說「面子」》就指出面子是「中國人精神的綱領，只要抓住這個，就像二十四年前的拔住了辮子一樣，全身都跟著走動了」〔註5〕，並且在多篇小說中抨擊面子（身份）帶來的惡果，比如《阿Q正傳》中阿Q的身份問題、《祝福》中祥林嫂想努力改變自身身份而不得等，從而魯迅主張「男女平等，義務略同」、「既然平等，男女便都有一律應守的契約」、「男子決不能將自己不守的事，向女子特別要求」〔註6〕。魯迅提出的男女平等、契約精神，無疑正是近現代法律文化薰染的結果，對這些觀念的深思，正是魯迅自身氣質的一部分。

（三）現代文學中的民國法律考查。儘管在現代文學研究裏面，關注法律與文學的不多，然而現代文學中的法律書寫卻大量存在。關注這些書寫法律的文本，從現代文學研究的角度，主要是有兩個目的，一是文學書寫法律的可能性，即文學如何書寫法律；二是關照文學中的法律與現實中法律的間隙。比如吳芳吉的《婉容詞》，描寫的是在傳統文化中成長的女子婉容，被經歷了歐風美雨的丈夫在婚姻自由的名義下休妻而致死的故事，該詩對近現代

〔註2〕《中華民國臨時約法》。
〔註3〕《中華民國臨時約法》。
〔註4〕《中華民國臨時約法》。
〔註5〕魯迅：《說「面子」》，《魯迅全集・雜文集・且介亭雜文》。
〔註6〕魯迅：《我之節烈觀》。

法律文化中所提倡的愛情自由、婚姻自由進行了反思，在法律口號與現實問題中出現了裂痕，對思考文學或是法律都有極爲有益的。

三、民國法律與現代文學研究的限度

民國法律與現代文學千絲萬縷的關係，無疑蘊含著從這一視角探究現代文學的有效性及寬廣的研究空間。當然，這一視角也有著其必要的研究前提：

1、注意法律與文學的區別。法律與文學存在著各種各樣或隱或現的聯繫，但二者有著各自的領域。從民國法律的視野來研究現代文學，不能忽視的就是法律與文學之間的差別，文學來源於生活，高於生活；而法律調整著我們的行爲，規範著我們的生活。曾有學者闡述過文學與法律的三種思維差異：文學以情爲本，具有神秘性、模糊性，而法律是行爲規則，追求明確、穩定性；文學追求個性化，總愛衝破既定規則的約束，而法律是公意的體現，追求普遍性，強調既定規則的穩定性；亂世和盛世都可產生優秀的文學作品，而法律能眞正發揮作用只能在太平盛世等等〔註 7〕。 由此可見，法律與文學之間不可逾越的差別亦構成了「法律與文學」這一研究向外擴展的界限。

2、以現代文學研究爲主。在民國文學機制視野下來審視民國法律與現代文學的關係，其實蘊含的是二者之間的不平衡關係，這種審視必然需要以對現代文學的研究爲目的，民國法律是透視現代文學的一種方式，是影響現代文學發生、發展的因素之一，服務於現代文學研究。

3、切忌法律泛濫的研究。在民國法律與現代文學的研究中，民國法律可以是一個較爲寬泛的感念，可以包含法律意識、法律體制、法律條款、法律執行及法律後果等，但卻不意味著將社會的各種關係都視爲法律關係，將其他各種因素與文學的關係都視爲是法律關係，過猶不及，泛法律的研究依然是有害無益的，值得研究者警惕。

第二節　民國法律與《小說月報》研究空間的開展

一、民國法律視野下的《小說月報》研究

審視《小說月報》已有的研究，儘管已有研究者零星涉及到了《小說月

〔註 7〕聽雨：《法律與文學的契合》，《民主》，2004 年，第 5 期。

報》與民國法律的關係，如邱培成的《描繪近代上海都市的一種方法：〈小說月報〉（1910～1920）與清末民初上海都市文化研究》談到：「清政府於 1906 年頒佈了《大清印刷物專律》，1907 年頒佈《大清報律》，以保護著作版權……1910年 12 月 8 日，《著作權律》經清帝批准頒佈，中國第一部版權法由此誕生。這實際上是把書局、出版物和作家的作品置於法律的保護之下，是大眾傳媒業走向現代化的開始。頒佈實施版權制度後，商務的雜誌很快打出『版權所有，不許轉載』的字樣，這是保護自己，也是保護小說作家的權益」〔註 8〕。同時，作者還據此分析了王蘊章在擔任《小說月報》編輯時開創的分級分類，給予酬金的徵稿體例，認為這是「雜誌邁向現代化的重要一步，也使作家的職業化成為可能」〔註 9〕；柳珊在《在歷史縫隙間掙扎——1910～1920 年間的〈小說月報〉研究》也將王蘊章視為「是中國期刊首次訂立稿約條例的第一人」〔註 10〕；同時，邱培成在其著作中，也提到《小說月報》（1910～1920）中「律師」形象的塑造，認為「小說作品中塑造了不堪之形象，有著傳統社會厭惡刀筆小吏積習的影響，一時半會難以改觀；也有著律師本身形象的牽引……換個角度來說，對律師的不理解，也反映了人們法制觀念的淡漠，中國要建立起法制國家還有很長的路要走」〔註 11〕，但總體而言，這些研究都不是專門探討《小說月報》與民國法律的，其敘述也是零散的，不甚詳細的，敘述的重點都不在此。

二、民國法律與《小說月報》研究的可能性

　　從總體上看，儘管湧現出了越來越多的從社會機制來探討現代文學的研究，但大都還處於探索階段，屬初線條研究的多，深刻研究法律之於人的內在感情、思維的深刻作用的論文還沒有充分展開，特別是將現代文學期刊放在一個具體的歷史場景中去考察，綜合考察文學與法律的研究還沒有出現。本章設計為《民國法律與《小說月報》（1910～1931）研究》，擬綜合全面考

〔註 8〕邱培成：《描繪近代上海都市的一種方法：〈小說月報〉（1910～1920）與清末民初上海都市文化研究》，鳳凰出版社，2011 年 6 月，頁 134。

〔註 9〕邱培成：《描繪近代上海都市的一種方法：〈小說月報〉（1910～1920）與清末民初上海都市文化研究》，鳳凰出版社，2011 年 6 月，頁 53。

〔註 10〕柳珊在《在歷史縫隙間掙扎——1910～1920 年間的〈小說月報〉研究》，百花洲文藝出版社，2004 年 12 月，頁 71。

〔註 11〕邱培成：《描繪近代上海都市的一種方法：〈小說月報〉（1910～1920）與清末民初上海都市文化研究》，鳳凰出版社，2011 年 6 月，頁 278。

察《小說月報》與法律的關係，這正是當前《小說月報》研究中所缺乏的。

在研究框架裡，法律與小說月報的關係研究可分為五部分，第一部分是關於《小說月報》的運行機制與法律關係的考察；第二部分是關於《小說月報》作者與法律之間的關係考察；第三部分是《小說月報》中的作品與法律之間的關係考察；第四部分是《小說月報》讀者與法律之間的關係考察。第五部分是反思法律與文學的關係。

（一）晚晴、民國法律與《小說月報》的運行機制考察

（1）《小說月報》創刊、運行中的法律因素：考察在晚清的社會氛圍中，作為一家文化企業，商務印書館在什麼樣的法律條件下創辦《小說月報》，法律對《小說月報》的設立、融資及運行進行了怎樣的規約；《大清著作權》等法律是如何為晚清期刊保障作者隊伍的；晚清、民國的廣告法規與《小說月報》的廣告刊登等。

（2）《小說月報》歷任編輯的法律觀念考察。在《小說月報》前後期的幾任編輯中，前期編輯的現代法律意識與後期編輯明顯不同，所遵從的法律也不一樣，這種不同影響了《小說月報》的運營狀況。

（3）法律規避與《小說月報》的文化選擇。《小說月報》在辦刊的歲月中一直與政治保持著距離，這是一種法律規避還是自身選擇？考察《小說月報》這種選擇背後的動機，有助於對《小說月報》的重新審視與定位。

（二）民國法律視野中的《小說月報》作者群考察

（1）考察每一時間段內《小說月報》作者群的法律觀念。探究前後期《小說月報》作者群不同的法律觀念，比如個人權利、言論自由權利等，不同的法律觀念導致了作者怎樣的寫作態度和寫作文本，與其他社會階層做橫向對比，探究在這種法律觀念如何影響作家從古代向現代的轉型。

（2）《小說月報》作者群的文化選擇。作為中國現代文學史上的一代名刊，《小說月報》培養了許多的文學巨匠，選擇一個或多個有代表性的作家，探究他們是如何克服法律的制約，堅持文化堅守的。

（三）《小說月報》文本中的法律觀念分析

（1）《小說月報》中的文學作品所反映的法律現狀。在前後期的《小說月報》中，刊登了大量寫實的文學作品，其中有許多涉及中國當時的司法狀況的，探究這些文學文本反映了什麼樣的司法面貌。

（2）《小說月報》中反映司法現狀的文本分類及原因分析。《小說月報》中出現了許多反映當時司法的文學文本，探究出現這些文學文本的原因。

（3）《小說月報》中反映法律狀況的文學文本的深層意蘊分析。挑選有代表性的文本進行深度分析。

（4）將《小說月報》文本中的法律觀念與《新青年》文本中的法律觀念作比較，尋求《小說月報》作為民初第一大報而沒有成為最早的現代文學期刊的原因。

（四）民國法律視域中的《小說月報》讀者群體分析

（1）《小說月報》讀者群體的法律觀念分析。從《小說月報》的廣告、讀編往來等中可以見出讀者群體的法律觀念，這種法律觀念是如何影響到《小說月報》的編輯方向的。

（2）《小說月報》的革新與讀者群體的分化。茅盾革新《小說月報》，導致了《小說月報》的作者群發生分化，同時，《小說月報》的讀者群也發生了分化，探究這種分化是在怎麼的法律觀念轉化下發生的。

（五）對法律與文學關係的反思

民國法律參與到了《小說月報》的文學建構中，又與經濟、教育、文化、政治等諸種因素糾葛在一起，在讓現代法律觀念「人權」、「自由」得到廣泛傳播的同時，又促進了新文學的向前發展，新文學提倡「人的文學」，從某種意義上正是人的法律觀念發生了轉變。

第三節　法律制約下的文學——《大清著作權律》在現代文學轉型中的作用

一、從兩則著作權事件談起

光緒十三年（1887 年）七月初六日的《申報》刊載了一則廣告：

申明即請天南遯叟賜覽

昨讀《聲明〈後聊齋誌異圖說初集〉告白》一則，令人歉愧之心，固不禁油然自生。是書確係尊著，今特不惜工本重為摹印。本擬預先陳明，只緣向未識荊，不敢造次。因思文章為天下之公器，

而大著尤中外所欽佩。辱蒙下詢，謹此奉聞，並代聲明。如不以不告自取爲責，則幸甚矣。此復。

味閒廬主謹啓〔註12〕

1913 年，《小說月報》第四卷第五號刊載廣告：

許指嚴啓事

《帳下美人》篇（即《庸言報》十六期中之《青娥血淚》）確係本人撰著（彈華更生均指嚴別號），客歲，曾以副本寄京友余君青萍紹介求售，久未售出，始送《小說月報》社，即蒙登錄，而餘君旋病故，未及收回原稿，茲忽於《庸言報》第十六期「小說」欄目中註銷，想餘君已經送入該社，而未及關照之故，因兩方面著作權之名譽攸關用特宣告，舛錯事由一切責任均歸撰稿本人承擔，與兩方面主任無涉。

許指嚴謹曰〔註13〕

這兩則廣告一則涉及到盜版問題，一則涉及到一稿多投的問題，兩起事件都是著作權的歸屬問題。儘管如此，兩位當事人不同的態度卻耐人尋味。對於「味閒廬主」而言，登報聲明是爲自己的盜版行爲尋找理由，頗有些「盜版有理」的架勢，而許指嚴則是因爲自己的行爲而帶來的著作權糾紛道歉。兩者態度的鮮明轉變，背後隱藏著的是對著作權觀念的不同態度。在「味閒廬主」的時代，「味閒廬主」顯然也意識到自己盜版別人的著作是不對的，但是，儘管如此，「味閒廬主」卻依然「盜版無悔」，究竟其中的原因，是因爲當時儘管形成了作者的著作權利觀念，卻依然沒有一種外在的強制性的力量來對其進行有效制約，這種制約性力量，無疑就是法律制度。當一種觀念形成之後，必然要形成一種「堅實」的東西來保障其實現。在通常情況下，這種「堅實」的東西一般就是法律、法規、章程等制度性的因素。在著作權領域，落實在現實當中，就是著作權法的頒佈、推行。在清末民初，也就表現爲《大清著作權律》的頒佈。

考察上述兩則廣告發佈的時間，我們不難發現，從「味閒廬主」到許指嚴的時間段中，正是中國現代權利觀念與傳統發生激烈碰撞的階段，晚清的

〔註12〕光緒十三年七月初六日《申報》，轉自陳大康：《中國近代小說史料——〈申報〉小說史料編年（三）》，載《文學遺產》2013 年第 1 期。
〔註13〕《小說月報》第四卷第五號。

革新、民國的建立，都使人們對各方面的權利觀念產生了新的看法，在著作權領域，作家們越來越認識到保護自己著作權的重要性。就是在這個時期，1910 年 7 月創刊的《小說月報》發佈了按照作品質量分等級領取酬勞的稿酬條例，緊接著的 10 月，《大清著作權律》頒佈，如果我們注意到《小說月報》當時在商務印書館支持下巨大的影響力、當時文人賣文為生成為一種常見的現象及其晚清政府在草擬《大清著作權律》時的社會影響力，那麼，從《大清著作權律》的法律頒佈到《小說月報》刊登稿酬條例具體的實施，我們不難感覺到人們對著作權保護認識的深入，作家、雜誌社已經能很好地運用著作權來維護自己的名譽與利益了。這樣，許指嚴為維護著作權而主動站出來道歉就不足為奇了。

儘管很難考證許指嚴當時的著作權律的觀念又多少是受到《大清著作權律》的影響，但是我們又不難感受到法律對文學關係的規約。可以想見的是，中國近現代的法律體系是在從無到有的基礎上發展起來的，是在與傳統的中國古典法律出現了某種「斷裂」，借鑒了西方的法律精神建立起來的，在那個充滿了矛盾糾結的時代，法律體系建立的背景、建立的目的、最終的功用對傳統社會都是一種巨大的衝撞，這種衝撞是中國從舊的時代走向新的時代的陣痛，對其他方面的影響都有可能是革命性的。當時的法律與文學的關係正式這樣一種關係，儘管從表面上看來，與文學相關的法律並不多，也沒有出現一部專門針對文學的法律，即使是像《大清著作權律》這樣的法律，直接涉及到文學本體的內容也幾乎沒有，法律與文學的關係，更多的是一種外在的制度性的規約，但是正是這種制度性的規約，剛好給文學的發展帶來了革命性的變動。在清末民初一系列法律的建構規約下，文學從作者、讀者、傳播都發生了前所未有的變化。《大清著作權律》在促進現代知識分子的形成、規範文學市場秩序和將其放在中國現代性進程中探討法律與文學之間的關係，是其他方面的因素難以替代的。

二、現代知識分子形成中的《大清著作權律》

《大清著作權律》旨在保護作者和出版者的利益，儘管存在著這樣那樣被後人詬病的不足，但從它的具體條文來看，比如第一條凡稱著作物而專有重制之利益者，曰著作權；第五條著作權歸著作者終身有之；又著作者身故，

得由其承繼人繼續至三十年〔註14〕等，《大清著作權利》還是從形式上實現了保護作者和出版者權益不受侵害的這一基本功能。如果我們考慮到清末民初在《大清著作權律》保護之下形成的稿酬制度在中國是第一次，而《大清著作權律》是在清政府於1905年宣告停止科舉考試五年之後的1910年頒佈的，這兩件事情的發生，都與當時的讀書人息息相關，甚至徹底改變了中國讀書人的地位，這種改變，首先是從作家經濟地位的變化開始。在從隋唐到清朝一千多年的時間裏，通過科舉取士這一途徑，中國古代作家多出於入仕者，這只要對中國古代作家稍作統計就知道，比如從大清成立到鴉片戰爭爆發期間出現的一百二十四位有影響力的作家中，進士出身的有五十二人，舉人出身的有十八人，僅這兩項就站整個作家比例的近百分之六十〔註15〕。也就是說古代的作家他的首先身份是作為入仕者出現，然後才是作家的身份。既然是入仕者，他們的經濟來源就主要是靠國家的俸祿供養。在古代，作家通過科舉考試成為國家統治階層的一員之後，國家為他們解決了經濟後顧之憂；而到了1905年科舉制度廢除之後，作家進入到國家政治層面的希望大減，國家也不再為他們的經濟生活負全責。於是，作家生計面臨問題，讀書人的出路成為了一個大問題。隨著報刊雜誌等大眾媒體的興起，成為雜誌撰稿人或編輯謀取稿酬變成了科舉廢除生計出路無望的讀書人最好的去處之一。而《大清著作權律》的頒佈，通過國家法律的形式宣告了讀書人賣文換取經濟收入的合法性，掃除了以往讀書人「恥於言利」的傳統。這樣，作家從古代依靠國家提供俸祿的士大夫轉變成了依靠出賣自己智力獲得經濟收入的知識分子，儘管這種經濟來源相相對於由國家提供的俸祿而言顯得較少和沒有穩定性，並且對於深受傳統影響的作家來說顯得尤為尷尬，如果從作家或者是出版者的角度來看，這些《大清著作權律》的法律條文保證他們賣文來獲取利潤無疑是對他們有利的，然而，這些法律條文如果我們放入到清末民初的歷史當中去看的時候，對作者或者是出版者是帶有一些苦澀意味的，一方面，他們在傳統的影響下認為賣文為生是可恥的，另一方面卻又不得不依靠賣文為生，但對於當時走投無路的讀書人來說，能夠通過撰稿或編輯獲取稿酬這

〔註14〕周林、李明山《中國版權史研究文獻》中國方正出版社1999年11月版，頁89。

〔註15〕樂梅健：《二十世紀中國文學發生論》，廣西師範大學出版社2006年8月版，頁144。

已經是較好的出路了。從這個意義上講，《大清著作權律》對現代作家是延續了古代科舉制度對於讀書人的部分經濟保障功能的。

中國古代的科舉取士制度不僅對維護統治的穩定性顯示出其作用來，而且更關乎讀書人個體的命運。除了經濟上豐厚的俸祿外，科舉制度對古代讀書人的影響主要集中在政治上的特殊身份。通過科舉制度入仕做官，不但使得讀書人通過國家供養免除了經濟之憂，而且使他們成爲統治階層中的一員，由一般人上升爲有特權階層的一員，享受政治和法律上規定的特權，這也就不難理解爲什麼古代讀書人那麼熱衷於考取科舉，甚至考取科舉成爲了他們唯一的出路。古代讀書人通過科舉考試取得了政治身份，進而獲得國家提供的經濟利益，先有了政治身份，然後才有了權力和經濟利益，政治身份對於個體來說就顯得尤爲重要，謀求政治身份也就成爲了古代讀書人不斷追求的終極目標，而科舉制度剛好是使讀書人取得這種政治身份的一個合法途徑。在清末廢除科舉制度之後，這一合法途徑實際上是被堵塞了，士大夫政治身份就面臨著轉型。而《大清著作權律》的頒佈，實際上已經是在國家層面確認了古代的士向包括作家在內的近現代知識分子的角色轉化。古代的讀書人通過了科舉考試入仕之後，享有的特權往往是普通老百姓難以企及的，儘管考取科舉的比重小之又小，但科舉制度畢竟讓讀書人在向獲得政治身份上有了希望。科舉廢除之後，宣告了現代讀書人像古代讀書人那樣通過科舉考試入仕道路的堵塞，但又沒有爲當時的讀書人指出一條切實可行的路來，不少人甚至還幻想著有朝一日科舉重新恢復。《大清著作權律》的頒佈，徹底斷了他們的在這方面的幻想，《大清著作權律》一方面是保障作者和出版者的權利，另一方面也是對作家身份的一次確認，確認了包括作家在內的現代知識分子作爲出賣自己的作品獲取經濟利益的身份，作家從古代的政治特權階層轉變成爲了賣文獲取經濟收入的商人，「士農工商」，讀書人從四民之首變成了四民之末，失去了任何政治特權。這種身份差異極大的轉變對作家的影響無疑是巨大的，在傳統的中國裏，讀書人的理想按照儒家的模式是「修身齊家治國平天下」，是看不起商人的，而科舉的廢除，《大清著作權律》的施行，時局塑造了他們的商人身份。這樣就出現了在這一批「過渡」作家的身上，往往懷有著某種守舊精神，堅守著傳統學而優則仕的觀念，雖然在從事著現代雜誌編輯或者是自由作家的工作，但一旦有機會，就會想辦法重走仕途的道路，從內心深處我們就看到了現代作家與政治的糾結。《大清著作權律》

從這個意義上也是延續了科舉制度給予讀書人的部分政治身份上的功能。

如果我們再仔細考查的話，還可以發現《大清著作權律》對作家的影響，不僅僅是對科舉制度給予讀書人經濟、身份功能的延續或者說是改變，甚至從思想觀念的層面，我們也可以看出《大清著作權律》對科舉制度的功能延續。對與統治階級來說，統治階級通過科舉吸納讀書人參與進國家政治管理的層面，首先考慮到的科舉制度是作為維護政權穩定的一種工具或者是手段，要維護政權的穩定，思想的統一就成為了一種必然的要求。在中國古代，儒家思想就成為了科舉考試唯一需要遵循的思想，儒家經典成為了科舉考試的教材，統治階級就通過科舉考試這一社會機制，讓所有的讀書人都納入到封建大一統的思想裏來。這種大一統的控制思想儘管隨著近代文明的不斷發展而逐漸走向崩潰，但生產這種大一統思想的機制直到科舉制度廢除才宣告形式上的消除。取代這種大一統思想的是近代以來逐漸形成的多元文化思潮的競爭與融合，而多元文化思潮形成的一個很重要的基礎就是人的覺醒，個體權利得到尊重。《大清著作權律》的頒佈旨在保護作者對自己腦力勞動成果的擁有，就是個人權利得到承認的一種形式，這與近現代「私有財產神聖不可侵犯」的精神是一致的，與中國古代個人財產得不到保護是相背離的。

在中國古代大一統思想之下，個人權利無論是在道德倫理層面還是在法律層面都是被忽略的。在儒家文化占主導地位的傳統社會裏，個人只承擔義務，其權利幾乎被完全遮掩了。儒家提倡「孝」道，在這種「孝」道之下，個人的一切權利完全屬於家庭、宗族、家族，相對於子而言，父對子擁有著財產獨佔權、人身支配權和婚姻決策權。在這樣的父權社會裏，子的財產擁有權是被剝奪了的。這種規定在儒家形成早期或許只是一種道德上的規範，並沒有成為一種人人都必須遵守的行為準則，但是儒法調和，以禮入法之後，這種規則便以法律的形式給予了實行。歷代的法律對於同居卑幼不得家長的許可而私自擅用家財，皆有刑事處分，按照所動用的價值而決定懲罰的輕重。在這種圍繞著儒家倫理的家國一體的嚴密控制之下，從禮法、制度及其現實可能性上，中國傳統中的私人財產擁有權的合法性都被取消了。這些所說的個人財產擁有權都是針對於物權所說的，在具體的物權所有權得不到保障的時候，其無形的人格、精神財產權更是被置之於法律與倫理之外。這種忽視個人權利的做法完全被納入到了儒家的封建大一統思想當中去，又通過科舉考試印入到每一個讀書人的思想中去，進而影響到社會全體成員。通過科舉

考試和法律制度的實行，這種不尊重個人權利的大一統思想無論從觀念還是從實際實施都得到了充分保證，科舉制度也就成為了強化這種思想的有力社會機制。

　　於是，我們就不難理解，儘管中國早在唐朝就出現了與版權相關的官府文告，注意到了盜版的危害，但一千多年來一直難以出現保護作者和出版者利益的版權相關法律。作家和出版者為了保護自己的利益，只能向官府請求一紙行政告令，尋求官府庇護。而這種保護受制於長官意志和行政效力的發揮，往往是不到位的。這就是為什麼近代那麼多的版權糾紛中，成功維護自己利益的作家或是出版者並不多見。這種沒有主動權利意識和制度性保護規範的缺乏，導致了中國古代並不存在真正的知識產權制度，中國歷史上存在的與書籍管制有關的法律，主要是為了禁止思想的傳播，維護皇朝的統治秩序，而非為了保護作者、發明者和出版者的私人財產權益。中國古代的出版者和作者也始終未能獨立出來，形成一股社會力量，作者對其創造物擁有受到法律保護而可與國家對抗的財產利益的觀念也沒有形成，於是，直到西方入侵之前，古代中國未曾想過需要制定一部所謂的著作權法律。〔註16〕

　　《大清著作權律》的頒佈，無論是從觀念形式上還是在實際操作中，都與傳統形成了一定的背離。《大清著作權律》的出現本身就說明了國家對作家個體腦力勞動成果這種無形財產的承認，這與中國古代對個體財產權的漠視產生了根本的轉變。作家要求自己的作品得到認可，主動要求通過創作得到勞動報酬，反對盜版等侵權活動，顯示著個體的覺醒，對自己權利的追求，是傳統封建大一統控制思想的一種鬆動。這種個人對個體權利的追求，個體的覺醒在中國現代性的過程中是不可或缺的，隨著這種個體的覺醒才有了後來五四中提出的「人的解放」，對自己作品合法權益的保護與個人權利的追求，可謂是五四「人的解放」的萌芽。只有產生了這種個體「人的解放」，才真正顯示出傳統的「士」向現代知識分子的轉變，而《大清著作權律》正是這種轉變的表現之一。從科舉制度維護封建大一統思想到《大清著作權律》預示著思想解放的到來，《大清著作權律》又一次延續了科舉制度的思想傳播功能。

　　在古代的「士」向現代知識分子轉化的過程中，從科舉制度到《大清著作權律》剛好形成了在經濟、政治身份及思想觀念上的某種延續，這種延續

〔註16〕馬曉莉：《中國古代版權保護考》，《法律文化研究》，2007年第10期。

當然是僅指兩者在社會功能上發揮的作用相似而言的，《大清著作權律》對包括作家在內的現代知識分子所起到的社會作用與科舉制度對古代讀書人所起到的社會作用是異質性的，並且科舉制度這一穩定了封建社會長達千年的社會機制，其影響已經深入到了社會的方方面面，其功能不可能一下子就被其他機制所能替代，《大清著作權律》所延續的科舉制度的功能，僅僅是其功能中很小的一部分。正因爲《大清著作權律》對讀書人的作用不可能完全取代科舉制度的作用，成爲報刊雜誌編輯或撰稿人在經濟和政治上顯然不能跟官員入仕相比，而且報刊雜誌也不可能解決那麼多科舉制度遺留下來的讀書人，而清政府又沒有爲這群讀書人指明去處，於是，這群讀書人成爲了社會的流動人員，也正是成爲流動人員，使這些人的思想得以接受儒家之外的思想，從而爲成爲現代知識分子做了充分的準備。

正是《大清著作權律》潛在的社會功能，使得清末民初的作家能夠有了經濟獨立和政治身份獨立的可能性，進而形成了思想獨立，最終才完成了向現代知識分子轉型的過程。

三、現代文學市場形成中的《大清著作權律》

稿酬制度的建立，是作家由古代士大夫向現代知識分子轉變過程中的重要一步，它使作家的寫作不再因爲經濟關係而依附於貴族階層，文學有了擺脫政治控制的可能性，使中國文人眞正意識到了知識財產的經濟價值，但是文學在逐漸擺脫政治的依賴（其實文學一直也沒有完全擺脫對政治的依賴）之後，又面臨著陷入經濟的圈套，這就是現代文學市場的形成。如上文所說，《大清著作權律》的頒佈實際上是對讀書人身份的一次確認，科舉制度的廢除將讀書人的進仕道路給予了不同程度的堵塞，將讀書人從古代的「士」變成了出賣作品獲取利潤的商人。由於稿酬制度的確立，現代文學市場產生了最重要的生產者；而現代傳媒技術的急速進展，使得消費文學的成本降低，文學消費出現了一個龐大的群體。在生產、傳播、消費的市場化鏈條中，文學市場已經具備了最基本的要素。

在將作家投放到現代文學市場中的時候，作爲商人的作家和出版者，在生產文學的時候，不得不去面對著整個文學市場，在逐漸培育成熟的文學市場中如何立足成爲了寫作者不得不去考慮的問題。於是，跟其他商品一樣，在生產文學商品時，作家的創作就得把潛在的讀者因素考慮進去。文學的寫

作已經由過去的閱讀對象是某個目的明確的政治對象（帝王、貴族階層或是士大夫自己）變成了一個個面目逐漸模糊的無名讀者。這些眾多的無名讀者很大程度上關心的不是寫作者的政治身份或其他身份，而是其寫作風格是否合乎自己的閱讀口味。這一個個眾多讀者的閱讀口味成爲了作者和出版社賴於生存的生命線，在這種情況之下，作家寫作的動機就不完全是爲了獲取政治資本，而是爲了行銷市場，現代寫作者和出版者爲了贏取市場利潤，不得不去迎合讀者口味。在這種迎合寫作當中，對作者和出版商而言，他們之間的競爭就是爭取讀者市場的競爭。這場愈演愈烈的競爭中，當一部作品深受讀者歡迎時，其他作者或出版商爲了不讓利益獨佔，往往會模仿跟進，甚至採取不顧一切的採取盜版等侵權行爲，這種行爲發展到一定程度的時候，必然帶來的是整個市場的無序競爭，如果沒有外在因素的強力約束，無疑只會演化成爲一種惡性循環。

　　晚清文學市場在發展之初，就一直處於盜版的威脅之中，因爲之前中國沒有一部專門保護作者和出版者的法律，遇到版權之爭，作者往往處於一種弱勢狀態，一度出現了如前「盜版有理」的情形。這種盜版亂象絕非個別，翻開當時的報刊雜誌，上面所涉及的廣告都是如此之多：

　　一八八七年七月初六，《申報》刊載「新書出售」廣告：

　　　　啓者：本齋所印《淞隱漫錄》乃天南遁叟所撰，即味閒廬所云

　　《後聊齋誌異圖説初集》也……〔註17〕

這裡，盜版書籍竟然在正版書籍之前印行出來。一八八八年二月初六日《申報》刊載「《聊齋圖詠》減價」廣告：

　　　　本號出售《聊齋圖詠》，係同文局精校石印，久已膾炙人口。

　　近因別局將原書翻印，魚目混珠，以書照影，未加描摹。其中率多

　　模糊，亮（諒）高明早已鑒爲。今本號存書無多，情願減價售出。

　　每部碼洋四元，惠顧者向本號及同文分局可也。新泰啓〔註18〕

明顯指出，盜版充斥中，魚目混珠。一八八八年四月初六日，《申報》刊載「《廿四史演義》減價」廣告：

〔註17〕　《申報》1887 年 8 月 24 日，轉自陳大康：《中國近代小説史料——〈申報〉
　　　　小説史料編年（三）》，載《文學遺産》2013 年第 1 期。

〔註18〕　《申報》1888 年 3 月 18 日，轉自陳大康：《中國近代小説史料——〈申報〉
　　　　小説史料編年（三）》，載《文學遺産》2013 年第 1 期。

是書近有人翻刻、縮小，希圖影射。本齋存書無多，因於四月初五日起減價，每部計碼洋一元正。

同文分局代廣百宋齋啓〔註19〕

正是這種盜版亂象的出現，《大清著作權律》的出現也可算是應時而生。如果我們將《大清著作權律》與之前的版權保護措施相比較的話，我們更能看出《大清著作權律》在文學市場中形成的作用。《大清著作權律》頒佈以前的版權保護，很大程度上是由官方向出版者提高特許文告，進行個別保護。比如《東都事略》記載的中國最早的版權保護例證：

眉山程舍人宅刊行，已申上司，不許覆板〔註20〕

例證中「已申上司」表明該官府文榜完全是根據當事人的「乞給」而發出，如果當事人不主動向官府求乞，該榜文是不會出現的，並且除此之外，當事人沒有其他途徑可以保護自己的利益。從這個例證中，我們無法尋找到現代觀念中所理解的「權利」，就是屬於「個人的正當利益」的觀念，也無法看出這是一個制度性的規範。而個人平等權利的覺醒，制度性規範的設立是一個市場成熟至關重要的因素。中國版權保護的官府特許時期一直持續到《大清著作權律》的頒佈，《大清著作權律》最爲直接的功用就是保護了作者和出版者的權利不受侵害，使作者和出版者在起訴侵權的時候有法可依，而不是費勁的去尋求行政庇護。這種保護無疑對提高作者的寫作積極性和出版業的發展帶來極大的促進。而現實也的確如此，我們不難發現就在《大清著作權律》頒佈的前後，中國報刊出版業的蓬勃發展，中國現代作家群體的初步形成。法律保障了作品從生產、傳播到消費之間的良性循環。這種發展勢頭一直持續到了民國以後，民國建立之初，仍然將《大清著作權律》作爲一種建設性的法律給予保留了下來，後來北洋政府於 1915 年和民國政府於 1928 年制定的著作權法都是對《大清著作權律》的繼承，在基本框架、主要內容和基本制度方面都沒有什麼實質性的變化。《大清著作權律》的頒佈，也可以說是整個文化市場相互之間博弈的結果，需要這麼一部法律來規範整個市場秩序，同時又培育和促進了文學市場。

〔註19〕《申報》1888 年 5 月 16 日，轉自陳大康：《中國近代小説史料——〈申報〉小説史料編年（三）》，載《文學遺產》2013 年第 1 期。
〔註20〕周林、李明山《中國版權史研究文獻》中國方正出版社 1999 年 11 月版，頁 3。

四、中國現代性進程中的《大清著作權律》

前面所述的《大清著作權律》在現代知識分子形成中所起到的作用與在現代文學市場形成中所起到的作用完全是功能性的分析,《大清著作權律》頒佈的時候則是沒有想到會導致這些結果的。儘管晚清政府頒佈《大清著作權律》的原因總是內因與外在壓力的相互勾連,而國內當時確實存在著一股呼籲為著作權立法的聲音,但是當看到晚清的中國為是否為著作權權立法而爭論不休的時候,我們顯然看到這是一個還沒有完全為頒行著作權法做好準備的國度,晚清政府頒佈《大清著作權律》的動力主要來自於歐美列強的壓力就顯而易見了。

早在《大清著作權律》頒佈的前 200 年,歐美諸國已經實行了成熟的著作權制度,在歐美諸國開拓中國市場的過程中,顯然意識到了保護本國公民知識產權不被侵權的重要性。《辛丑條約》第 11 款為外國出版商乃至外國政府敦促清廷對版權加以制度性保護提供了一個合法性的理由。條約列強希冀建立一個可以從事國際商務的環境,畢竟內地稅、管理礦業與合營企業法律以及相關知識產權法律的缺乏阻礙了他們進入中國四億人口的巨大市場。同時,列強宣佈,如果清朝政府作出這種妥協,他們會同意清廷海關衙門復位關稅、再禁止鴉片,並且如果中國的立法與執法狀況得到保證的話,他們甚至樂意放棄治外法權。這一尊重中國主權與國家安全的承諾引起了清廷的興趣。於是,有關商務條約的談判就這樣在美、日等列強與清朝政府之間開始了。商約的內容涉及加稅免釐、通商口岸等問題,最令中國談判人員迷惑不解的是列強竟然對包括版權在內的知識產權問題表現出了極大的興趣與熱情。對版權保護要求最切的是美國和日本。美、中於 1902 年 6 月 27 日始進行了五次會談,其間,對版權的保護問題展開了激烈的爭論。無論如何,中美在《續議通商行船條約》第 11 款專列了有關保護版權的內容。為了履行條約的條款,清政府開始考慮制定《大清著作權律》。〔註21〕

在這裡,《大清著作權律》的頒佈顯然與構建民族國家產生了聯繫。實際上,中國的整個現代性進程都與民族國家的建立產生了勾連。作為晚清「預備立憲」而頒佈的一系列法律之一,《大清著作權律》的頒佈無疑也是作為國家近代性或者是現代性的象徵之一的。中國的悲劇或許正在於此,頒行的法

〔註21〕 參見李雨峰:《槍口下的法律—— 近代中國版權法的產生》,載《北大法律評論》,第 6 卷第 1 輯,法律出版社 2005 年版。

律並不是從權利人的需求出發，甚至是專門針對個體的私法，將屬於私法領域的著作權法作爲國家推進近代化的工具來使用與其原來的目的產生了背離。這種背離所產生的後果就是著作權法的立法與大眾守法之間的某種不適應。儘管《大清著作權律》頒佈之後，在很短的時間內，它就辦理了大量著作權註冊，比如商務印書館恐怕是《大清著作權律》最早一批受益者之一，到宣統三年，它已經爲所出版的數百種各類教科書進行了註冊，但我們卻很難發現以《大清著作權律》作爲判案依據的文學官司。這既與中國傳統重禮輕法的傳統有關，也與清政府在制定《大清著作權律》時的出發點有關。

　　《大清著作權律》裏面的內容，大部分條款都是屬於禁止性的，其實行的註冊制，實際上形成了一種書籍審查制度，《大清著作權律》裏面諸多的限制連同其他相關法律一道，對當時的思想自由形成了鉗制。這樣就形成了《大清著作權律》在保護作者、促進作品的創作與流通方面的功能給予減弱，實際上摻入了維護統治穩定的因素在裏面。著作權法原是隨著作者個體權利意識的增強、作者群地位的獨立以及經濟發展水準的提高等引起的社會結構的變動而逐漸完善的。由此，它產生了一個這樣的結果：正是著作權的保護促進了作品的創作與提高。而《大清著作權律》則剛好相反，由於忽略了法律在中國的信仰程度、民間對著作權法的需要程度、民間對著作權是否應當加以保護等實際情況，《大清著作權律》無法完成對個人權利的完全保護，也無法消除盜版，眞正起到促進作品的創作與提高的作用，立法與守法二難相違。這無疑是晚清政府頒佈的一系列法律的一個寫照，晚清政府所頒佈的法律，幾乎所有的法律都是作爲建設近代化民族國家的工具而頒佈的，甚至直到今天，頒佈法律仍然將其作爲建設現代化國家的一個象徵，似乎頒佈了這麼一個法律，就標誌著我們已經進入到了近代化、現代化了，而往往忽視了權利人的實際需要。出於一種功利主義目的，著作權法在中國現代化的焦慮中誕生了。但它將著作權保護最起碼的個體意識的難題留給了後人，或者恰當地說，它將個體權利意識得以生育的政體機制的改革工作留給了後人，從而注定了中國著作權秩序的任重而道遠〔註22〕。

　　《大清著作權律》作爲一個個案，留給我們關於法律與文學的思考，在爲文學之類帶有思想性的領域進行立法的時候，什麼樣的尺度是合適的？特

〔註22〕李雨峰：《槍口下的法律——近代中國版權法的產生》，載《北大法律評論》，
　　　　第 6 卷第 1 輯，法律出版社 2005 年版。

別是當外加的因素多重集中到文學身上的時候，立法如何兼顧到文學自身的
發展？那麼，將《大清著作權律》放入到中國現代性的理路當中去，思考則
才剛剛開始。

第五章　民國傳媒與《小說月報》研究

　　自近代以來，傳媒與文學的關係日漸緊密，從傳媒角度來研究現代文學，較早地就引起了研究者的關注，近十多年來更是蔚然成風。從民國文學機制的角度梳理二者之間的關係，既能發掘出之前被研究者忽略的歷史細節，進而勾畫出現代文學是如何一步步被傳媒裹挾其中的，思考傳媒與現代文學之間的張力，也能在「古代－近代－現代」的比照中，試圖追尋現代文學之所以「現代」的原因，從而帶來新的學術增長點。

第一節　民國傳媒與現代文學研究的「聯姻」

一、民國傳媒與現代文學研究

　　由於現代文學與近現代傳媒的天然「聯姻」，而近現代傳媒資料的豐富，得益於近現代傳媒資料的搜集、保存，讓研究者很早就注意到了近現代傳媒與文學的關係。相較於其他社會因素與現代文學的關係研究，傳媒與文學的關係研究可謂是成果斐然，大致看來，這些成果主要集中在以下方面：

　　1、相關文學傳媒資料的搜集、整理、保存。魯迅當年編選《中國新文學大系》時，曾感歎：「許多刊物如《新潮》和《新青年》等手頭都沒有」而清趙家璧、鄭伯奇「倘能借得，乞派人送至書店」〔註1〕，但 10 卷本的《中國新文學大系》對「五四」新文化運動以來的辦刊及其文學創作的整理，使《新青年》、《新潮》、《小說月報》、《創造》、《語絲》等推入歷史的現代傳媒，由

〔註 1〕魯迅：《魯迅全集・書信》（卷十一），中國文聯出版社，2013 年，頁 260。

於新的出版形式的整理而得到肯定，一段歷史也被納入到文學史視野中。從阿英的《晚清小說史》注意到眾多的文學期刊雜誌，到方漢奇的《中國報學史》提到的文學期刊，文學領域中的史著與新聞領域裏的史論相互參照印證，這種跨學科的相互滲透，既拓展了各自領域的研究視野，也爲相關資料的搜集、整理及保存提供了便利。學期刊研究不可或缺的重要資料。50～60 年代，張靜廬在中華書局出版了《中國現代出版史料》及其補編，其中輯錄了關於現代文學期刊的史料多種。陳平原在《〈大眾傳媒與現代文學序〉》中指出，阿英是最早關注到文學與報刊關係的學人，對晚清以降的文藝報刊抱有極大的興趣，並努力將這一興趣落實到文學史著述中。最典型的，莫過於 1937 年初版、而後不斷修訂的《晚清小說史》。對相關資料的搜集、整理幾乎變成了該領域研究的傳統，至今依然還是一項未完成的工程，比如吳永貴的《民國出版史》爲民國文學出版研究提供了豐富的線索，報人馮並先生的《中國文藝副刊史》（華文出版社 2001 年版），完全按照傳媒的發展邏輯來梳理。李楠《晚清、民國時期上海小報研究》、李永東的《租界文化與 30 年代文學》，則均以資料翔實而爲學界所讚譽。

2、注意到近現代傳媒對現代文學形成的極大影響。如陳平原、山口守合編的論文集《大眾傳媒與現代文學》、陳霖《文學空間的裂變與轉型》、張邦衛《媒介詩學》等，這些著作充分注意到傳媒對中國現當代文學以及文藝理論新場域生成發揮的重要作用。特別是進入 20 世紀 90 年代以後，國內外日益關注晚清以降大眾傳媒與現代文學的緊密聯繫，出現了哈貝馬斯「公共空間」理論，布迪厄「文學場」學說，麥克盧漢「理解媒介」說等理論。他在 2004 年 2 月發表於《書城》的論文《現代文學的生產機制及傳播方式——以 1890 年代至 1930 年代的報章爲中心》，討論了報章——尤其是文學副刊、雜誌在晚清以降的「文學革命」中發揮的巨大作用。吳福輝《海派文學與現代媒體、先鋒雜誌、通俗畫刊及小報》（《東方論壇》2005 年第 3 期）指出：報刊媒體可說是中國現代文學的催生劑，而具有商業氣息的海派文學總是經由報刊進入讀書市場的。先鋒性的同人海派雜誌有助於推動新潮，但如不與流行結合便難以爲繼。海派畫報的市民文學化以及海派文學雜誌的畫報化，是海派報刊兼顧通俗流行與品位的行銷策略。郭群武《現代傳媒與中國文學的近代變革》（《理論與現代化》，2007 年第 4 期），提出傳媒催生了現代作家群，引發了文學觀念的變化，產生了報載小說、報告文學等新文體，加速了中國文學現代化的進程。《現代傳媒與文學的完美結合——論民國報紙文藝副刊》

（《江淮論壇》2007 年 4 月）指出：民國報紙文藝副刊成為發表名家名作、開展文學論爭、發展和培養新生代作家、產生文學流派、介紹外國文學、傳播文學信息的重要陣地。文藝副刊的出現也引發了創作主體、文學觀念、文體等一系列變革。管寧、譚雪芳《大眾傳媒視野下的現代文學——以現代通俗小說與散文文體變革為考察中心》（《中山大學學報》2008 年 3 月）認為：現代報刊促進通俗小說的繁榮，而通俗小說則以商品的形式在現代文化市場中扮演了重要角色。報紙副刊因其開拓更為自由的輿論空間，促進了散文文體的變革。陳平原《有聲的中國：演說與近現代中國文章變革》（《文學評論》2007 年 3 月）從近現代的「演說」入手，著重討論作為「傳播文明三利器」之一的「演說」，如何與「報章」、「學校」結盟，促成了白話文運動的成功，並實現了近現代中國文章（包括述學文體）的變革。李怡《大眾傳媒與中國新詩的生成》（《學術月刊》2006 年 4 月）認為現代報章雜誌對新詩的塑造作用主要有幾個方面：使新詩的生成過程充滿了張力和活力；新詩的閱讀是新詩傳播的重要環節；時效性要求對詩歌的塑造。這些研究大多都注意到了近現代傳媒對現代文學積極影響的一面，甚至顛覆了之前現代文學研究的結論，比如周海波的博士論文《現代傳媒視野中的中國現代文學》就認為現代傳媒視野中的中國現代文學是原創性的文學，既不是古代文學的現代轉型，也不是西方文學的簡單移植，是現代傳媒物質基礎和文化基礎上的新的文學創造，是「大文學」〔註2〕。單小曦的博士論文《現代傳媒語境中的文學存在方式研究》認為從傳播學、傳媒研究的視角來看，文學是以生產、傳播審美信息和以審美信息的物化形態為基本存在方式的。

　　也有學者涉及到了近現代傳媒對現代文學影響消極的一面，比如呂紅偉的論文《大眾傳媒的興起與現代文學的發生》指出近代大眾傳媒促進了新文學的萌芽，也帶來了新文學的政治化與商品化，造成新文學審美價值的缺席。趙抗衛的論文《現代小說藝術的命運與大眾文化和多種傳播手段的挑戰》考察 20 世紀小說命運及其變遷，從而思考新的傳媒時代的生存處境和文化環境中人們的精神和文化現實，提出文學藝術生存與發展的諸種可能性。

　　3、研究具體的期刊、雜誌對文學的影響。這一方面的研究其實是當前成果中最豐富的。不少的研究成果從期刊本身的面貌、文化身份、文化品格、地位、對當世及後世文學運動和文學發展的影響等方面來進行梳理和把握。

〔註 2〕周海波：《現代傳媒視野中的中國現代文學》，山東師範大學，2004 年。

如劉淑玲的《〈大公報〉與中國現代文學》（河北教育出版社，2004）、柳珊的《在歷史縫隙中掙扎──1910～1920 年間的〈小說月報〉研究》（百花洲文藝出版社，2004 年）、巴彥《三十年代的大型文學雜誌──〈現代〉月刊》（新文學史料，1990 年第 2 期）、王曉明《一份雜誌和一個「社團」──重識「五四」文學傳統》（上海文學，1993 年第 4 期）、陳平原《思想史視野中的文學〈新青年〉研究》（上、下）（中國現代文學研究叢刊，2002 年第 3 期、2003 年第 1 期）等。此外還有「非主流」陣營或者地方性文學雜誌研究，如郭曉鴻《〈論語〉雜誌的文化身份》（文學評論，2002 年第 2 期）、劉曉麗《〈麒麟〉雜誌看東北淪陷時期的通俗文學》（現代文學研究叢刊，2005 年第 3 期）、曾令存《1948～1949：〈大眾文藝叢刊〉》（中國現代文學研究叢刊，2002 年第 2 期）、李怡《〈甲寅〉月刊：五四新文學運動的思想先聲》（中國現代文學研究叢刊，2003 年第 4 期）、初清華《關於期刊〈人間世〉的幾點思考》（新文學史料，2003 年第 2 期）、涂曉華《上海淪陷時期〈女聲〉雜誌的歷史考察》（中國現代文學研究叢刊，2005 年第 3 期）等一大批文學期刊研究。

4、對傳媒與文學研究的反思。比如孟繁華、黃發有在這方面有大量論述，即傳媒正在深刻影響研究者的學術思維和推動文學研究的轉型。孟繁華看到了「現代傳媒推動或支配了中國思想文化的發展動向」，「傳媒甚至成了某一時代的象徵。比如『五四』與《新青年》，延安與《解放日報》，新中國與《人民日報》，文化大革命與『兩報一刊』等等。因此，傳媒被稱為『一種新型的權力』」〔註3〕；黃發有則認為當下傳媒與文學研究存在著一些問題：「第一，現有成果大多是一些零碎的個案研究，還有一些著作是純粹以現成資料為依據的材料彙編與印象式文字，缺乏必要的資料準備與系統研究……其二，在當代文學傳媒研究的各個分支中，發展極不平衡。一些宏觀研究論文顯得大而無當，甚至多有錯訛，在個案分析基礎上具有整體視野的宏觀研究較為少見。其三，缺少跨學科視野，文學和傳媒成了相互游離的兩張皮，忽視了文學與媒介之間的互動分析。」〔註4〕周海波《傳媒時代的文學》（人民文學出版社，2007 年）一書體現了歷史記憶與理性把握的有機統一，企圖提醒學人既不能僅僅把傳媒當成一種物質形式來認識，又不能過份誇大傳媒對文學的影響。

〔註3〕孟繁華：《傳媒與文化領導權》，山東教育出版社，2003 年，頁 1。
〔註4〕布莉莉：《文學傳媒研究的開拓與深化──黃發有訪談錄》，《創作與評論》，2014 年第 11 期。

從總體上看，民國傳媒與現代文學的研究幾乎在每個方面都取得了相當的進展，顯示了該領域逐漸成爲學界關注的一個熱點。研究的缺陷也同樣明顯，在已有的研究中，文學期刊、雜誌等傳媒往往被視爲一種靜態的物質存在，導致對相關期刊的研究要麼是資料的羅列，要麼是成爲思想史、文化史等其他相關結論的注解，並未眞正勾畫出民國傳媒與文學之間的糾纏；研究的不均衡依然值得重視，當下的民國傳媒研究，大多集中於著名的期刊，而對於有特色較小的期刊研究不足，比如對戲劇期刊的研究，明顯滯後於其他類型的期刊；同時，研究者主體性仍需進一步強化，才能將靜止的文學期刊變爲「活」的文學研究。從糾正上述的研究缺陷出發，可以說，關於民國傳媒與現代文學研究才剛剛起步，還有相當多的值得開拓的空間。

二、現代文學研究中的民國傳媒視角之效度

通過對當下民國傳媒與現代文學研究現狀的梳理，不難發現這一研究領域所蘊含的學術潛力依然值得期待。而事實上，現代文學有別於古代文學的地方之一就是現代文學的傳媒生態與古代文學發生了極大的變化，大眾傳媒的出現，使文學從形式到內容、思想都發生了質的變化。從這個意義來說，研究現代文學，民國傳媒就成爲不可或缺的一部分。具體而言，民國傳媒對現代文學研究的效度可從以下層面展開：

1、民國傳媒機制對現代文學的影響。這裡所說的民國傳媒機制可包括民國傳媒的形態（文學期刊的具體存在）、民國傳媒運轉的基本過程（文學期刊的組織、贏利、發行等諸多環節）、民國傳媒存在的基本生存空間（經濟的、政治的、文化的等諸多影響因素），現代文學就是在這種狀況中與民國傳媒發生關聯的。民國傳媒機制對現代文學的影響，大致可從以下方面展開：（1）對具體文學文本的影響。已有學者注意到報刊形成的語境在研究文學作品時的方法論意義，比如同一文本在不同媒體情況下，可能會出現原有意義變異的情況，在報刊上發表的文本，一旦收入作家的單行本、文集或其他選本時，由於其語境的變化往往會發生某些變化；同時，民國傳媒對文本形式已被許多學者關注，比如由於報刊連載的出現，導致小說的繁榮，短篇、長篇的此消彼長等；再如，民國大眾傳媒的繁榮，對文學創作的內容、題材、語言都帶來了影響，情節的傳奇性加強、語言更要求淺顯易懂等。現代文學中的語言是以報刊的語言爲載體的，現代報刊主要關注讀者是否能夠讀懂，而白話

文的使用，使得一些文學作品更加通俗易懂，人們的閱讀數量逐漸增多，也
爲白話文的發展奠定了基礎，五四運動後，現代的文學語言出現了很大的發
展與變化，也能夠適應現代文學的需要。現代文學語言的出現，使現代文學
形式更加多樣，也逐漸使現代的中國文化逐漸趨於平民化，能夠被更多的人
接受和理解，現代傳媒爲現代文學的發展提供了良好的發展空間。（2）對作
者的影響。現代報刊發展過程中，其重要的媒介功能之一就是使知識分子有
了互相聯結的可能性，在辦刊的旗幟下共同完成他們的理想。現代傳媒也爲
作家之間的溝通與交流搭建起橋梁。使現代知識分子借助報刊，共同表達自
己的意見與想法。《新青年》由最初的陳獨秀到後來的李大釗、魯迅等人，共
同編撰《新青年》。陳獨秀的編輯思想，無疑是現代作家編輯刊物的目標所在：
「凡是一種雜誌，必須是一個人一團體有一種主張不得不發表，才有發行的
必要；若是沒有一定的個人或團體負責任，東拉人做文章，西請人投稿，像
這種『百衲』雜誌，實在是沒有辦的必要，不如拿這人力財力辦別的急於要
辦的事。」〔註5〕報刊使現代文學作家更加緊密的聯繫起來，也逐漸形成了相
應的團體，使許多志同道合的作者走到了一起，例如沈從文，利用《大公報》
使自己獲得了新的發展，成爲「京派」的代表。（3）對讀者的影響。報刊對
讀者的選擇大都有一個對象預設，也就是安德森所謂的「想像的共同體」。在
出版者那裏，他們通過報刊構築了一個由創作主題、編輯出版主題和讀者接
受主題共同參加的社群。讀者並非被動地接受文本，被動地在閱讀中接受啓
蒙，當讀者以自己的興趣選擇報刊、選擇文本時，讀者實際上參與了這個「共
同體」的構造過程，並以自己的理解修改著這個「想像的共同體」。

　　2、作家的傳媒體驗對創作的影響。中國現代很多作家都有有過不同規模
的傳媒活動，如魯迅、郭沫若、茅盾、郁達夫、周作人、鄭振鐸、王統照、
徐志摩、老舍、沈從文、施蟄存、戴望舒、林語堂、胡風、丁玲等等，編輯
活動往往成爲他們文學生涯中極爲重要的一部分。現代作家的這種傳媒，是
現代文學發展的一種重要的運行方式，其所起到的促進作用不言而喻，對作
家的創作觀念、創作實踐等方面都產生深刻影響。（1）對文學創作觀念的影
響：一是傳媒體驗使作家的市場意識、讀者意識增強。在傳統語境下，文人
創作，或是想傳世流芳，或是冶情自娛，多數情況下並不考慮消費市場的需
求，但是在近現代商品社會，這些寄身於報刊的作家們，不得不首先考慮所

〔註5〕陳獨秀：《隨感錄·新出版物》，《新青年》，1920年，第2期。

寫作品的市場需求。這是由報紙的商品屬性決定的。價格低廉的報紙，收入主要依靠廣告，要贏得更多的廣告，就必須擴大發行量，擁有更多讀者，這就要求作家的作品要有賣點，能吸引更多的讀者來買報紙。「受眾即市場」是傳播學界的一個基本觀點。這種觀點把大眾傳媒看作是一種經營組織，必須把自己的信息產品或服務以商品交換的形式在市場上銷售出去，要做到這一點，必須使自己的產品或服務具備一定的使用價值或交換價值，即能夠滿足消費者的各種需求。傳媒活動既然是市場活動，擁有讀者就意味著擁有更大的經濟效益。這就促使作家們認真研究讀者趣味和需求，自覺調整創作行為，以吸引讀者。被譽為「副刊聖手」的張恨水，在北平，先後主編過《世界晚報》副刊「夜光」、《世界日報》副刊「明珠」、《新民報》副刊「北海」。在上海，他又主編《立報》副刊「花果山」。在南京，主編《南京人報》副刊「南華經」。在重慶，主編《新民報》副刊「最後關頭」等等。多年的傳媒體驗，使他知道讀者的需求，特別善於製造離奇、曲折、富有戲劇性的情節，使故事懸念叢生，扣人心弦。張恨水一直在致力於連載小說的革新，技巧上不斷翻新，他在《金粉世家》自序中雲，「初嘗作此想，以為吾作小說，如何使人願看吾書」，他希望用技巧的變化來「稍稍一新閱者耳目」。這就表明，在這些有過傳媒體驗的作家創作中，市場因素是一個重要的驅動力。其《春明外史》，開始在《世界晚報》上連載，一天五六百字，剛見報幾天就引起了許多人的關注。一兩個月後，有些人看上了癮，每天非讀不可。當時的《世界晚報》下午四點左右出版，兩三點鐘就有人在報社門前等候。並不是關心國事，而是要看張恨水的小說。這正是他對傳媒體驗加以利用的結果。二是作家的傳媒體驗使其現實意識增強。密切關注時事是報紙、期刊的一個重要特徵，新聞職業豐富了這些作家的社會閱歷、人生經歷，使他們保持了對現實社會變遷的敏感性，及時把握一些重大的社會問題和現實事件，並在他們的文學作品中予以呈現和進行思考。比如蕭乾 30 年代初開始文學創作，然後從文學走向新聞，受聘於《大公報》，在那裏開始他的記者生涯。「二戰」期間，他在歐洲 7 年，經歷了倫敦轟炸、諾曼底登陸、挺進萊茵河、紐倫堡審判等傳奇般的歷史時刻。作為這場大戰的戰地記者，他憑藉自己敏銳而細膩的眼光為讀者奉獻了一篇篇獨特的、富有戲劇性的新聞特寫。他在《〈人生探訪〉前記》中解釋了選擇新聞職業的原因：「我的最初目的是寫小說。但因為生活經驗太淺，我需要在所有職業中選定一個接觸人生最廣泛的，我選擇了新聞

事業；而且，我特別看中了跑江湖的旅行記者生涯。」因爲記者式的觀察、敏感和親身體驗，蕭乾所寫的小說和散文，具有強烈的現實主義色彩；由於深厚的文學功底，他寫的作品，則更具敘述性、哲理性和藝術性。（2）作家的傳媒體驗對創作實踐的影響，最明顯的就是當過文學期刊的編輯所寫的作品往往不走純文學的路子，他們將目光瞄準市民文化，而市民文化具有一定的保守性，它接受新文化、新思想的週期 比較長，理解的深度、接受的層次也都存在著局限。在文化消費上，市民習慣於傳統形式和風格，趨向於閱讀那些思想意識挑戰性不大的文本，像五四作家的一些新文學作品，在市民文化者們中間的影響力不是很大，主要集中在接受了啓蒙教育或同情新文學的知識分子中間。對消費市場的關注，對當下讀者的尊重和自覺追隨，對現實社會的持續關注和深刻把握，決定了大多數有過傳媒體驗的作家們不走純文學或精英文學的路子，而是自覺適應讀者需求，選擇大衆易於接受的文體。比如說張恨水，其自覺繼承中國傳統小說的體式，長篇作品絕大多數都採取章回體小說形式。章回體小說的出現長期的發展使它已深入人心。它的特點是敘述時間單一，小說從開頭到故事結束保持了簡單流暢的線形時間：每一章節都有相對獨立性和時空上的封閉自足性，每一章回也常常擁有自身的局部高潮，情節曲折動人。當然，章回體小說作爲報紙連載小說，弊病也很明顯，如筆法鋪張敷衍，結構散漫等，這些作家不是不知道，也不是他們不善結構，而是出於適應讀者需求的考慮，同時也是商業的需要。張恨水曾坦言：「我之死抱住章回小說不放，自己是有一個想法的，我當年認爲新派小說非普通民衆所能接受。 我願爲這班人工作。」從這裡，我們看到了長期以來被研究者忽視的傳媒體驗對作家創作的影響，當然，傳媒體驗對作家的影響絕不是如此簡單明瞭的，無疑更蘊含著更多的張力，比如職業作家與職業編輯的分離，比如作家投稿路上的艱辛體驗，比如同是有著傳媒體驗的編輯，爲什麼有的成爲了新文學作家，而有些堅持舊式的文學樣式？這些考量，無疑顯示出從這一角度打量現代文學的廣闊空間。

3、民國傳媒與現代文學整體精神。當下對現代文學的整體把握，主要是來自於政治的維度和「現代性」的維度，比如現代文學時限的劃分，比如現代文學總體精神的歸納等。近年來，也不少學者從不同的角度闡述了中國現代文學發生、發展的諸多因素，據此將中國現代文學的上限劃到 19 世紀中期甚至明末，但中國古典文學中存在的文學革新意識、人文精神，沒有也不可

能自身發生轉型，成爲現代文學的合法性理由。無論是說中國古典文學發展到晚清時期已經氣息奄奄，還是強調古典文學創作如舊體詩詞、文章在晚清取得了重要的成就，它都與後起的現代文學分屬於兩個文學範疇。中國現代文學也不像西方文學那樣，是文學發展過程中的一次現代化必然進程，而是社會和民族現代化對文學的要求。中國現代文學只有在外力的作用下，才有可能誕生出一種新質的文學。影響中國現代文學發生與發展的外力主要有三個方面：社會革命、西方影響、報刊傳媒。現代傳媒不僅擔負了啓蒙新民的思想功能，成爲「群治」的政治機制的一部分，而且也承載並表現出現代知識分子的審美理想，將文學的審美功能寓於報刊的社會政治功能之中，從而以西方某種「公民社會」爲藍圖的政治設計，借文學的外殼構築爲社會、民族現代化的烏托邦。因此，有研究者指出：「在這裡，現代傳媒不僅僅是作爲文學載體而存在，而且也作爲文學的本體而出現。它既是現代文學存在的物質和文化條件，又是作用於文學的社會革命和西方影響的媒介功能體現。更重要的時，現代傳媒帶來的是一種本源意義上得新質文學，是一個文學新紀元的開闢」，這種觀點自然只是一部分學者的一家之言，然而卻無疑打開了我們從民國傳媒來審視現代文學一個可資思考的維度。

以上是從民國傳媒對現代文學的促進作用進行思考的一些層面，當然不是全部，但足以顯示從民國傳媒來思考現代文學依然還有著較大的學術空間。

三、從民國傳媒來研究現代文學的限度

從民國傳媒來審視現代文學，學界既顯示了長足的進步，也暴露出了龐雜的一面，對這一維度的研究，無疑既要看到其對現代文學研究的推動作用，也要警惕對其效用的過份誇大，產生一些不必要的闡釋泛濫。總體而言，以下限度是作爲研究者需要認眞考慮的：

1、強調返回曆史現場。與其他研究現代文學以思辨性爲主的維度相比，從民國傳媒的角度更需強調史料的原始性，更需要具有直面歷史眞實的精神，因爲從原始的傳媒資料建立的研究基礎而不是各種解釋之上的研究基礎才是可靠的研究。

2、以文學爲主。儘管在現代文學的發展中，文學與傳媒天然地扭結在一起，但二者依然有著較爲清晰的界限，文學面向的是人的審美、情感，傳媒更關注的是信息傳播的有效性。從民國傳媒的角度來審視文學，並不意味著

抹平二者的界限，而是思考民國傳媒是如何促進、制約文學發生、發展的，
在這裡，傳媒是影響文學的一個重要因素，研究應以文學爲主導。

3、研究者的主體性。民國文學傳媒研究中的一個不足就在於很多研究都
是重史料而少分析，甚至變成了資料的羅列。史料的搜集、整理自然是極爲
重要的，但如果缺乏相關的理論分析，沒有研究者的主體性介入，研究就還
是靜態的，還沒有成爲「活」的研究。強調研究者主體性的介入，是指研究
者在史實的基礎上展開研究者與資料之間各種豐富的聯繫，從而形成研究的
多元性，這也是學術研究的生命力之所在。

第二節　民國傳媒與《小說月報》研究的維度

一、作爲「傳媒」的《小說月報》研究

《小說月報》作爲一份文學期刊，按理其傳媒屬性應該更多的得到關注，
但長期以來，學界對《小說月報》的研究，更多集中於《小說月報》的思想
性及文化性上，近年來又對其商品屬性的一面做了挖掘。而對於《小說月報》
本身就具有的傳媒性質，研究界卻一直重視不夠，論述大多還是零散的。歸
納起來，作爲「傳媒」的《小說月報》研究主要集中在以下幾方面：

1、對《小說月報》本身的傳媒屬性進行關照。這類研究主要集中於對《小
說月報》編輯思想、傳播形式等方面作出探討。比如謝曉霞的《編輯主張與
改革前〈小說月報〉的風格》（《東方論壇》，2004 年第 3 期），探討了不同的
編輯及其主張對改革前的《小說月報》風格的影響，主要表現爲王蘊章和惲
鐵樵這兩位編輯主張對《小說月報》的封面和插圖，欄目設置，雜誌定位和
內容取捨幾個方面的影響。它們使改革前的《小說月報》風格也經由了由介
於雅俗之間到以雅爲主的變化。劉洋的《〈小說月報〉（1910～1931）編輯出
版策略研究》（《傳播與版權》，2015 年第 7 期），認爲《小說月報》的成功絕
非偶然，而是採取了一系列行之有效且獨具特色的編輯出版策略。《小說月報》
的出版機構背景、編輯與作者群體、發行網絡、營銷技巧都對當下的期刊出
版有著重要的啓發意義。黃劍平的《〈小說月報〉（1910～1932）封面設計研
究》（福建師範大學碩士論文，2013 年）以裝幀設計爲指導，從美學的角度入
手，從圖形（插畫）、色彩、字體變化等角度展開對《小說月報》的探究，力

求深度把握這個時期的美學思潮，以及這個思潮對書籍裝幀的影響。這些研究傾向於將《小說月報》視爲傳媒的靜態「物質」來考察，關注的是傳媒的形式。

2、以《小說月報》爲例，闡述媒介之於文學的作用。這方面的研究成果主要集中於學位論文中，比如端傳妹的《媒介生態與現代文學的發生——〈小說月報〉（1910～1931）》（南京師範大學，2012 年博士學位論文），在對《小說月報》作爲純文學期刊的文學策略進行研究之後，認爲語言問題是用以劃分《小說月報》不同階段的顯在標誌、翻譯文學是革新後的《小說月報》重點所在、《小說月報》與文學研究會的緊密關係是其成爲文學史上最具影響力的雜誌的重要原因。王彤的《媒介環境學視閾：1910～1920 年間〈小說月報〉研究》（遼寧大學，博士學位論文，2016 年），立足於媒介環境學的理論與視角，通過對 1910～1920 年間《小說月報》的個案分析，探究文學媒介與政治的互制互應，文學媒介與文化的互融共生，以及文學媒介與文學往來相生的一般性規律。力圖改變文學研究中對於媒介主體性認識的不足，認爲其對於媒介主體性的確立將帶來文學研究的新的改變，進而拓展文學研究的研究視野。曾錦標的《小說文體嬗變與文學媒介——以〈小說月報〉（1910～1932）爲中心》（暨南大學，碩士學位論文，2004 年）揭示了現代傳媒對小說文體變化帶來的影響。蘇運生的《現代傳媒與中國文學的現代化轉型——以〈小說月報〉與文學研究會的關係爲例》（華中科技大學，碩士學位論文，2007 年），認爲傳播媒體不僅爲現代文學提供了存在的物質基礎，而且促進了中國現代文學的形成與發展，促使中國文學賴以存在的文化精神發生了根本改變。這些研究，應該說在一定程度上揭示了民國傳媒對現代文學的深層影響，但他們大都著眼於民國傳媒對整個現代文學影響的評價上，具體的作爲傳媒的《小說月報》對於現代文學的重要作用並未全部揭示出來，往往被淹沒於更宏大的建構之中。

可以說，傳媒與文學，既是我們較爲容易想到的話題，但也是研究中較爲不透徹的存在，關於民國傳媒與《小說月報》關係的探討還遠未結束。

二、民國傳媒與《小說月報》研究的多個面向

《小說月報》作爲一個歷史文本，既可以看作是一份文學期刊，也可以單純的視爲是一份傳媒期刊，在大多數情況下，我們往往是在雙重意義上進

行談論。當我們討論「民國傳媒與《小說月報》」的時候，需要注意的是我們既在說民國傳媒與作為文學形態的《小說月報》，亦在關注民國傳媒與作為傳媒的《小說月報》，從這個意義出發，關於民國傳媒與《小說月報》，至少有以下話題可資思考：

1、研究民國傳媒生態與《小說月報》運行。作為一份文學期刊，《小說月報》從創刊到發展，都與當時的傳媒生態密切相關。從清朝末年開始，中國開始進入使用近代印刷術的大眾媒介時代，導致報紙和雜誌在清末民初蓬勃發展，根據史和等《中國近代報刊名錄》統計，從 1815 年第一份中文期刊《察世俗每月統計轉》問世起到《小說月報》創刊時的 1911 年，海內外累計出版的中文報刊即達 1753 種，這其中，根據學者統計，從 1892 年第一份小說期刊《海上奇書》創刊起到 1919 年間，中國累計出版的小說雜誌就約有 60 餘種。〔註6〕這麼多的小說雜誌出現，一是為《小說月報》的創刊打下了良好的讀者基礎，二是無疑也給《小說月報》辦刊帶來了壓力。分析《小說月報》創刊、發展中跟其他文學期刊的關係，無疑會使我們對《小說月報》的性質有更深入的瞭解。比如將創刊時的《小說月報》跟鴛鴦蝴蝶派的期刊作比較，會發現《小說月報》跟它們之間既競爭又超越的微妙關係，將五四時期的《小說月報》與《新青年》等對比，我們依然可以發現《新青年》跟《小說月報》的既競爭又超越的關係，還有《小說月報》跟其他期刊之間的各種對立、競爭、合作的關係，這種文學雜誌間的張力，正反映出了民國時期傳媒的基本動態，而這種動態，也正是當時文學的基本走向。因此，研究《小說月報》與其他文學雜誌的關係、《小說月報》與整個民國傳媒的關係，給我們展示的是現代文學發展的另外一條線索，對於豐富我們對現代文學的認識，也許是不可或缺的。

2、《小說月報》的傳播機制研究。《小說月報》的傳播機制在當下依然少有研究者關注，其傳播機制決定著的是《小說月報》的傳播力，直接影響著與《小說月報》相關的文學形式的傳播力度及廣度。思考《小說月報》的傳播機制，至少一下這些因素是需要重視的：《小說月報》傳播的經濟、政治、文化、法律等因素，這是《小說月報》發行的前提；《小說月報》傳播、運行的基本形式，包括《小說月報》的採稿、編輯、發行等諸多環節，這是影響《小說月報》傳播的基本條件；《小說月報》的傳播效果，包括讀者的認可度、

〔註 6〕郭浩帆：《中國近代四大小說雜誌研究》，博士論文，山東大學，2000 年。

社會效應及在文學史上的基本評價等，這屬於《小說月報》的價值研究，也是研究《小說月報》的目的。

3、作爲傳媒的《小說月報》研究。從《小說月報》當前的研究態勢來看，越來越把《小說月報》作爲一個複雜的存在，既認識到了《小說月報》文化性的一面，也發掘出了《小說月報》商品性的一面，但顯然，僅從這兩方面來認識《小說月報》是不夠的。 作爲一份文學期刊，《小說月報》首先是作爲媒介存在的，根據麥克盧漢著名的「媒介即訊息」，對於社會來說，眞正有意義、有價值的「訊息」不是各個時代的媒體所傳播的內容，而是這個時代所使用的傳播工具的性質、它所開創的可能性以及帶來的社會變革。如果我們不在意麥克盧漢理論的片面性，而注意到其合理的一面，那麼，我們研究《小說月報》作爲傳媒的一面就顯得極爲重要。這就意味著我們需要從更多的維度審視《小說月報》的傳播方式及影響其傳播方式的多種因素，比如《小說月報》推銷、廣告、與其他雜誌的交換信息及廣告、作者群的增減變化等以及《小說月報》的這些傳播方式爲現代文學帶來的具體影響等，這些都是以往研究中給遮蔽或忽略的，而正是民國文學機制所需要關注的。

4、研究作爲「傳媒」的《小說月報》與作爲「文學」的《小說月報》。研究作爲「傳媒」的《小說月報》關注的是《小說月報》傳播的基本方式、傳播機制及傳播影響等，而關注作爲「文學」的《小說月報》則重心在於《小說月報》上面作品的審美形態、作家的聚散離合及其在文學史上的地位等，從某種意義上說，現代文學與古代文學的區別之一就在於現代文學期刊的出現，而現代文學期刊恰好將傳媒性與文學性集爲一體。研究《小說月報》的傳媒性與文學性之間的關係，思考它們之間相互促進或相互制約的一面，對於我們理解《小說月報》甚至是現代文學的複雜性，具有重要的參考價值。

第三節　廣告視野中的《小說月報》運行

一、廣告與《小說月報》的創刊

《小說月報》在 1913 年左右形成了一個廣泛的讀者群，這一個巨大的讀者群覆蓋了從中小學少年、識字的婦女、關心時局者及其各類專業學者，從一般的居民到懂英語的知識分子都有，這是一個跨度很大的群體，這一分析

表明了《小說月報》在當時一個強大的影響力，這一點在當時人的回憶中有了直接的證明：

一時作家，如琴南、指嚴、瘦鵑、瞻盧、卓呆、枕亞、腦安、仲可、詩盧、洪深、宣樊等，珠玉紛投，在當時為雜誌界的權威者。〔註7〕

從前文對《小說月報》讀者群的分析和當時人的證明來看，《小說月報》在當時確有很強的號召力。一份雜誌的影響力的形成應該是由多種因素構成的，既有雜誌本身的原因，也有外部社會的原因。具體對《小說月報》而言，如同前文所說的那樣，它之所以能夠吸引一大群讀者群，主要在於它所持有的文學觀念與社會群體所持有的社會觀念是暗合的，它所刊載的作品符合當時人們的欣賞習慣，除了本身的原因之外，《小說月報》形成強大的影響力還有著其他社會外部的原因，特別是經濟因素，本文重點考察在形成《小說月報》諸多的因素中，經濟因素從哪些方面，多大程度上影響到了《小說月報》影響力的形成。

在考查早期《小說月報》的影響力的時候，有必要理清《小說月報》創刊時的情況。《小說月報》創刊時，正值商務印書館事業蒸蒸日上的時候。從資本上看，商務印書館最初的資本為「三千七百五十元大洋，包括大股東天主教徒沈伯芬（電報總局人員）投資兩股共一千元，張蟾芬（電報總局學堂電報兼英文教席）投資半股二百五十元，鮑咸恩一股五百元，夏瑞芳一股五百元，鮑咸昌一股五百元，徐桂生一股五百元，高翰卿半股二百五十元，郁厚坤半股二百五十元」〔註8〕，「資金湊齊後，開始購買機器。當時只買了三號搖架三部，腳踏架三部，自來墨手板架三部、手揿架一部和一些中英文子器具等，錢都花光了」〔註9〕，「夏瑞芳是一個能幹的企業家。商務印書館開辦後，他廣泛聯絡，招攬生意，熱情接待顧客，營業額逐年上升。他又精打細算，管理得法，盈利成倍增長。如以 1897 年該館資本額 4000 元為基數，到 1901 年變成 5 萬元，增長 11.5 倍；1903 年味 20 萬元，增長 49 倍；1905 年為 100 萬元，增長 249 倍；1913 年為 150 萬元，增長 374 倍；1914 年為 200 萬元，增長 499 倍。十七年工夫，資本額平均每年增長二十九倍多。這樣的

〔註7〕秋翁：《三十年前之期刊》，載《萬象》，1944 年第 3 期。

〔註8〕王學哲、方鵬程：《商務印書館百年經營史》，華中師範大學出版社 2010 年 6 月版，頁 9。

〔註9〕王學哲、方鵬程：《商務印書館百年經營史》，華中師範大學出版社 2010 年 6 月版，頁 9。

高速度發展，實屬罕見，因此被認為其歷年進展之速，為國人經營事業中之最尖端者。」〔註10〕

　　在商務印書館的這種驚人發展中，其社會影響力、社會知名度也在不斷的擴大。商務印書館成立的第二年（1898 年），編印了《華英初階》，初版印了二千本，夏瑞芳親自向各學校推銷，上市二十天，全部賣光。這本書到 1917 年十年間，已經印了六十三版。江南商務總局還特地在 1899 年 11 月通令，禁止坊間翻印商務印書館編輯出版的書，顯然商務印書館出版的書，已經受到市場上的注意並被翻印。〔註11〕1902 年張元濟加入商務印書館，創辦編譯所，邀請了許多學者專家前來助陣，為商務印書館編印了許多教科書、參考書、工具書、翻譯書，使商務印書館成為當時全中國最大、最有影響力的出版社。學者名流紛紛加入編譯所，到 1910 年《小說月報》創刊時，陸續加入編譯所工作的有〔註12〕：

　　1902 年蔡元培擔任編譯所所長，到次年 6 月，因「蘇報案」離職，前往青島，張元濟親自接任編譯所所長。

　　1902 年高鳳岐進館。

　　1903 年進館的有：高鳳謙、蔣維喬、莊俞。

　　1904 年進館的有：杜亞泉、郁厚培。

　　1905 年進館的有：陸爾奎。

　　1906 年蔡元培應聘為商務印書館編譯書籍。

　　1908 年進館的有：鄺富灼、孟森、陸費逵（後來另辦中華書局）。

　　1909 年進館的有：孫毓修、傅運森。

　　1910 年方毅進館。

　　參加當年商務印編譯所的人，大多是著名而有成就、有貢獻的學者。使得商務印書館編譯所成為學者貢獻力量的地方。比如張元濟編《百衲本二十四史》至今來看仍是一項了不起的文化成就；杜亞泉是中國科學界的先驅，編著過《動物學大辭典》、《植物學大辭典》等巨著；孫毓修是中國童話的創

〔註10〕賈平安：《記商務印書館創始人夏瑞芳》，《1897～1992 商務印書館九十五年── 我和商務印書館》，商務印書館出版，1992 年 1 月版，頁 543～544。

〔註11〕王學哲、方鵬程：《商務印書館百年經營史》，華中師範大學出版社 2010 年 6 月版，頁 10。

〔註12〕參見王學哲、方鵬程：《商務印書館百年經營史》，華中師範大學出版社 2010 年 6 月版，頁 21～22。

始人，同時又是一位版本目錄學家，是版本目錄學家繆荃孫大師的弟子。商務印書館得有這些人物加入，其在學界的權威性及影響力自是非同一般。

同時商務印書館還廣出雜誌，在《小說月報》創刊時，出版的雜誌包括：

1902 年張元濟與蔡元培籌劃出版《開先報》，後來改名爲《外交報》，商務印書館代印，共出版三百期，第二十九期以後由商務印書館發行。

1903 年創辦李元伯主編的半月刊《繡像小說》。

1904 年創刊杜亞泉等主編的《東方雜誌》，到 1948 年才停刊，是中國雜誌史上重要的一頁。

1909 年《教育雜誌》創刊。

1910 年《圖書彙報》創刊。

商務印書館發行的這些雜誌，銷量均不錯，受到社會的普遍歡迎，《東方雜誌》的銷量曾經達到一萬五千份，爲當時雜誌銷售之冠〔註 13〕。這些雜誌的創辦與良好的銷量，無疑將商務印書館的社會影響力大大提高，爲商務印書館贏得了良好的社會聲望，爲《小說月報》的創刊奠定了極爲良好的社會基礎。

而《繡像小說》，讓商務印嘗到了通過小說來獲取利潤的甜頭，由於主編李伯元的逝去，《繡像小說》半途停刊。而在這期間，商務印書館漸漸形成了兩方面的角色，一種是作爲出版企業追逐商業利潤的角色，一種是作爲文化傳播者的角色。這樣的角色扮演，使得商務印書館在《繡像小說》停刊後，希望創辦另外一種雜誌來延續《繡像小說》的光輝，《小說月報》正是在商務印書館的這種理想中創刊的。正如謝曉霞所說的：「1910 年陰曆 7 月創刊的大型小說雜誌——《小說月報》，它更是商務出於商業利潤和文化追求雙重考慮而創辦雜誌的一個典型的範例。」〔註 14〕

在這樣一種期待中誕生的《小說月報》，不難想像商務印書館最初對它的渴望。而在《小說月報》創刊之時，商務印書館經過之前的努力，已經具備了雄厚的資產和相當的知名度，在這樣一種良好的情況下，商務印書館對新創刊的《小說月報》給予的支持應該是足夠的，使得《小說月報》創刊時不用擔心拉不到廣告而面臨資金困難，避免了像許多雜誌那樣一創刊就面臨著

〔註 13〕 李歐梵：《上海摩登》，毛尖譯，牛津大學出版社 2000 年版，頁 48。

〔註 14〕 謝曉霞：《商業與文化的同構——〈小說月報〉創刊的前前後後》，《中國現代文學研究叢刊》2002 年第 4 期。

停刊的危險。同時，商務印書館雄厚的資金支持還讓《小說月報》從一開始就能重金聘請到名家，《小說月報》的作者，正如它自己所說的那樣：

本報各種小說，皆敦請名士，分門擔任。材料豐富，趣味醲深。其體裁則長篇短篇，文言白話，著作翻譯，無美不收。其內容則偵探言情，政治歷史，科學社會，各種皆備。末更附以譯叢、雜纂、筆記、文苑、新智識、傳奇、改良新劇諸門類，廣說部之範圍，助報餘之採擷。每期限於篇幅，雖不能一一登載，至少必在八種以上。〔註15〕

很難想像，沒有商務印書館的全力支持，《小說月報》能從一開始聘請到當時的著名作家。何況，憑藉著創刊時商務印書館的聲望，人們對商務印書館旗下的雜誌原本就有一份期待，可以說《小說月報》還沒有開始創刊，人們對其就充滿的想像。商務印書館一定的社會知名度、雄厚的資金支持、著名作家的加入，讓《小說月報》從創刊開始就具備了一定的影響力。

商務印書館雄厚的資金，不僅爲《小說月報》的創刊提供的強大的支持，也爲《小說月報》的發行奠定了良好的基礎。從商務印書館的發展來看，隨著其資本越來越雄厚，其發行的網店、分館也越來越多：

1897 年商務印書館創館於上海寶山路。

1903 年設漢口分館。

1905 年設北京分館。

1906 年設瀋陽、福州、開封、潮州、重慶、安慶等分館。

1907 年設廣州、長沙、成都、濟南、太原等分館。

1909 年設杭州、蕪湖、南昌、黑龍江等分館。

1910 年設西安分館。

這些分館的建立，擴大了商務印書館的經營範圍，也爲創刊後的《小說月報》良好的發行途徑給予了充分保障。

在每一期的《小說月報》封底上，幾乎都有著這樣的說明：

THE SHORT STORY MAGAZINE

（Issued Monthly）

不許轉載

宣統三年正/八月二十五日三/出版

編輯者　無錫王蘊章

〔註15〕《小說月報》第一卷第一號：編輯大意。

發行者　小說月報社

印刷所　上海北河南路北首寶山路商務印書館

總發行所　上海四馬路中市商務印書館　京師　奉天　龍江　天津
濟南　開封　太原　西安　成都　重慶

分售處　商務印書分館　瀘州　長沙　常德　漢口　南昌　蕪湖　杭
州　福州　廣州　潮州

其後緊接著廣告價目表：

廣　告					郵　費			定　價			定價表
普通		上等	特等	等第地位	外國	日本	本國	郵政票以一二分及一角者為限	現款及兌票	項目	費須先惠逢閏照加
半面	一面	一面	一面								
七元	十二元	二十元	三十元	一期	六分	三分	三分	一角六分	一角五分	一冊	
三十五元	六十元	一百元	一百五十元	半年	三角六分	一角八分	一角八分	八角四分	八角	半年六冊	
六十元	一百元	一百六十元	二百五十元	全年	七角二分	三角六分	三角六分	一元五角七分	一元五角	全年十二冊	

　　除了日期和編輯者有變動之外，其餘的幾乎相同。從上面的說明我們不難看出：《小說月報》的總發行處有 11 處，分售處有 10 處，這些總發行所和分售處北到奉天，南至廣東，東至上海，西至成都，這些地方覆蓋了當時交通便利的絕大部分中國地區，加上還在日本及其外國發行，《小說月報》的發行地域是相當寬廣的。到了 1917 年左右，《小說月報》發行的地域更有所擴大，在八卷九號封底裏面所刊登出來的發行點有：

總發行所：上海棋盤街中市商務印書館　北京　天津　保定　奉天
吉林　長春　龍江　濟南　東昌　太原　開封　洛陽　西安　南京　杭州　蘭
溪　吳興　安慶　蕪湖　南昌　袁州　九江　漢口　武昌

分售處：商務印書館分館：長沙　寶慶　常德　衡州　成都　重慶
福州　廈門　廣州　潮州　韶州　汕頭　澳門　香港　桂林　梧州　雲南　貴
陽　石家莊　哈爾濱　新嘉坡

總發行所有 25 處，分售處達到 21 處，北邊已到哈爾濱，西邊達到西安，連偏遠的雲南都有了分售處，香港、澳門甚至新加坡都有了分售處。發行的地

域之廣，在當時國內是獨一無二的。

上文分析到，《小說月報》的讀者群是一個從小學生、初識字的婦女到精通英語的、擁有深厚古文基礎跨度很大的讀者群體，這一個很大的讀者群體跟《小說月報》極爲寬廣的發行地域相結合，形成了《小說月報》極爲龐大的立體的受眾網絡。就是這樣一個網絡保證了《小說月報》不斷提高的銷售量和極強的影響力。

如果說發行地域之廣依靠的是商務印書館雄厚資金支撐起來的發行點，那麼，讀者之眾除了《小說月報》本身的因素之外，還有一個重要的因素就是讀者自身的因素，影響《小說月報》銷量的因素除了讀者本身的欣賞口味之外，讀者的經濟因素也應該考慮在內。

基於《小說月報》讀者群跨度甚大，讀者群體的經濟因素可參照當時的收入狀況進行考慮。民國名記包天笑在其自傳《釧影樓回憶錄》中說，1906年他到上海租房子，開始在派克路、白克路（現南京西路、鳳陽路）找，連找幾天都無結果，後來他發現一張招租，說在北面一點的愛文義路（現北京西路）勝業裏一幢石庫門有空房。貼招租的房東當時講清住一間廂房，每月房租 7 元（以下均指銀元）。當時上海一家大麵粉廠的工人，一個月的收入也不過 7 到 10 元〔註16〕。

上海市 1911 年～1919 年基本的物價爲〔註17〕：

米價恒定爲每舊石（177.7 市斤）6 銀圓，也就是每斤米 3.4 分錢，一銀圓可買 30 斤上等大米。

豬肉每斤平均 1 角 2 分～1 角 3 分，1 銀圓可以買 8 斤豬肉。

棉布每市尺 1 角錢，1 銀圓可以買 10 尺棉布。

白糖每斤六分錢。

植物油每斤 7～9 分錢。

食鹽每斤 1～2 分錢。

而《小說月報》每期的定價爲一角五分到兩角，比每斤的豬肉稍高，這樣的一個價格，是大多數市民可以承擔起的。在《小說月報》的讀者群中，學校、小市民階層的婦女和學者是主要的去處。這也與惲鐵樵所認爲的：「弟

〔註16〕金滿樓：《民國上海生活成本：一月四次葷菜　房租占支出主體》，鳳凰網歷史頻道。

〔註17〕陳明遠：《文化人的經濟生活》，陝西人民出版社 2010 年 6 月版，頁 304。

思一小說出版,讀者爲何種人乎?如來教所謂林下諸公,其一也;世家子女之通文理者,其二也;男女學校青年,其三也。商界、農界讀者,必非新小說,藉日其然恐今猶非其時。是故《月報》文稍艱深,則閱者爲上三種人之少數。《月報》而稍淺易,則閱者爲三種人多數。」〔註18〕在這些人當中,多半爲有閒階層或者學生,每月負擔一本《小說月報》的價錢應該是足夠的。

而對於學校的學生來說,他們憑藉著現代圖書館的建立,也能夠讀到《小說月報》。除了新式學校之外,對《小說月報》新型讀者的培養作用最大的就是現代圖書館。大量的學生和逐漸興起的市民讀者對《小說月報》的接受管道除了訂購之外,主要通過新興的公共圖書館完成的。在20世紀初的中國,隨著經濟和文化的發展,藏書機構由以前的私人或官方藏書樓轉化爲公共圖書館,使得一大批市民和學生能夠通過圖書館這個管道瞭解到文化知識。從而成爲許多正在發行中的書籍、雜誌和報紙的讀者。《小說月報》創辦之時,當時全國18個行省之中,除了江西、四川、新疆外,其他各省都建立了圖書館。上海、北京和江蘇等地還建立了許多所學院圖書館。這些圖書館「多儲經史,以培根本,廣置圖書,以拓心胸,旁及各報,以廣見聞」。〔註19〕這些圖書館的建立加上商務遍及全國的發行網,不僅使全國訂購者可以讀到《小說月報》,而且也爲大量沒有經濟實力的讀者提供了閱讀的機會。各地圖書館的建立,間接的爲擴大《小說月報》的影響力發生了作用。

《小說月報》這些「硬體」的設立,對於早期《小說月報》影響力的形成是必不可少的。在這些經濟因素的影響下,《小說月報》的文學觀念適應了社會觀念,《小說月報》在當時形成了「權威」就不難理解了。

二、廣告與《小說月報》的贏利

對於一份文學雜誌來說,贏利的途徑主要依靠銷量和廣告,通常這兩者之間是互動的,好的銷量往往能夠吸引來更多的廣告,眾多的廣告能爲雜誌帶來豐厚的資金,爲再次擴大銷量奠定基礎。許多文學雜誌就因爲缺乏廣告的投入而從中夭折,往往只能辦短短的幾期甚至是一期就辦不下去。《小說月報》作爲商務印書館旗下的一份雜誌,存在時間長達22年之久,而商務印書館作爲一家企業,贏利是其存在的基礎,如果《小說月報》只發行不贏利,

〔註18〕《本社函件最錄》,《小說月報》第七卷第二號。
〔註19〕山東師範大學蘇玉娜碩士論文《接受視野中的〈小說月報〉》。

商務印書館肯定會讓其停刊。作為一份文學雜誌，《小說月報》是如何贏利的呢？這裡試作一淺要分析。

對於一般的雜誌，廣告為其主要的收入來源，我們可以先來考察一下早期《小說月報》廣告刊登的情況，看廣告對早期《小說月報》的贏利起到多大作用。

《小說月報》第一年第一期的全部廣告從前到後依次為：

廣告商	廣告內容	廣告性質	其他
《小說月報》	蝶戀花	圖畫	封面
商務印書館	《南洋勸業會遊記》	書籍	封面後，正文前
商務印書館	原版《大清會典》、《會典事例》、《會典圖》	書籍	
商務印書館	《漢譯日本法規大全》	書籍	
商務印書館	五彩精圖方字、看圖識字、九九指數牌	文化用品	
商務印書館	《兒童教育書》、《童話》（孫毓修編）、《少年叢書》	書籍	
商務印書館	《涵芬樓古今文鈔》	書籍	
商務印書館	世界新輿圖、大清帝國全圖、大清帝國總圖各省折圖、各省掛圖	書籍	
商務印書館	師範講習社開辦廣告	啟事	
商務印書館	《師範學校用講義》	書籍	
《小說月報》	編輯大意	啟事	
	徵文通告	啟事	
商務印書館	庚戌年《外交報》大加改良增刊二則	雜誌	插入《鑽石案》之後，4頁
商務印書館	中國風景畫、西湖風景畫、學校遊藝畫、美術明信片、懷中記事冊、交通必攜	書籍	
商務印書館	林紓小說（該頁共計47種）	書籍	
商務印書館	《說部叢書》	書籍	
商務印書館	《教育雜誌》第二年第七期目錄	書籍	封底前廣告
商務印書館	《東方雜誌》第七年第六期目錄	書籍	
商務印書館	《大清光緒新法令》、《大清宣統新法令》、《資政院院章》、《諮議局章程》、《憲法大綱》、《府廳州縣地方自治章程》、《城鎮鄉地方自治章程》	書籍	
商務印書館	《大清教育新法令》、《日本教育法令》	書籍	

商務印書館	美術明信片、懷中記事冊、交通必攜、廣告價位表等	書籍	
商務印書館	郵政票購書章程	章程	封底

該期《小說月報》正文共 70 頁，廣告刊登了 22 頁，足見《小說月報》對廣告的重視，在該期封底裏的廣告價目表標明了當時廣告的價目：

廣告				等第地位	郵費			定價		項目	定價表費須先惠逢閏照加
普通		上等	特等		外國	日本	本國	郵政票以一二分及一角者為限	現款及兌票		
半面	一面	一面	一面								
七元	十二元	二十元	三十元	一期	六分	三分	三分	一角六分	一角五分	一冊	
三十五元	六十元	一百元	一百五十元	半年	三角六分	一角八分	一角八分	八角四分	八角	半年六冊	
六十元	一百元	一百六十元	二百五十元	全年	七角二分	三角六分	三角六分	一元五角七分	一元五角	全年十二冊	

從上表我們不難看出，當時不僅認識到廣告的重要性，而且還知道哪些廣告對讀者更具有吸引力，更容易產生宣傳效果，該表詳細列出了廣告的等級，不同版面的廣告給予不同的待遇，所收取的費用也各不相同，表明當時的廣告業已經很成熟了也表明了當時廣告業的成熟，已經形成了一定的常規。

但是，當縱觀《小說月報》第一年第一期的所有廣告時，我們不難發現，該期刊登的所有廣告幾乎全部都是與商務印書館自己相關的廣告，沒有刊登一則其他廣告商的廣告。也就是說，該期的《小說月報》並沒有從廣告上獲到贏利。《小說月報》作為商務印書館主辦的一份雜誌，刊登商務印書館的廣告當然是理所當然的，第二期，第三期的廣告也同樣如此。

第一年前三期所刊登的廣告全部是商務印書館自己的廣告，屬於自己給自己打廣告，《小說月報》沒有從其他廣告商那裏賺到錢。這種狀況一直持續到了第二年，比如第二年第四期的廣告共有 34 頁，對並不算太厚的《小說月報》而言，這幾乎是達到了廣告投放量的極限了。這麼多的廣告裏面，與商務印無關的廣告僅有一則，即《芻言報》廣告。按照《小說月報》的廣告價目表，該期《芻言》報在《小說月報》上刊登廣告應屬於一面普通廣告，支

付十二元，這對於整個《小說月報》運行的所有成本而言，僅僅是個很小的數字。

其他廣告商在前期《小說月報》刊登廣告最多的應該是在 1914 年左右，比如第五卷第五號的所有廣告：

廣告商	廣告內容	廣告性質	其他
利華英行	利華日光肥皂	日用品	
中國圖書公司和記	國學扶輪社原版香豔叢書十八冊	書籍	
亞東公司	中將湯	藥品	
上海亨達利有限公司	亨達利手錶	奢侈品	一頁
商務印書館	《學校遊戲書》、學校成績寫眞	文化用品	
商務印書館	《單級教授講義》	書籍	
商務印書館	《東方雜誌》十一卷一號二號目錄	雜誌	
商務印書館	《政法雜誌》第四卷一號二號目錄	雜誌	
商務印書館	《教育雜誌》第六卷第六號目錄	雜誌	
商務印書館	《學生雜誌》第一卷第二號目錄	雜誌	
商務印書館	《新字典》、《英華大辭典》	書籍	
商務印書館	商務印書館自製信箋信封發行（1）	文化用品	
商務印書館	商務印書館自製信箋信封發行（2）	文化用品	
商務印書館	商務印書館自製信箋信封發行（3）	文化用品	
商務印書館	商務印書館自製信箋信封發行（4）	文化用品	
商務印書館	商務印書館發行日用須知等	須知	
商務印書館	《師範學校新教科書》	書籍	
和盛外國金銀首飾號	和盛外國金銀首飾號廣告	首飾	
商務印書館	《世界大事年表》	書籍	
商務印書館	《關係戰事圖書》	書籍	
商務印書館	五彩地圖	地圖	
商務印書館	《英文會話》；翻譯、文牘叢書	書籍	
緘三莊蘊寬	癸丑涂月緘三莊蘊寬代定：介紹書畫家	人物	
商務印書館	最爲新奇最有趣味之小本小說	書籍	
商務印書館	商務印書館印刷廣告	啓事	
商務印書館	商務印書館發行：體操用書、體操用具	文化用品	

商務印書館	商務印書館發行:《公文程序舉例》、《司法公文式例解》	書籍	
商務印書館	上海商務印書館謹啓:林譯小說叢書	書籍	
商務印書館	上海商務印書館謹啓:舊小說	書籍	
商務印書館	《小說月報》社投稿通告、廣告價目表等	簡章	
威廉士醫藥局	威廉士紅色補丸	藥品	封底

本期 33 頁的廣告,共有 7 則非商務印書館的廣告,這在眾多的廣告裏面仍然只佔了小小的比例,按照《小說月報》提供的廣告價目表,我們不難算出這些廣告所應該支付的費用,在以後幾年的廣告價目表裏面,編者都爲我們提供了什麼樣的廣告算是上等等級的廣告,什麼樣的廣告算是普通廣告。比如編者在八卷九號的廣告價位表特別注明:

注意特等(底面外)上等(封面裏底封面裏徵文前及圖畫前圖畫中)其餘均爲普通地位

按照這則提示,在上述的七則非商務印書館的廣告裏,利華英行的「利華日光肥皂」的廣告屬於上等一面廣告,該期應支付 20 元;「中國圖書公司和記發售《國學扶輪社原版香豔叢書》十八冊「的廣告屬於上等一面廣告,該期應該支付 20 元;亞東公司的「中將湯」廣告屬於上等一面廣告,支付 20 元;上海亨達利有限公司的「亨達利手錶」廣告屬於上等半面,支付 10 元左右;和盛外國金銀首飾號廣告屬於普通半面廣告,支付 7 元;葵醜塗月緎三莊蘊寬代定的「介紹書畫家」廣告屬於普通一面廣告,支付 12 元;韋廉士醫藥局的「韋廉士紅色補丸」廣告屬於特等一面廣告,支付 30 元。按照這樣的算法,該期七則 商務印書館的廣告應該像《小說月報》支付 119 元。前文說過,《小說月報》的主編月薪大抵不低於 150 元,120 元左右對於《小說月報》的開支來說,肯定是遠遠不夠的。也就是說,差不多該時期《小說月報》的贏利主要不是靠廣告來贏利的,當然,《小說月報》爲商務印書館打廣告,其有形或無形的價值又另算。

該時期的《小說月報》不靠廣告來贏利,那麼要贏得利潤,《小說月報》便只有通過銷量來實現了。那麼,《小說月報》前期的銷量如何呢?《小說月報》自己給自己做的廣告給我們提供了某些線索:

宣統三年二月二十六日(1911 年 3 月 28 日)《時報》刊載《小說月報》第二年第一期出版廣告:

本報宗旨正大，材料豐富，趣味淵永，定價低廉，久爲各界所歡迎。出版以來，甫及半年，銷數已達六千以上，其價值可知。本年第一期更增彩色圖三幅，美麗悅目。長篇短篇，均力求新穎。短篇若《香囊記》之俠氣摯情，《獄卒淚》之哀慘動人，長篇若林譯《薄幸郎》之情文並美，皆小說中無上上品。其他無不選擇精當，足以解頤，家庭新智識尤切日用，爲居家者所必讀。價目：每冊洋一角五分，外埠加郵費二分，半年六冊洋八角，，全年十二冊洋一元五角，郵費在外，遇閏照加。上海商務印書館發行。〔註20〕

宣統閏六月初三日（1911 年 9 月 24 日）《神州日報》刊載《小說月報》臨時增刊廣告：

本報宗旨正大，材料豐富，趣味淵永，定價低廉，久爲各界所歡迎。出版以來，未及一年，銷數已達八千以上，其價值可知。本年每期又增加彩色圖三、四幅，美麗悅目。閏月更出臨時增刊一冊，所載各篇，皆當期登完。文言則情文並美，白話則詼諧入妙。頁數增多，圖畫精美，仍售大洋一角五分，外埠加郵費四分。定閱者一律照加，不惠報價，恕不寄上。上海商務印書館發行。〔註21〕

《小說月報》第三卷第十二號（1912 年）的廣告：

本社特別廣告：本社所出小說月報，已閱三載，發行以來，頗蒙各界歡迎，邇來銷數日增，每期達一萬以上，同人欣幸之餘，益加奮勉，茲從四卷一號起，凡長篇小說，每四期作一結束，短篇每期四篇以上，情節則擇其最離奇而最有趣味者，材料則特別豐富，文字力求嫵媚，文言白話兼擅其長，讀者鑒之。

本社謹啓〔註22〕

《小說月報》第四卷第三號（1913 年）的廣告：

本社廣告

購閱小說月報諸君公鑒，本社發行小說月報已歷三年而自第一年第一號起至第二年第十二號止，陸續售缺不特諸君無從補購，即本社亦多缺而不全，計第一年（一至六）六冊，第二年（一至十二）

〔註20〕《時報》1911 年 3 月 28 日。
〔註21〕《神州日報》1911 年 9 月 24 日。
〔註22〕《小說月報》第三卷第十二號。

> 十二冊共十八冊，諸君倘有多餘，仰願割愛者，或由本社照定價收
> 回，或交換價值相當之小說（以商務印書館出版者爲限），或以商務
> 印書館贈書券相酬，悉從尊便，倘蒙惠寄以陽曆九月底截止，特此
> 奉告

小說月報社惲鐵樵謹啓〔註23〕

這些信息都表明，前期《小說月報》的銷量是不錯的，至少在王蘊章第二次接任主編時《小說月報》的銷量是不錯的，並且在 1913 年左右達到了一萬分。如果《小說月報》銷量達到一萬份的話，按照廣告價目表裏所提供的價格，假定每個讀者都在國內，那麼《小說月報》單價現款爲 1 角 5 分，一萬份當爲 1500 元，折合 2009 年人民幣 15 萬元左右。編輯人員裏面主編 150 元左右，付給作者的稿酬最高像林紓每期可達 120 元左右，這算估算的話，《小說月報》每期的支出應該不會超過 750 元，也就是至少有一半的利潤。這對一個雜誌社來說，應該是個很好的狀況了。《小說月報》靠銷量來賺錢也就彌補了其刊登其他廣告商不足的一面，靠銷量就可以很好的生存下去，廣告就在可以刊登也可以不刊登之間了。

商務印書館作爲一家企業，完全可以刊登相當數量的廣告來獲取利潤最大化，爲什麼其旗下的刊物《小說月報》刊登其他廣告商的廣告如此至少呢？《小說月報》的銷量如此之大，剛出時就名噪一時，「爲雜誌界的權威」，這樣的一份雜誌，吸引廣告商應該不是很難的事。我們再回過頭去看看在《小說月報》上刊登廣告的那幾家廣告商吧：

利華英行是英國和荷蘭最大的公司和世界最大的食品和日化產品公司之一，早在 20 世紀 20 年代初就以制皂業爲先驅，開拓其在中國的事業。1910年成立中國肥皂有限公司後，又於 1920 年在黃浦江畔購買了 187、121 平方米的土地建大型工廠生產洗衣皂。直到 1925 年開始生產肥皂，公司當時最著名的品牌就是「日光」牌。1926 年中國肥皂有限公司在南京設立專職銷售肥皂的辦事處。1927 年在天津建立分公司，經銷樣茂等牌號的洗衣皂。公司一直發展到現在，成爲了現在聯合利華，聯合利華在中國總投資額現已超過 8億美元，是歐洲在華投資最多的企業之一。

中國圖書公司和記原爲中國圖書公司。中國圖書公司是清末廢科舉後由張容牽頭集資開辦的最大出版社，出版課本品種僅次於商務印書館。雖然以

〔註23〕《小說月報》第四卷第三號。

取代商務爲目的，資本超過商務，但最終失敗，被商務併吞。〔註 24〕「戊申間（1908 年），席子佩、傅子滾等發起創辦完全中國人資本經營的中國圖書公司。邀請張季直、曾少卿領銜招股百萬元，先招五十萬開辦。選舉結果，張季直一派人物如林康侯、葉鴻英等四人負責總務、編輯、印刷、發行職務。設辦事處於南京路，發行所於河南路商務印書館對門，建印刷廠於小南門陸家洪，鉛、石、彩色等印機齊備惜負責人一派官僚作風，致營業不振，發行所收歇印刷廠改組爲民立圖書公司，後盤並給中華書局。」〔註 25〕「中國圖書公司」於 1913 年全部以八萬元盤給商務印書館，改名「中國圖書公司和記」。〔註 26〕中國圖書公司和記其實已爲商務印書館，如不視爲商務印書館的機構，其在當初的實力也相當可觀。

亞東公司則爲一家日資企業。資本雄厚，專賣日產婦科藥品「中將湯」。

亨達利公司爲一家鐘錶公司。清同治三年（1864 年），法國人霍普在洋涇浜三茅閣橋（今延安東路江西中路口）設一店，英文名稱爲霍普兄弟公司（Hope Brother's ＆ Co），中文招牌爲「亨達利」，含義是亨通、發達、盈利。以經營鐘錶爲主，兼營歐美僑民的日用生活必需品。19 世紀末，「亨達利」易主，由德商禮和洋行經營，遷到英租界繁華的南京路拋球場（今南京東路河南路口）營業。民國 3 年（1914 年），商店又轉讓給禮和洋行買辦虞鄉山等經營，改名爲「亨達利鐘錶總公司」。民國 6 年，虞再將「亨達利」轉讓給「美華利」的孫梅堂。孫買進後將業務併入「美華利」，對外仍沿用「亨達利」的店名，取消洋酒雜貨，專營高級鐘錶。亨達利與洋商關係密切，貨源充足，生意十分興隆。第一次世界大戰結束時，德國馬克和法國法朗貶值，亨達利趁機低價購進手錶數十萬隻，在上海銷售，獲利數倍，資本實力更加雄厚。以後又在全國各地開設 23 家分店，成爲首屈一指的「鐘錶大王」。〔註 27〕

從和盛號的廣告來看：

> 金銀珠寶制爲首飾禮品，最爲世界所歡迎，本號精製各種，均仿照西國，新奇特別，久已馳名，各埠如蒙定造獎品銀盃銀牌等件，自必格外克己，並備各色樣本，以便惠顧諸君閱看，特此廣告。

〔註 24〕 子治：關於中國圖書公司的材料（三），《出版史料》2002 年第 4 期。
〔註 25〕 子治：關於中國圖書公司的材料（三），《出版史料》2002 年第 4 期。
〔註 26〕 子治：關於中國圖書公司的材料（三），《出版史料》2002 年第 4 期。
〔註 27〕 文新傳媒——長三角城市群，http：//www.news365.c。

和盛號啓

和盛外國金銀首飾號仿製歐美首飾，定制獎盃銀牌，其經濟實力定然雄厚。

莊蘊寬，曾用名惜抱，字緘三，1914 年袁世凱召開約法會議，炮製新約法，莊蘊寬爲議員〔註28〕，爲一時名人，其推薦的作品，自有分量。

清光緒三十四年（1908 年），加拿大韋廉士藥局富爾福公司在上海江西路451 號開設韋廉士醫生藥局上海分公司，經營新藥製造。是爲加商在上海最早的投資企業，也是解放前最大的加商企業。從下表就可以看出該公司的實力：

1908～1949 年加拿大商投資企業一覽表〔註29〕：

企業名稱	創建年份	經營範圍	投資方式	職工數	企業地址
韋廉士醫生藥局上海分公司	1908	製藥	公司	54	江西路 451 號
基督福音書局	1924	售書	獨資	4	北京西路 1381 號
鋁業有限公司	1928	進口	公司	8	福州路 30 號
亞洲電器公司	1929	工業	公司		
美康公司	1933	戲院	公司	16	復興中路 323 號

上述均爲在當時有一定實力或者是名望的廣告商，而且多爲外資企業，《小說月報》選擇這樣的廣告商，一方面表明《小說月報》當時確有很大的影響力，能夠吸引來資金較爲雄厚的廣告商，另一方面也是《小說月報》借刊登這樣的廣告來標明自己的品位，擴大自己的影響。也反映了《小說月報》在刊登廣告時是有所選擇的，並不完全是以贏利爲目的。《小說月報》刊登的商務印書館的廣告主要部分是各類教科書、翻譯和創作的著作及其相關的文化用品，《小說月報》放棄能讓其帶來更大利潤的廣告而刊登此類廣告，恰好表明了當時《小說月報》甚至是商務印書館發展的基本思路，在保證利益的前提下，努力的進行文化傳播。關於這一點，眾多的研究者已經多有論述，本文就不在贅述。

早期的《小說月報》主要不是靠廣告收入來贏利，而是靠銷量來贏利，這樣，銷量對《小說月報》的生存就顯得極爲重要。而一個基本的情況是，

〔註28〕 莊小虎：《新編莊蘊寬先生年譜——紀念辛亥革命一百週年》，
http：//blog.sina.com.cn/xhzhuanghttp：//blog.sina.com.cn/xhzhuang

〔註29〕 上海市地方志辦公室：上海經濟貿易志・第九卷外國投資，上海市地方志辦公室網站。

當王蘊章第二次做《小說月報》的主編時，《小說月報》的銷量就在減少了，到了茅盾改革《小說月報》時，《小說月報》每期的銷量已經降至兩千到三千份了，「銷數步步下降，到第十號時，只印二千冊」〔註30〕，兩千份，只有一萬份的五分之一，如果收入也只有五分之一的話，就只有三百元左右，而主編每月的月薪即在150元左右，而林紓等人的稿酬在120元左右，僅只兩項，就差不多佔據了《小說月報》靠銷量帶來的總收入，《小說月報》自然是入不敷出了。面對著這種銷量，《小說月報》有著怎樣的對策呢？

《小說月報》第十一卷一號登過一則廣告：

商務印書館廣告

論登書籍及雜誌廣告的利益（梅）

現在經營商業一天難似一天了，因爲從前營業的範圍小，目前營業的範圍大，從前營業只要貨眞價實，隔了數年數十年自然聲名日大，生意日旺，目前善於經商的利用種種方法不過一年半截，他的聲名及生意竟可勝過數百年老店，唉，這是什麼緣故？老實說，他們大半得力在廣告的勢力罷了，然而廣告種類很多，傳單招貼街上發的貼的，太覺雜亂，實在有些惹厭，注意的人甚少，日報效力較大，可惜是一時的，不是永久的，要等效力確實最能永久的廣告，莫如書籍及雜誌，即如敝館的店名，雖不敢說全國皆知，但是全國識字的人，總有大半數知道商務印書館，並承各界不棄，常常賜顧，一半是出於各界見愛，一半卻是敝館常登書籍雜誌廣告，有效的確實證據。此種廣告利益眞是一言難盡，就敝館出版書籍而論，有宜登廣告的，有不宜登廣告的，那些國民小學教科書，銷路雖大，各界倘要來登載廣告，敝館不敢奉命，因小學生識字不多，非但廣告不能發生效力，而且敝館反蹈了欺謊的過失，這是同人所深惡的，所以敝館出版書籍雖有三千餘種，卻只選了歷次試驗，銷路最暢極有效力的書籍雜誌二十種爲登載廣告無上利器，擴充營業第一要籍，各界要知道詳細情形，請寫信到上海棋盤街商務印書館營業部，立即回覆。書名列下：

上海指南　北京指南　西湖遊覽指南　中國旅行指南　上海商業名錄

〔註30〕茅盾：《革新〈小說月報〉的前後》，《茅盾全集》第34卷，頁179，人民文學出版社，1997年。

日用百科全書 新舊對照曆本 袖珍日記 民國日記 學校日記

東方雜誌 教育雜誌 婦女雜誌 學生雜誌 少年雜誌

英文雜誌 英語周刊 小說月報 農學雜誌 留美學生季刊

相同的廣告在《小說月報》出現在好幾期上，通過刊登廣告來尋求廣告商，這是《小說月報》之前從來沒有過的。再看《小說月報》那一時期所刊登的廣告，第十一卷十二號主要刊登的廣告為：

廣告商	廣告內容	廣告性質	其他
《小說月報》社	本月刊特別啓事一	啓事	
《小說月報》社	本月刊特別啓事二	啓事	
《小說月報》社	本月刊特別啓事三	啓事	占2頁
《小說月報》社	本月刊特別啓事四	啓事	
《小說月報》社	本月刊特別啓事五	啓事	
商務印書館	商務印書館出版 新體寫生水彩畫	繪畫	
萬國儲蓄會	能力者金錢也 萬國儲蓄會啓	儲蓄	
英國聖海冷丕脤氏補丸駐華總經理處	上海江西路七號丕脤氏大藥行披露	藥品	占1頁
北京中華儲蓄銀行	特別獎勵儲蓄	儲蓄	
上海華羅公司	威古龍丸	藥品	
商務印書館	商務印書館發行：言情小說《玫瑰花》	書籍	占半頁
上海商務印書館	上海商務印書館發行 小楷心經十四種	書籍	
國貨馬玉山糖果餅乾公司	國貨馬玉山糖果餅乾公司廣告	食品	占一頁
上海賈勒洋行	美國芝加哥斯臺恩總公司中國經理上海賈勒洋行 巴黎弔襪帶 威廉修面皂	衣物、裝飾	
賈勒洋行	固齡玉牙膏	日用品	占一頁
賈勒洋行	博士登補品	藥品	
美國芝加哥高羅侖氏公司	雞眼之消除法 加斯血藥水獨一無二	藥品	
賈勒洋行	LAVOLHO 眼藥水	藥品	占一頁
商務印書館	商務印書館發行 張子祥花卉鏡屏	家居用品	
商務印書館	商務印書館發行《然脂餘韻》	書籍	
賈勒洋行	LAVOL 拄福錄 醫治皮癢諸症	藥品	占一頁
商務印書館	世界最新地圖、精製信箋信封	文化用品	

商務印書館	《教育雜誌》、《學生雜誌》、《少年雜誌》、《英語周刊》目錄	雜誌	
商務印書館	《東方雜誌》、《學藝雜誌》要目	雜誌	
商務印書館	《世界叢書》	書籍	
《小說月報》社	《小說月報》自第十二卷第一號起刷新內容	雜誌	
《婦女雜誌》	民國十年《婦女雜誌》刷新內容 減少定價廣告	雜誌	
《英文雜誌》	《英文雜誌》七卷一號大刷新	雜誌	
商務印書館	商務印書館發售：新到大批美國照相器具	文化器材	
商務印書館	上海商務印書館中國獨家經理美國斯賓塞晶片公司	文化器材	
唐拾義	專門治咳大醫生唐拾義發明 久咳丸 哮喘丸	藥品	
商務印書館	商務印書館發行：新法教科書	書籍	
商務印書館	商務印書館精印：各種賀年卡片	文化用品	封底

從上面廣告不難看出來，在該期的《小說月報》廣告中，非商務印書館的廣告明顯增多，達到 13 則之多，聯想前面提到的《小說月報》通過刊登廣告來尋求廣告商，我們不難看出在銷量日益下降的情況之下，《小說月報》要繼續贏利，就得轉變贏利方式，由以前的靠銷量來獲取利潤轉變爲依靠廣告收入來獲取利潤，而且《小說月報》也試圖這樣做的。但是，吸引廣告商來投放廣告的能力往往又是與雜誌的銷量相連的，《小說月報》要想長期吸引廣告商，就必須想辦法擴大銷量，而要擴大銷量，針對當時的《小說月報》，就必須對其內容進行改革。從《小說月報》的廣告中，我們已經看到了改革的信號，就在該期的上述廣告中，《小說月報》發出了啓事：

《小說月報》啓事

小說月報自第十二卷第一號起刷新內容，減少定價，並特約新文學名家多人任長期撰者。已見本雜誌第十一卷十二號特別啓事中。今特約言其內容則有：〔一〕論評〔二〕創作〔三〕譯叢〔四〕特載〔五〕雜載，五大門，除介紹西洋最新名家文學，發表國人創作佳篇外，兼討論同人對於革新文學之意見及研究西洋文學之材料，每期並附精印西洋名家畫多幅，特請對於繪畫藝術極有研究之

人揀選材料詳加說明，以爲詳細介紹西洋美術之初步。出版期提前爲每月十號，定價減爲二角，頁數仍舊，材料加多，以副愛讀本刊諸君惠顧之雅意。

上海商務印書館編譯所《小說月報》社謹啓〔註31〕

就在該期廣告，透露出內容革新的雜誌還有：

《婦女雜誌》刷新內容、減少定價廣告

本雜誌出版已屆七年，銷行之數日益增多，第六卷改良以後，尤蒙當世賢淑交相稱許，同人愧感之餘，益自奮勵，爰自第七卷第一號起，更將門類酌量增刪，多收趣味濃鬱簡明切要之文字，務使讀之者只覺新穎可喜，既足增進智識，而無普通書報沉悶枯燥之弊，又爲減輕讀者負擔起見，特將定價大加減削，並改用五號字排印，每期字數較前益加增多，茲將定價及郵費列表如左：

冊　數	定　　價		郵　　費	
	原　定	現　改	本國及日本	外　國
每月一冊	三角	二角	一分半	六分
半年六冊	一元六角	一元一角	九分	三角六分
全年十二冊	三元	二元	一角八分	七角二分

上海商務印書館《婦女雜誌》社謹啓〔註32〕

英文雜誌七卷一號大刷新　教員參考　學生自修　必備之書

本雜誌自明年第一號起，一切大加改良，小號字都改用大號，以省讀者諸君目力，且多插圖畫，多添注解，使初學者讀之如得良師親授，至於內容，本社更新添多種，都請名人編述，茲將要目列左：

（一）成功者小傳　酈富灼博士編　敘述一切世界上出身微賤而刻苦自勵終成大事業之人。

（二）中國名人英文實驗談　謝福生編　敘述中國名人深通英文者學英文之經驗。

（三）謙屈拉　吳康碩士譯　此爲印度詩家泰果爾所著名劇之

〔註31〕《小說月報》第十一卷第十二號。
〔註32〕《小說月報》第十一卷第十二號。

一。

（四）近代短篇小說　劉頤年學士譯　譯述各種名人小說，如毛柏霜乞呵甫皮龍生開潑林等。

（五）美風談屑　李駿惠博士編　敘述一切美國之服式及用於日常會話之俗語，可為有志留美者之準備。

（六）通信　登載一切與本社之通信，或為學英文之心得，或為教授英文之方法。或為有興味之記載。

其餘如冠詞之用法、文學談叢、廣告文之研究、應用化學、新書介紹、西笑林以及舊時所有各門，名目繁多，不及備載。

定價　每冊二角　半年一元一角　全年二元

上海商務印書館《英文雜誌》社謹啓〔註33〕

在同一份雜誌的同一期廣告上，商務印書館下的三大雜誌同時宣告了內容革新的宣言，頗有點「山雨欲來風滿樓」的氣勢，表明了這不僅僅是哪一份雜誌自身的問題了，而是到了整個社會大變動，整個社會思想觀念發生改變的時候了。而《小說月報》也面臨著要麼停刊，要麼改革的關頭。要繼續贏利生存下去，就必須改革，不久，茅盾接任《小說月報》的主編，《小說月報》的改革正式拉開了序幕。

三、廣告與《小說月報》的革新

茅盾革新《小說月報》通常被看作新文學戰勝舊文學的一個例證，這種較量首先表現在銷量的起伏之中，《小說月報》據說在王蘊章編輯的最後幾期達到了新低兩千份，而茅盾革新後不久就達到了一萬，在這場此消彼長的爭奪讀者市場的較量中，除了不同文學觀的較量之外，其他外部的因素經常被忽略。《小說月報》最早透露出要革新是在 1917 年 10 月張元濟在日記裏提到的「不適宜，應變通」，而敗象則是在 1918 年之後才漸漸顯露出來的。〔註34〕衰敗的原因自然是由於新文學的崛起帶來的衝擊，但銷量達萬餘的《小說月報》在兩三年內銷量就大減為兩千份，「衰敗」的速度還是令人頗為吃驚的。如果我們考慮到文學觀念的改變是一個漫長的過程，新文學戰勝舊文學也絕

〔註33〕《小說月報》第十一卷第十二號。

〔註34〕柳珊：《在歷史縫隙間掙扎——1910～1920 年間的〈小說月報〉研究》，百花洲文藝出版社，2004 年 12 月版，頁 48。

非一朝一夕的事情,那麼,促成《小說月報》銷量快速下降的就應該還有一些因素摻雜在裏面。仔細考察,隱形或顯性的廣告宣傳無疑在其中起到推波助瀾的作用,這裡,我們將各種論爭也視為廣告活動之一,有許多論爭,本來就是為了起到廣而告之的效果的。

對於一份刊物來說,想要迅速被讀者接受,廣告是必不可少的,但是,廣告的手法眾多,並不是所有的廣告都能見效,特別是在大眾媒體單一的時代,信息傳播很大程度上還在依賴人力的時候,廣告的效果依然還是長期才能見效的。何況對於業內的行家來說,要引起業內的認可,一般的廣告宣傳是難以一時奏效的,對文學期刊這類帶有文化性質的宣傳來說更是如此。似乎從文學期刊誕生的時候開始,文學活動家們就找到一條能讓文學期刊宣傳快速奏效的方法,那就是與已經成名的其他期刊或者名家論爭。聞一多就曾在給友人的信中這樣描述了一個社團或一個雜誌如何崛起的一系列策略:

> 我們若有創辦雜誌之膽量,即當親身赤手空拳打出招牌來。要打出招牌,非挑釁不可。故你的「批評之批評」非做不可。用意在將國內之文藝批評一筆抹殺而代之一正當之觀念與標準。……要想一鳴驚人則當挑戰,否則包羅各派人物亦足轟動一時。〔註35〕

「挑釁」或「挑戰」無疑可以看做是一種廣告宣傳,主要目的在於還沒有成名之前引起讀者的注意,特別是對名家或者具有權威性的報刊的挑戰,其起到的效果就不僅僅是迅速提高在讀者中的知名度的廣而告之了,往往還能在專業領域奠定相當的影響力,獲得成名人士的關注。《新青年》崛起於文壇的時候,正是有著這樣的考慮在裏面。

當《新青年》剛剛創刊還沒有引起文壇注意的時候,尋找賣點來擴大刊物在讀者中的知名度無疑是至關重要的。《新青年》的編輯陳獨秀最後找到的賣點就是對白話文的提倡,將白話文作為刊物賣點來進行宣傳而不是切實將其作為一項事業來進行建構,這裡可以從《新青年》在發表《文學改良芻議》之際的銷量就可以看出。在《新青年》提倡白話文的時候,《新青年》的銷量盡在兩三千份之間,這樣一種不盡人意的銷量差點讓這份刊物難以維持下去,面對著這樣一種辦刊困境,要提高刊物的銷售量,引出新的觀點、新的見解將是其必然之路,如果還是按照一般刊物的做法,老老實實的用文言辦刊,老老實實的一點一滴的提倡國學,提倡西方譯介,可以想像的是就算《新

〔註35〕《新文學史料》1984年第1期。

青年》後來能形成一份有影響力的期刊，但成名絕不會那樣迅速。在當時各家文學期刊比如當時影響力已經巨大的《小說月報》都還用文言辦刊的時候，《新青年》不落蹊徑，提倡白話文之舉無疑就有了標新立異之舉，而將胡適與陳獨秀之間的通信刊登在刊物上，特意突出了胡適留學美國的身份，更無疑是具有擴大宣傳，含有利用胡適留學的特殊身份來為自己做廣告的成分在裏面。可以想見的是，在當時中國讀者都習慣了幾千年來用文言文來閱讀的慣例，新辦的刊物如果繼續用文言文來辦刊，無論其觀點如何的新穎，讀者都將其視為是一份普通的刊物，而刊物很難刺激起這些老中國的舊式讀者的了。早期《青年雜誌》銷量不好剛好就是這種情況的反映。《新青年》要在當時的眾多雜誌中突圍而出，採取了在現在看來較為符合宣傳之道的手法：一是改文言文為白話文；二是提倡新的觀念，舉起「科學」、「民主」的大旗；三是利用胡適等具有特殊身份的人來為他們吶喊。這三個方面，放在當時的社會環境之下，無疑都是具有標新立異之舉，從視角到思想上都能刺激到古老中國已顯閱讀疲憊的讀者了。

　　按照陳獨秀他們的心理預期，上述這些含有廣告意味的宣傳手法應該能將《新青年》的銷售量提升上去的，但沒想到的是中國讀者的反映卻很平淡，《新青年》的銷售依然故我，《新青年》在業內的影響力依然沒有得到提高。也許不是讀者沒有反應，而是《新青年》的編輯與作者嫌這種反應太慢，他們需要的是快速提高影響力，而不是一步一步的按照常規來做。這時候，《新青年》能做的宣傳手法就是選取名家來進行挑戰了。選取一個已經成名的大家進行一番論戰，將名家痛批一番，借名家來抬高自己的身價是《新青年》在提升影響力方面的一個重要的廣告宣傳策略。那麼，選取什麼人做對手呢？於是林紓出現在了《新青年》編輯和作者的視野裏，林紓無疑有著作為提升影響力，擴大刊物知名度「得天獨厚」的條件：一是林紓應經對他們有所反應，就在胡適發表《文學改良芻議》不久，林紓已經注意到了他們，發表了《論古文之不當廢》來反駁他們的觀點，能受到名家的青睞，就當時的《新青年》所處的情況來說是實屬不易的；二是林紓此時已經成名，是古文界的大家了。林紓通過 1899 年翻譯的《茶花女遺事》獲得了極大的成功，嚴復曾經評價說「可憐一卷《茶花女》，斷盡支那蕩子腸」，隨著林譯小說在全國引起的極大反響，林紓不啻成為了當時文壇的文化名人。林紓的名望之高，市場號召力之大，就連當時稱為「雜誌界的權威」——《小說月報》也不得不

借助他來進行宣傳,林紓在當時是《小說月報》的一塊「金字招牌」,翻開當時《小說月報》的廣告,只要是提及林紓的,都是將其重點突出:

> 社會小說 金陵秋 冷紅生著 定價四角
>
> 　　閩林琴南先生以小說得名。即自稱冷洪生者也,先生著作等身,惟小說以譯述爲多,此書乃其自撰,以燃犀之筆,描寫近時社會,述兩軍戰爭,則慷慨激昂,敘才士美人,則風情旖旎,尤爲情文兼茂之作。〔註36〕

「林譯小說」、「名家小說」在當時的《小說月報》上的廣告隨處可見,這可見出林紓在當時讀者中的影響力。

有了這兩個條件,林紓無疑成爲《新青年》下一步進行廣告宣傳的最佳人選。於是,《新青年》的同仁們緊緊抓住林紓對他們進行回覆的時機,不斷對林紓拋出「炸彈」,在《新青年》之後看出的幾篇論文中,陳獨秀在《文學革命論》,錢玄同的《寄陳獨秀》、劉半農的《我之文學改良觀》,胡適的《建設的文學革命論》等,都含有著批評林紓的影子。儘管有著指名不指名的批評,《新青年》對林紓的這番「轟炸」顯然沒有起到多少效果,林紓居然沒有回應。這也顯示了《新青年》諸位將林紓作爲廣告宣傳道具的一面,林紓作爲當時大名鼎鼎的文界領袖,是不大跟《新青年》這班剛出道的毛頭小子們較量的。但是,林紓的越是不回應,越是顯示出了林紓可利用爲宣傳資源的價值之大,正因爲雙方之間地位的懸殊,更顯示出《新青年》借助林紓來太高自己的必要。於是,爲了讓林紓出來回應他們,就有了錢玄同和劉半農一對一答所演的雙簧戲,將林紓作爲古文大家的代表進行了一番「狗血淋頭」的批評。

這種大肆打上門的做法對於一個已經成名多年的林紓來說無疑是不可忍的,忍無可忍之際,林紓終於出面回應了,很快便有了《荊生》和《妖夢》兩篇諷刺小說的出現,新文學提倡者的一頓猛批,終於引來了林紓以小說來發泄他與新文化運動不共戴天的激憤之情,從宣傳炒作方面來說,林紓的回應正中新文學倡導者們的下懷,新文學提倡者們正希望林紓有著這樣強烈的反響。林紓的反應還不僅如此,在接著特地在給北大校長蔡元培的《致蔡鶴卿太史書》,在北京、上海兩地刊發出來之後,其影響已經波及全國,而新文學的倡導者們又抓住林紓的這兩篇小說和公開信一陣猛批,直到林紓寫信給

〔註36〕 《小說月報》第五卷第十號。

各報館承認有「過激之言」之言為止。在這番罵戰中，曾有人說林紓「斯文掃地」，林紓雖然「斯文掃地」，但《新青年》借著林紓這股東風，卻一路銷量之上，達到了之前希望達到的效果。

這是一場帶有明顯廣告宣傳意味的論爭，《新青年》同仁們借助林紓來進行廣告宣傳的意圖在之後得到了印證。在林紓死後不久，就有了新文學作家們對他的寬容。鄭振鐸、胡適等新文學的倡導者都曾對林紓做出過正面評價，認為由於「五四」文學論爭給林紓帶來的評價是不公允的。這很好的驗證了新文化提倡者的諸人對於林紓的批評站在宣傳炒作一面的立場。也就是說，新文學倡導者在起先對林紓的論爭本意原不是要駁倒林紓的，而只是希望擴大自己的影響才出現對林紓的大肆批判。對《新青年》同人來說，就提高刊物的知名度來說，論爭的影響力才是重點，而觀點的對與錯倒反是其次的了。當然，通過這場論爭，客觀上也使新文學立足了腳跟。

與林紓同時受到新文化運動的先行者們猛烈攻擊的還有鴛鴦蝴蝶派的舊文學。從文學觀的對立來看，鴛鴦蝴蝶派將文學視為娛樂、消遣的享樂主義文學觀自然與新文學提倡者視文學為啟蒙大眾、為人生的文學觀大相徑庭，兩種對立的文學觀發生衝撞是在所必然的。但是，從另外一方面看，就新舊文學在讀者中的影響力，卻是鴛鴦蝴蝶派的影響要遠大於剛處於萌芽狀態的新文學，在《新青年》的銷量才有兩三千的時候，《禮拜六》等鴛鴦蝴蝶派的雜誌銷量已達萬餘，這種銷量的高下之分，自然讓《新青年》這種後來者分外眼紅。面對著這樣的文學市場，《新青年》要擴大影響力，通過批駁鴛鴦蝴蝶派這類閱讀面極廣的通俗文學來擴大自己的知名度、樹立自己的新形象無疑是十分必要的。於是，鴛鴦蝴蝶派這類通俗文學就成了新文學倡導者口誅筆伐的對象。先後有錢玄同的《「黑幕」書》、魯迅的《有無相通》、周作人的《論「黑幕」》和《再論「黑幕」》等，新文學提倡者對通俗文學的這一場批駁，一方面逼迫鴛鴦蝴蝶派等文學向「俗」定位，乘勢抬高自己，將自己定位為「雅」文學，另一方面打擊了這一派文學在讀者中的良好形象，從而提升了新文學自身的影響力。《新潮》、《新青年》這類新文學期刊新起時，攻擊舊文學及其刊物就是其大造聲勢的一個做法，在這種廣告宣傳的影響下，受之影響的青年學子們，轉移讀者陣地就是十分自然的事了。

新文學倡導者們對林紓、鴛鴦蝴蝶派的大肆攻擊，一方面借助於這些當時文壇的主流派別、名人擴大了新文學的影響力，一方面卻也必然使林紓、

鴛鴦蝴蝶派在讀者心目中的影響力下降。使得這一時期的林譯小說魅力遠不如從前，如明日黃花般令讀者提不起興趣，甚至還令某些新文學運動薰陶的青年讀者們反感。〔註 37〕而新文學的攻擊對鴛鴦蝴蝶派的影響則是明顯的，周瘦鵑主編的《禮拜六》1916 年停刊，徐枕亞主編的《小說叢報》1919 年停刊，李定夷主編的《小說新報》1920 年停刊一年。於是，我們看到，就在《新青年》等刊物的銷量節節攀升的時候，老牌期刊《小說月報》的銷量則不斷下滑。《新青年》的銷量由 1915 年的 2000 多份上升到了 1917 年的 10000 多份，而《小說月報》則在 1917 年後銷量不斷下降，到 1920 年就只有 2000 份了。在這一升一降的背後，雖然說起決定作用的主要是各自文學觀念的不同，但是，通過廣告宣傳炒作的手法，新文學作家對林紓、鴛鴦蝴蝶派的大肆攻擊不能不對他們的主要作品發表陣地《小說月報》產生影響。林紓是《小說月報》的「金字招牌」，與《小說月報》有著長期的合作，幾乎前期每期《小說月報》上面都刊登了林紓的作品。鴛鴦蝴蝶派的作品就一直有在《小說月報》上刊登的傳統，特別是王蘊章第二次編輯《小說月報》的時候，《小說月報》成爲了鴛鴦蝴蝶派發表作品的一個大本營。新文學陣營對林紓和鴛鴦蝴蝶派的批駁，降低他們在讀者群中的影響力，無疑也降低了他們的主要發表陣地《小說月報》在讀者群中的影響力。這種影響力下降最直接的因素就是《小說月報》銷量的下降，而正是這些銷量的下降，促成了商務印書館最終決定對《小說月報》進行革新。

儘管在革新之前，茅盾對革新後的《小說月報》作了大量的宣傳，比如在十一卷十二期的《小說月報》上，連續的廣告讓讀者感受到了革新《小說月報》的聲勢：

本月刊特別啓事一

　　愛讀本月刊諸君子！本月刊自與諸君子相見，凡十一年矣；此十一年中，國內思想界屢呈變換，本月刊亦常順應環境，步步改革，冀爲我國文學界盡一分之力，此固常讀本刊諸君子所稔知者也。

　　近年以來，新思想東漸，新文學已過其建設之第一幕而方謀充量發展，本月刊鑒於時機之既至，亦願本介紹介紹西洋文學之素志，勉爲新文學前途盡提倡鼓吹之一分天職。自明年十二卷第一期起，

〔註37〕柳珊：《在歷史縫隙間掙扎──1910～1920 年間的〈小說月報〉研究》，百花洲文藝出版社，2004 年 12 月版，頁 50。

本月刊將盡其能力，介紹西洋之新文學，並輸進研究新文學應有之常識；面目既已一新，精神當亦不同，舊有門類，略有更改，茲分條具舉如下：

（甲）論評 發表個人對於新文學之主張。

（乙）研究 介紹西洋文學思潮，輸進文學常識。

（丙）譯叢 本刊前此所譯，以西洋名家小說居多，今年已譯劇本，自明年起，擬加譯詩，三者皆選西洋最新派之名著迻譯。

（丁）創作 國人自作之新文學作品，不論長篇短著，擇尤彙集於此欄。

（戊）特載 此門所收，皆最新之文藝思想及文藝作品，從此可以窺見西洋文藝將來之趨勢。

（己）史傳 文學家傳及西洋各國文學史均入此門，讀者從此可以上窺西洋文藝發達之來源。

（庚）雜載 此欄又分為三：

（子）文藝叢談 此為小品。

（丑）海外文壇消息。

（寅）書報評論。

以上各門之中，將來仍擬多載（丙）（丁）兩門材料，而以漸輸進文學常識，以避過形枯索之感。尚祈海內研究文學之君子有以教之。

本月刊特別啓事二

本月刊自明年起加大刷新，改變體例，增加材料，已見特別啓事一，茲本刊本年所登各長篇尚有不能遽完者，均已於此期內登完，以作一結束。

本月刊特別啓事三

本月刊自明年起改變體例，增多材料，添立門類，參用五號字印，以期多容材料，並為增加讀者購買力起見，減定報價為二角。

本月刊特別啓事四

本月刊明年起更改體例，（請查照啓事一所開各門），並改定報酬為：

一、撰稿 每篇送酬自五元至三十元

二、譯稿 每千字送酬自二元至五元

三、小品 文藝叢譚内小品酌送報酬

如蒙海内君子，惠以佳篇，不勝歡迎。

本月刊特別啓事五

本刊明年起更改體例，文學研究會諸先生允擔任撰著，敬列諸
先生之臺名如下：

周作人 瞿世英 葉紹鈞

耿濟之 蔣百里 郭夢良

許地山 郭紹虞 冰心女士

鄭振鐸 明　心 盧隱女士

孫伏園 王統照 沈雁冰〔註38〕

連續的五則啓事，可謂爲《小説月報》的革新做足了宣傳造勢，這些廣告宣
傳無疑在爲扭轉前期《小説月報》的形象，期望爲革新《小説月報》奠定良
好的基礎，但由於之前新文學陣營對保持《小説月報》對保持其銷量的林紓、
鴛鴦蝴蝶派的批駁大大降低了《小説月報》在讀者群中的影響力，茅盾的這
番廣告宣傳，顯然在短時間難以奏效，要恢復《小説月報》在讀者心中的良
好印象需要一個長久時期，這也是爲什麼茅盾革新初期《小説月報》銷量並
沒有一下子上去的原因之一。

從這個意義上看，《小説月報》的革新，其實也是各個陣營之間不斷宣傳
廣告博弈的結果。當然，支撐起這個廣告博弈的背後，還是各方面文學觀念
的較量。

〔註38〕均見於《小説月報》第十一卷第十二號。

第六章　民國教育與《小說月報》研究

　　民國教育與現代文學的關係，是一個似乎顯而易見卻又研究切入難度較大的歷久彌新的課題。借助於民國機制，本章希望搭建起從民國教育角度來研究《小說月報》的可行性途徑，進而爲從該角度研究現代文學盡可能的提供啓示。

第一節　現代文學研究的民國教育維度

一、民國教育視野下的現代文學研究學術史梳理

　　早在五四時期，胡適作爲新文學運動的領軍人物，在他的《建設的文學革命論》一文中就用八個大字「國語的文學，文學的國語」論及現代文學的建構和教育改革的關係。「眞正有功效有勢力的國語教科書，便是國語的文學；便是國語的小說，詩文，戲本。國語的小說，詩文，戲本通行之日，便是中國國語成立之時。」〔註1〕儘管這裡胡適是爲了突出白話文對學校國語改革的作用，但無疑使現代文學一開始與教育之間彼此依仗的關係在一開始便突現出來了。特別是大學，更是現代文學的發源地，正如錢理群所說：「從某種意義上可以說，創始時期的現代文學就是一種校園文化：不僅它的發源地是北京大學，它的早期主要作者與讀者大都是大、中學的教師與學生」〔註2〕，

〔註1〕胡適：建設的文學革命論，《新青年》1918 年第 4 卷第 4 號。
〔註2〕錢理群：現當代文學與大學教育關係的歷史考察──「二十世紀中國文學與大學文化」叢書序，《現代文學研究叢刊》，1999 年第 01 期。

民國大學與現代文學的這種血肉般的緊密聯繫，理應成爲現代文學研究的題中之義，然而，在現代文學研究的相當長時間裏，這一研究領域鮮有學者提及。

　　直到了 20 世紀 90 年代，在現代文學研究的路子越來越狹窄的情況下，學者們開始將文學與文化聯繫起來考察，教育與文學的關係才又重新回到了學者的視野裏。錢理群因此提出了「大學文化與 20 世紀中國文學」這樣一個課題，並於 2000 年出版了《二十世紀中國文學與大學文化》一套叢書，叢書通過解讀五四新文化運動時期的北京大學、二十年代的東南大學、二三十年代的清華大學、抗戰時期的西南聯大、抗戰敵後根據地的延安魯迅藝術學院以及七十年代末與八十年代的北京大學，九十年代的背景、上海地區的大學，通過這些個案，試圖「探討特定時期的集中在大學空間裏的時代精英知識分子的學術思想、文化追求、精神風貌等對文學發展的影響與作用，其中既包括了對學院培養的作家的直接影響，也包括通過各種途徑（特別是現代傳播媒介）對社會文化、文學的間接影響，以及大學文學教育在文學發展中的特殊作用」，〔註 3〕很明顯，叢書偏向於在大學文化與現代文學之間尋找精神的契合點。

　　與錢理群等切入的角度不同，陳平原對教育體制與文學的關係作了較爲深刻的闡釋：「在二十世紀的中國，『新教育』與『新文學』往往結伴而行。最成功的例證，當屬五四新文化運動。蔡元培、陳獨秀、胡適之等人提倡新文化的巨大成功，很大程度得益於其強大的學術背景——北京大學。不只是因北大作爲其時惟一的國立大學，有可能『登高一呼，應者雲集』；更因其代表的現代教育體制，本身便與『德先生』、『賽先生』同屬西方文化體系。十九世紀下半葉開始的『西學東漸』，進展最爲神速、影響最爲深遠的，在我看來，當屬教育體制——尤其是百年中國的大學教育。談論『文學革命』，無論如何不該繞過此等重要課題。」〔註 4〕他的一系列研究成果，如《老北大的故事》、《北大精神及其他》、《中國大學十講》、《大學何爲》等，也都是圍繞著大學的教育制度而展開的。民國教育制度與現代文學的關係是研究者較爲關注的一個問題，比如高群的博士論文《清末民初教育制度的變革與現代文學

〔註 3〕錢理群：現當代文學與大學教育關係的歷史考察——「二十世紀中國文學與大學文化」叢書序，《現代文學研究叢刊》，1999 年第 01 期。
〔註 4〕陳平原：《中國大學十講》，復旦大學出版社，2002 年，頁 103。

的建構》（蘇州大學，2007 年）、李哲的《「分科」視域中的北京大學與「新文化運動」》（《文學評論》，2013 年第 2 期）等都是圍繞該話題展開。

　　由於北京大學在中國大學史上特殊的歷史地位，北京大學與現代文學的關係較早也較多地引起了學者的關注，除了上述所提及的，相當多的論著從不同的側面論述了北大之於新文化、現代文學的意義。比如蕭超然的《北京大學與五四運動》（北京大學出版社，1995 年）、陳萬雄的《五四新文化的源流》（生活・讀書・新知三聯書店，1997 年）都論述了北京大學從建立到五四時期這一段發展的歷史，詳盡分析北京大學與五四新文化學者之間密不可分的關係。美國學者魏定熙的《北京大學與中國政治文化》（北京大學出版社，1998 年）一書中分析了北京大學如何成爲新文化的搖籃，在中國的政治文化交叉點上佔有獨一無二的顯赫地位，美國著名學者周策縱的《五四運動史》（陳永明譯，嶽麓書社，1999 年）則以全景式描寫再現了五四運動時期北大及國內外知識分子的活動過程，這兩部論著中都涉及到了五四新文學運動和北京大學，但他們更多關注的是北京大學在五四時期對中國的政治文化的影響。陳方競的《多重對話：中國新文學的發生》（人民文學出版社，2003 年）一書儘管作者自述：「此專著是「通過對『多重對話』的展示來深化我的魯迅研究，目的是要揭示在新文學發生的多元背景下魯迅作爲章太炎學術思想的承續性發展與超越者存在的意義」〔註5〕，但仔細辨析出陳獨秀及其創辦的《新青年》與蔡元培及其開創的北京大學之異同，而且發現在「五四」話語中心存在著「S 會館」的獨異之聲，進而提出「S 會館」本身即呈三角張力，存在著魯迅與錢玄同、尤其是周作人之間的「異」中之同及同中之「異」，而這「異」又是一種根本之「異」。由此展示出「道德主義」、「科學主義」等不同層面上的「多重對話」，中國新文學便在這一基礎上發生，比較深入地探討了北京大學學術氛圍的開創對新文學發生的作用，成爲研究北京大學與現代文學關係的力作。

　　20 世紀 90 年代後半期，中國學術界開始重新檢討所謂「文化保守主義」的價值問題，依託東南大學而形成的學衡派作爲世紀之初的保守主義代表，其再認識與再評價的問題也就自然而然地被提了出來。自沉衛威的《回眸「學衡派」》（人民文學出版社，1999 年）開始，鄭師渠的《在歐化與國粹之間：學衡派文化思想研究》（北京師範大學出版社，2001 年）從文化、文學、史學、

〔註 5〕陳方競：《多重對話：中國新文學的發生》，人民文學出版社，2003 年，頁 5。

教育、道德五個方面展開論述「學衡派」，成爲重新研究評價學衡派文化思想的「翻案」之作。在重估的基礎之上，高恒文的《東南大學與「學衡派」》(廣西師範大學出版社，2002 年) 較爲詳細的論述了學衡派與東南大學的關係，通過史實的鈎沉廓清了東南大學及依附於該校的學衡派之間的來龍去脈，尤其考辨出以前的著作很少關注的柳詒徵及其「柳門」弟子對學衡派的意義和貢獻，開拓了我們認識五四新文化的視野。

除了上述兩校之外，西南聯大亦是研究者關注較多的大學。在此方面，李光榮先生成就斐然，其《西南聯大文學教育與新文學傳統》(《中國現代文學研究叢刊》，2005 年第 4 期) 重點回顧了新文學在西南聯大的教學活動中如何「站穩腳跟」，登上講壇和蔚成風氣的過程；夏強的《學院空間與西南聯大詩人群的知性追求》(《學術界》，2013 年第 9 期) 認爲西南聯大諸因素的形成，及它們相互結合，相互作用，直接影響和生成了聯大詩人群的知性追求；鄧拓的《「文學場域」視閾下的西南聯大詩人群再考察》借助於「場域」的概念，認爲「西南聯大在嚴峻的現實環境中保持了一個獨立、自足的學院空間，以及一種自由的學院文化，西南聯大詩人群正是憑著豐厚的學院文化資源，佔據著文學場域中的有利位置，從而發展出自己獨立的文學活動策略。」〔註6〕這些研究既涉及到大學教育與現代文學創作的關係，也看到了大學教育與現代文學學科形成之間的關係，應該說，開掘面是相當廣的。

相當多的研究者梳理了現代文學學科確立的歷史，發現了民國大學教育與現代文學學科形成之間的緊密聯繫。比如羅崗的《現代「文學」在中國的確立——以文學教育爲線索的考察》(《中國現代文學研究叢刊》2001 年第 1 期) 重點討論了文學教育與現代文學在中國的「確立」之間形成的關聯；沈威衛的《新文學進課堂與中國現代文學學科的確立》(《山東社會科學》，2005 年第 7 期) 一文認爲：「以『新文學』爲基本特質的中國現代文學進入大學體制，並逐步發展成爲一個獨立的學科，是大學體制內的創新。新文學作家進入大學中文系、外文系執教，現代大學中文系的師資結構發生了變化，那麼，其辦學的功能也就相應的有了培養作家的可能。」〔註7〕

〔註 6〕鄧拓：《「文學場域」視閾下的西南聯大詩人群再考察》，《廣西社會科學》，2015年第 4 期。

〔註 7〕沈威衛：《新文學進課堂與中國現代文學學科的確立》，《山東社會科學》，2005年第 7 期。

　　海外留學的教學背景在現代文學中佔有濃墨重彩的一筆,《中國新文學大系 1917～1927・史料索引》列有「小傳」的 142 位作家來說,到國外留過學或工作、考察過的有 87 位,佔了 60%以上〔註8〕,也自然較多地引起了學者的關注。比如鄭春的《留學背景與中國現代文學》(山東教育出版社,2002 年)主要「研究具有留學背景的現代作家對中國現代文學的重要作用、價值和貢獻,力圖從一個新的視角去發掘制約新文學形成發展的內外因素」〔註9〕;方長安的《選擇・接受・轉化——晚清至 20 世紀 30 年代初中國文學流變與日本文學關係》(武漢大學出版社,2003 年)、葉雋的《另一種西學——中國現代留德學人及其對德國文化的接受》(北京大學出版社,2005 年),李怡的《日本體驗與中國現代文學的發生》(北京大學出版社,2009 年)以及一些專題性論文如陳山的《前驅與中堅:「五四」時期的留學生作家群》(《在東西古今的碰撞中——對「五四」新文學的文化反思》,中國城市經濟社會出版社,1989 年)、賈植芳的《中國留學生與中國現代文學》(《山西師大學報》,1991 年第 4 期)、周曉明的《留學族群視域中的新月派》(《華中師範大學學報》,2000 年第 1 期)、嚴家炎的《論五四作家的文化背景與知識結構》(《現代中國》2001 年第一輯)、鄭春的《論現代海歸作家群體對中國新文學重建的主導作用》(《東嶽論叢》2014 年第 8 期)等,從不同的角度對留學教育對中國現代文學的發生、發展作出了新的解讀,從總體上看仍然隸屬於教育和文學關係這一大的範疇。

　　就民國教育與現代文學當前的研究現狀來看,探討已經進入到了一定的深度,不僅對現代文學發生、發展影響深遠的幾所大學有了較爲詳盡的透視,對大學文化、教育制度對現代文學的發展也進行了梳理;同時,學界不僅注意到了「五四」時期至 1949 年作家的創作與現代教育的深層次聯繫,同時注意到了「現代文學」發展成爲一門獨立的學科,「文學教育」機制所發揮的重要作用。現代教育制度是「現代文學」發生發展及成爲一個研究學科存在的重要基礎,並且在相當重要的層面預設和規約了現代文學「知識」的結構體系與敘述路徑,這一觀念在學界已形成共識。然而,儘管民國教育與現代文學的關係得到了相當的研究,盲點依然存在:(一)當前探討民國教育與現代

〔註8〕高群:《清末民初教育制度的變革與現代文學的建構》,蘇州大學博士論文,2007 年。
〔註9〕鄭春:《留學背景與中國現代文學》,山東教育出版社,2002 年,頁 1。

文學關係的成果大多集中於大學對現代文學的影響,而大學又主要集中在北京大學、清華大學、東南大學、西南聯合大學等幾所有限的高校內,對其他高校對現代文學的影響卻有意無意地忽略了,誠然,北京大學、清華大學對現代文學的影響之大有目共睹,但其他大學特別是像教會大學、女子大學等具有特色的高校或其他地方大學對現代文學的影響也不可低估;(二)民國教育是一個涵蓋極廣的概念,除了大學,還有小學、中學等,甚至函授學校、夜大等,都是民國體制內系統教育的一部分,它們對現代文學的影響還遠遠未被揭示出來;(三)除了學校教育之外,其他形式的教育比如家庭教育、私塾教育或他人教育等對現代文學的影響很少進入到研究者的視野中,而這些形式的教育很難說就對現代文學的影響是微乎其微的;(四)當前研究民國教育對現代文學的影響,更多的集中在大學文化(主要是大學精神)、教育制度對現代文學的制約或促進作用上,而在其他方面比如具體的教學環節、教學方式等對文學的影響著墨不多;(五)學校的存在本身就給作家提供了一種物質保證,進入到學校就是對作家的一種身份確認,研究學校存在給予作家提供的物質及精神保障進而影響文學的論著當前並不多;(六)當前從大學文化、教育制度視角來研究現代文學大多屬於在整體上粗線條的論述教育與文學的關係,具體的個案研究還並不多見;(七)現有的研究民國教育與現代文學的成果大多還屬於一種外部研究,關於民國教育對作家深層次的情感影響之研究並不多見;(八)研究者的關注點主要集中於民國教育對作者的影響,而民國教育對現代文學讀者的培養鮮有人涉及。

可以說,就民國教育與現代文學關係的研究,現有的研究無論在廣度還是深度上,都還有亟待提高的空間,亦可以說民國教育與現代文學的研究向我們敞開了較爲廣闊的研究空間。

二、民國教育介入現代文學研究的視野拓展

從民國教育的角度介入現代文學的研究方興未艾,雖然成果頗多,但回到民國文學機制,仔細考察影響現代文學的諸多教育細節,依然有許多值得開拓的空間值得鑽研,至少在如下一些方面是值得研究者去深思的:

1、在研究廣度上的拓展。(1)研究民國不同的教育形式對現代文學發生、發展帶來的影響。比如傳統教育與現代教育對作家帶來的影響,正規的學校教育與業餘、自學及零散教育對作家的影響、作家的國內教育與國外教育的

不同體驗等。在我們的慣常認識裏面，現代文學就是在現代教育（特別是五四）中誕生的，然而也有作家對現代教育的「悖反」，比如沈從文就曾論述自己在新式學堂「那學校照例也就什麼都不曾學到。每天上課時照例上上，下課時就遵照大的學生指揮，找尋大小相等的人，到操坪中去打架」〔註10〕，於是「逃向」社會更廣闊的天地，「學校環境使我們在校外所學的實在比校內課堂上多十倍」〔註11〕，進而懷念起一種舊式的教育，「我們永遠是枯燥的，把人弄呆板起來，對生命不流動的.他們卻自始至終使人活潑而有趣味，學習本身同遊戲就無法分開」〔註12〕。在這樣一種情境下如何去認識民國教育帶給現代文學發生發展的影響就顯得特別的有意義。（2）當前審視民國教育與現代文學關係的研究多集中於幾所主要的大學，是分散的一個個的點，需要全面審視民國學校教育對現代文學的促進作用，以點帶面，拓寬研究的視野。民國的學校教育是一個龐大而複雜的系統，小學、中學、大學等不同層次的教育帶給作家的體驗是完全不同的，加之民國時候的教育地域性極強，不同區域內的教育，培育出來的作家精神氣質不一。這些，都需要研究者一一梳理。（3）民國教育制度對現代文學的影響是當下學者關注較多的一個領域，然而這不是民國教育與現代文學發生關係的唯一領域。除了教育制度之外，作家所受到的教育文化的方方面面都與文學發生著或隱或現的關係，具體的教學環節、教學方式、校園內各種關係、組織的連結與分合帶給作家情感的體驗甚至是靈感的剎那迸發，這些相對於宏觀的教育制度與文學之關係顯然是具體而微的，但也是對文學更較為直接、具體的影響，是研究中所不能忽視的。（4）在已有的研究成果中，關注民國教育對於作家的影響較為突出，在現代的文學研究視野裏，讀者越來越成為不可忽視的存在，研究讀者群體所受到的教育亦是一個值得開拓的空間。讀者群體文學素養的提升與轉變與之背後的因素，從更隱秘的層次去揭示現代文學的發展，對我們重新審視現代文學是不無裨益的。（5）不少學者梳理了新文學在大學課堂上立足、確立的過程，也分析了新文學之所以能在大學課堂立足的原因，但這些原因多從社會政治、教育制度、個人努力等方面去挖掘，卻忽視了新文學本身即是對其進入大學並成為一個學科最重要的因素。這也需要研究者不斷拓寬自身的

〔註10〕 沈從文：《從文自傳》，北京十月文藝出版社，2009 年，頁 26。
〔註11〕 沈從文：《從文自傳》，北京十月文藝出版社，2009 年，頁 26。
〔註12〕 沈從文：《從文自傳》，北京十月文藝出版社，2009 年，頁 9。

視野，從一個較爲開闊的角度來理解文學教育。

2、在研究深度上的細化。從研究現狀來看，關於民國教育與現代文學的研究已在多個面向上展開，但大多數研究還處於整體勾勒的地步，許多層面的研究還只是粗略的提及，只是描述外部因素對於文學的影響，而沒有深入到現代文學深處，有待於研究的進一步細化。比如民國教育對於具體作家的影響。由於作家自身氣質的不同，即使面對同樣的教育，同樣的知識體系，作家的體驗往往也會是大相徑庭。典型的例子莫如魯迅與周作人了，兩人生長在同一個家庭裏，受相同的教育，在青少年時代，他們攜手走過一段路，他們都上新學堂（當時爲人所看不起的），都到日本留學，共同翻譯《域外小説集》，五四時期，都投入新文化運動，但二人所走的道路，所具備的文學精神氣質卻如此的不同。思考相同教育帶給二人不同的生命體驗，無疑是極富意義的。即使是同一個作家，不同階段所接觸的教育不同，精神氣質也會發生極大的轉變。朱自清前後期散文發生的風格變化就是一個典型。抗戰前後朱自清散文風格發生較大的差異已成爲研究者的共識，細細分析其中的原因，不難發現，跟其所處的校園文化氛圍密切相關。抗戰前的朱自清深處清華校園，清華校園平靜安寧，象牙塔的生活讓朱自清感到「寧靜和稱心」〔註13〕。這個時候的他早已成爲文壇名人，從《睡吧，小小的人》給他帶來詩名，《匆匆》、《槳聲燈影裏的秦淮河》、《綠》、《背影》、《荷塘月色》等膾炙人口的作品都已經問世，並且贏得了極高的評價；同時也於 1932 年成爲清華大學中國文學系主任。在清華的優越地位讓朱自清與社會政治形勢保持一定的距離，在國學研究上開始發力。到了「七七事變」的時候，朱自清依然還在構思《文選序〈事出於沉思義歸乎翰藻〉說》，依然沉浸在個人構建的「安全避難所」裏。然而，抗戰爆發，清華大學內遷，給予了朱自清真正走向內地的機會，使他不但深入到內地，而且來到了南疆。這種抗戰幾千里跋涉的體驗帶來的現實教育對朱自清的影響是極爲深遠的。一路上讓朱自清感受到了底層民眾的艱辛，感受到了亡國及日本侵略的危機，也看到了民眾的力量，經過了抗戰這種「教育」，朱自清的視野逐漸從「小我」走向了「大我」，儘管到了西南聯大，依舊還是在寧靜的校園之中，但朱自清的寫作風格再也不是精雕細琢的縝密了，而是走向了明朗但又充滿了力量的一路。審視這些，我們才能從廣義或狹義的教育上來更深入的理解中國文學本身的特質。

〔註13〕陳孝全：《朱自清傳》，北京航空航天大學出版社，2008 年，頁 262。

三、民國教育介入現代文學研究的限度

從民國教育介入到現代文學研究爲我們展示了較爲寬廣的研究空間，然而，這並不意味著這一視角的闡釋力是無限的。在關注這一研究視角帶給我們新的想像的同時，其闡釋的邊界與限度依然所需要警惕。

1、從民國教育的維度來審視現代文學，要求研究者以史實分析爲主，切忌生搬硬套。民國文學機制主張回到歷史現場，通過研究者的歷史體驗與史實發生聯繫從而形成自身的感受。這裡摒棄了各種先入爲主的概念、定義，不再是從理論到理論，從定義到定義的推斷，而是建立在史實之上的感知，以避免過度闡釋的發生。民國教育是一個宏大的論題，當下關於教育的理論也層出不窮，如果不是建立在教育與文學的史實具體細節上，很容易就會陷入某種理論預設陷阱中去或導致研究的虛無性，這對研究本身並無裨益。

2、從民國教育的維度來審視現代文學，應當梳理教育與文學的關係。作爲研究現代文學的一種維度，這一視角要求研究應以文學爲主，梳理影響文學發生、發展的民國教育因素，勾畫文學與教育之間的關係。我們著力探討的是在現代文學的發生、發展過程中，民國教育起到了何種作用，而不是用教育來印證文學的發展甚至將文學變成了教育理論的某種注腳，如若不是這樣一種理路，就偏離了文學研究的航道。

第二節　《小說月報》研究中的民國教育視角

一、民國教育與《小說月報》研究

就當前的研究現狀而言，專門就民國教育與《小說月報》關係進行探討的論述並未出現，相關的表述多半零散於作家研究和《小說月報》讀者的論述中。

比如關於《小說月報》編輯和作者群的研究。現有的研究大多都指出前期《小說月報》的作者群多半接受舊式教育較多，而後期《小說月報》受五四新文化的影響較多。論述《小說月報》的第一任編輯時，研究者注意到了王蘊章「有著深厚的家學淵源」、「應試中副榜舉人」、「通英文，曾任學校英文教師」〔註14〕，王蘊章這種新舊雜家的教育背景，讓研究者與其編輯《小

〔註14〕邱培成：《描繪近代上海都市的一種方法——〈小說月報〉（1910～1920）與

說月報》的風格聯繫起來,「半新半舊,既有譯自外國的作品,特別是對現代話劇的重視,也有傳統的詩詞遊記序跋,而且譯品也稍落後於西方的時代。」〔註15〕對惲鐵樵的看法也與此相同。惲鐵樵「有著陽湖派的家學淵源,陽湖派的風格對他主編《小說月報》的影響較大。」〔註16〕這些研究都是將作者的教育作爲人物背景而呈現,並不是專門探討作家(編輯)的教育與其創作風格或編輯風格關係的。也有研究者關注到《小說月報》對作家的培養方式,比如明飛龍的《現代文學期刊「塑造」作家方式的發生——從〈小說月報〉「塑造」冰心說起》(《貴州社會科學》,2012 年第 9 期)就認爲,《小說月報》對「冰心」的塑造開創了五四以來作家、作品、讀者(批評家)、文學期刊緊密結合的傳統。而這樣一把雙刃劍的形成,爲其後現代文學場域中出現的國家權力或市場權力滲透導致的「傷害」提供了資以借鑒的反思路徑。這也是一種廣義上的民國教育對現代文學的影響。

比如對《小說月報》讀者群的研究,很多研究就指出《小說月報》讀者的受教育水準:早期《小說月報》的讀者是「如來教所謂林下諸公其一也;世 家子女通文理者其二也;男女學校青年其三也。商界農界讀者必非新小說籍,曰其然,恐今猶非其時。是故月報,文稍艱深,則閱者爲上三種人之少數;月報而稍淺議,則閱者爲三種人之多數」〔註17〕;而革新後的《小說月報》讀者,「隨著 1916 年新式學堂的興起,男女學生的數量激增,其在社會上得影響力也與日俱增,逐漸成爲期刊閱讀群的主流。」〔註18〕兩廂對照之下,教育與文學接受的關係便很明顯的呈現出來。也有研究者注意到了《小說月報》對讀者群體的培養,比如端傳妹的《論〈小說月報〉(1910～1931)對讀者群體的培養》(《文教資料》,2015 年第 2 期)就從雜誌讀者群體的構成、互動欄目的設置和讀者創作類欄目的分析,對《小說月報》對讀者群體的培養所起到的歷史作用進行了全面闡述。

以上論述民國教育與《小說月報》的研究,都還是處於一種零散狀態,

清末民初上海都市文化研究》,鳳凰出版集團 鳳凰出版社,2011 年,頁 49。
〔註15〕潘文正:《《小說月報》(1910～1931)與中國文學的現代進程》,人民出版社,2013 年,頁 18。
〔註16〕潘文正:《《小說月報》(1910～1931)與中國文學的現代進程》,人民出版社,2013 年,頁 21。
〔註17〕惲鐵樵:《答某君書》,《本社函件最錄》,《小說月報》7 卷 2 號。
〔註18〕董麗敏:《想像現代性——革新時期的〈小說月報〉研究》,廣西師範大學出版社,2006 年,頁 19。

並未形成系統性的研究，這並不說明從民國教育來研究《小說月報》是毫無意義的，正好相反的是顯示了這一視角所具有的研究深度與廣度，也正好顯示民國機制對於現代文學研究的必要性。

二、民國教育與《小說月報》的研究的可能性

從民國教育的角度來研究《小說月報》幾乎是研究上的一塊空白，如何有效的切入到這一領域是研究者勢必需要關注的，民國教育如何與《小說月報》發生關聯？以下層面可能是潛在的切入點：

1、研究《小說月報》作者群的教育背景與《小說月報》風格的關係。在每一任編輯那裏，《小說月報》的辦刊風格呈現出較爲穩定的風格，比如王蘊章時期的雅俗共賞，惲鐵樵時期的舊中有新，茅盾的革新，鄭振鐸對新文學自身的規範，葉聖陶的寬容等，這些風格的形成，跟《小說月報》上刊載的作品密不可分，而具體的作品，又是由作家一篇篇創作的結晶，作家的包括教育在內各種社會因素又深刻影響到作家的創作。在作家精神氣質的形成中，後天的教育佔據了重要地位。因此，研究作家所接受的教育與其創作之間的關係理爲研究者所關注。比如前期的《小說月報》慣常被視爲是舊文學的代表，理所當然地，在其上刊載小說的作者接受的也是舊式的教育。同樣是接受舊式教育，爲什麼作家寫作在某種共通的基礎上依然表現出了極強的差異性？教育是如何與其他社會因素扭結在一起影響到作家的文學創作的？在作家那裏，教育因素多大程度上影響到文學創作？而作爲集聚在《小說月報》周圍的作家群，他們帶有差異性的創作又是如何表現出共性的？這些思考，對於打開《小說月報》研究的視野，不失爲一條可行路徑。

2、研究作爲「教育」文本的《小說月報》。自梁啓超的「小說界革命」起，將小說作爲開啓民智的利器逐漸成爲啓蒙者的共識，影響之一，就是出於當時的社會現實，中國許多的現代文學期刊都抱有著「啓蒙」的目的。不用說茅盾革新《小說月報》帶有強烈的啓蒙意識，就是視爲「舊文學」代表的王蘊章主編時期的《小說月報》，在第一卷第一號的「編輯大意」也說到：「本報以迻譯名作，綴述舊聞，灌輸新理，增進常識爲宗旨」，「灌輸新理，增進常識」無疑也是帶有啓蒙、教育大眾的目的。作爲啓蒙、教育大眾的文本，爲什麼前後期的《小說月報》取得的效果不一？這不僅僅關係到啓蒙、教育的手段、內容等，更牽涉到前後期《小說月報》整個的思想文化等等，

需要建立在對《小說月報》透徹的關照下才能得出結論。

3、研究《小說月報》所反映出來的民國教育狀況。教育問題其實是中國近現代社會的重大問題，尤其是隨著科舉的廢除，新式教育應該如何進行？學什麼？教什麼？在社會思想激烈變動的年代，對教育的思考已經超出了教育的範疇，成爲社會政治、思想文化的晴雨錶。而作爲反映社會現實的文學，必然要在其作品中表現這一內容，關於教育的討論如此熱切，以至於專門出現了「教育小說」這一類別。《小說月報》上自然刊登了許多關於民國教育狀況的作品，這些作品反映的教育狀況形形色色，既有比如惲鐵樵的《七十五里路》(《小說月報》三卷八號)描寫同學間眞誠友誼的，也有如《檮杌鑒》(《小說月報》四卷二號)贊賞新式教育的，甚至如《美人劍新劇》(《小說月報》八卷二號)提倡教育救國的，更有對教育的批判，比如程瞻廬的《奢》(《小說月報》八卷九號)就批判了新學堂異常的奢靡：「某校崇尚華靡，殊難爲諱，吾前往參觀，才入校門，而麝蘭氣已刺鼻觀，入過香粉之肆……三日一遊園，五日一宴客，任意揮霍，無所顧忌」〔註19〕，興辦女學，本是令人贊賞之事，但追求奢靡，卻把說學生引向了歧途，小說就是對這種教育異化赤裸裸的刻畫與批判。通過對作品中關於民國教育問題的分析，既可以從一個側面瞭解民國教育的狀況，更重要的是中國現代文學作品中反映教育問題的作品偏少，發掘此類題材的作品，可填補現代文學的一些空白。

4、研究《小說月報》對作者的培養。圍繞著每一份文學刊物，通常都會形成一個作者群，這個作者群往往並不是無意的聚合，而是有意爲之，甚至是刻意培養的。梳理《小說月報》培育作家的這種機制，毫無疑問更能見出《小說月報》之於中國現代文學的貢獻。且不說惲鐵樵對魯迅《懷舊》小說的贊賞，茅盾革新《小說月報》之後，將「啓蒙」作爲辦刊的出發點，或許在茅盾那裏，「啓蒙」的對象不僅僅是讀者，還有作者，從《小說月報》的《改革宣言》就可以見出：

> 西洋文藝之興蓋與文學上之批評主義 (Criticism) 相輔而進，
> 批評主義在文藝上有極大之威權，能左右一時代之文藝思想。新進
> 文家初發表其創作，老批評家持批評主義以相繩，初無絲毫之容情，
> 一言之毀譽，輿論翕然從之；如是，故能相互激勵而不至於至善。
> 我國素無所謂批評主義，月旦既無不易之標準，故好惡多成於一人

〔註19〕程瞻廬：《奢》，《小說月報》八卷九號。

　　之私見：「必先有批評家，然後有真文學家」，此亦為同人堅信之一

　　端；同人不敏，將先介紹西洋之批評主義以為之導。〔註20〕

上述宣言中，顯然是有將批評視為創作之先的意思，用文學批評來指導文學
創作。茅盾主編的《小說月報》不僅在文學創作觀念上引導作者，還通過具
體行動切切實實地培養作家，比如對冰心的培養，在革新後的第一期的封面
上刊有：

本號要目：

聖書與中國文學　周作人

創作：

笑　冰心女士

命命鳥　許地山

荷瓣　瞿世英

譯叢：

瘋人日記　耿濟之

鄉愁　周作人

熊獵　孫伏園

農夫　王統照

新結婚的一對（劇本）　冬芬

譯太戈兒詩　鄭振鐸

腦威寫實主義前驅般生　沈雁冰

海外文壇消息　沈雁冰

十月一日發行

將登上文壇不久的冰心與周作人等人同列為主要作者出現在封面的醒目位置
上，很顯然出自於編者對冰心的認可。在之後的創作中，編者更是讓冰心的
作品保持著高頻率的上版率：從1921年《小說月報》第十二卷第一號發表她
的小說《笑》開始，到1930年的第二十一卷第一號的《三年》，冰心在《小
說月報》上共發表了20多篇小說、散文和雜談。同時，編者還不斷的通過各
種方法讓並冰心引起讀者關注。如在「最後一頁」中進行重點介紹。「最後一
頁」篇幅雖短，但在《小說月報》卻具有獨特的地位，被它選中介紹推出的

〔註20〕《小說月報》第十二卷第一號。

都是比較重要的創作，它的介紹在讀者中具有一定的權威性，對讀者的接受心理能夠產生一定的輿論導向作用。在冰心作品發表的前一期「最後一頁」上，往往將其冠以「重點篇目」或「值得注意」的文章向讀者預先告知，如十二卷三號、六號、十號「最後一頁」對《超人》、《愛的實現》、《最後的實現》都有預告。十四卷七號「最後一頁」說：

> 上月出版的文學作品，比較重要的只有冰心女士的小說集《超人》（文學研究會叢書）和她的詩集《春水》（北京大學新潮社）。
> 〔註21〕

這種突出性的介紹，編者的用意就很明顯的凸顯出來了。除了這種介紹，還出現了對冰心作品的討論徵稿：

本社第一次特別徵文

> 題目：
> （一）對於本刊創作《超人》（本刊第四號）、《命命鳥》（本刊第一號）、《低能兒》（本刊第二號）的批評（字數限二千至三千）
> 〔註22〕

這種頻頻的出現在讀者視野中，使得冰心的知名度遠遠超過了同期的其他作家，樹立了《小說月報》所認爲的新文學優秀作品，爲寫作者樹立了典範，爲讀者起到啓蒙的效果。《小說月報》正是通過各種培養新人的機制，使新文學優秀作家迅速成長，從而爲現代文壇貢獻了大批重量級作家，對現代文學作出了不可磨滅的貢獻。

　　5、研究《小說月報》對讀者的培養。茅盾在第十三卷第一號致梁繩禕的信中明確表達了他的啓蒙讀者立場：

> 我以爲最大的困難尚不在「新式白話文」看了不能懂，而在「新式白話文」內的意思看了不能懂。……民眾對於藝術鑒賞的能力太低弱……鑒賞能力是要靠教育的力量來提高，不能使藝術本身降低了去適應。〔註23〕

基於這種爲著啓蒙大眾的辦刊立場，我們發現在茅盾主編時期的《小說月報》的辦刊，基本上都是圍繞著「啓蒙」來進行的。基於啓蒙的立場，我們看到

〔註21〕《小說月報》第十四卷第七號。
〔註22〕《小說月報》第十二卷第三號。
〔註23〕《小說月報》第十三卷第一號。

《小說月報》譯介外國文學作品明顯的出現了偏好。在革新後的《小說月報》
上刊登的翻譯作品，主要譯自俄語、英語和法語創作，翻譯最多的原作者是：
托爾斯泰，25 種；太戈爾，19 種；屠格涅夫，19 種；莫泊桑 17 種；安德萊
耶夫，16 種；契訶夫，15 種；雨果，14 種；王爾德，13 種；易卜生，12 種，
莎士比亞，11 種。與創作社熱衷於浪漫主義作家不同，在文學研究會主編下
的《小說月報》更傾向於具有現實主義精神的作家，特別是俄國文學專號和
「被損害民族文學」專號，顯然更注重所譯介文學的社會文化啓蒙功效。〔註
24〕與這種文化啓蒙相關的是茅盾通過各種欄目的設置和更新來突出啓蒙者的
聲音。

　　在革新後的《小說月報》中，讀者隨時能聽到來自作者或編者的聲音。
這種聲音既有對創作的評價、對插畫的評價、跟讀者的書信往來交流，還有
通過各種特設的形式反映出來的編者對讀者的引導。茅盾革新後的《小說月
報》，在第一期裏就出現了對作家創作的評價，葉紹鈞《母》之後插入的點評：

　　　　葉聖陶兄這篇創作何等地動人，那是不用我來多說，讀者自能
　　看得出。我現在是要介紹聖陶兄的另一篇小說，名爲《伊和他》的
　　（登在《新潮》），請讀者參看。從這兩篇很可以看見聖陶兄的著作
　　都有他的個性存在著。

雁冰注〔註 25〕

這些點評，與其說是作家之間的相互欣賞，不如說是引導讀者進行的解讀。
對於介紹的外國作家，編者更是從最基本的作家生平介紹開始：

　　　　這一篇《鄰人之愛》是安德列夫一九一一年的作品；一九一一
　　年安得列夫發表劇本四篇，一是《海》；二是《標誌的薩賓女子》；
　　三是《容名》四就是這篇《鄰人之愛》了。〔註 26〕

作者無疑是將讀者視爲對安德列夫缺乏相當瞭解的基礎上，引導著讀者一步
步的去欣賞他的作品。《小說月報》培養讀者群的機制，向來被研究者一筆帶
過或是忽略，勾畫讀者與《小說月報》之間關係，我們發現讀者其實遠遠不
是被動的接受「啓蒙」，而是主動參與甚至是推動《小說月報》的發展。這種

〔註 24〕 李秀萍：《略論文學研究會對編輯體制規範化的影響》，載《商丘師範學院學
　　　　報》2009 年第 7 期。
〔註 25〕 《小說月報》第十二卷第一號。
〔註 26〕 《小說月報》第十二卷第一號。

發現顯示了我們還需對二者的關係進行重新審視。

以上大致是從民國教育來研究《小說月報》的一些可能性，儘管沒有全部羅列完，但亦顯示了從該角度來研究《小說月報》廣闊的空間和極富潛力的學術增長，而這，也正是民國文學機制對於現代文學的魅力所在。

第三節　民國教育與文學讀者的培養
——以商務印書館的小學教科書為例

《小說月報》前後期作者與讀者的轉變，與他們的知識結構的轉變有相當大的關係，這種大範圍內的知識結構產生的變動，又與教育的轉變息息相關，特別是不同教育體系下培養出來的不同讀者，對文學市場有著決定性的作用。「『文學教育』作為一種知識生產途徑，或直接或間接地影響了一時代的文學走向。教育理念變了，知識體系不能不變；知識體系變了，文學史圖景也不可能依然故我。學校裏的課堂講授，與社會上的文學潮流，並非互不相干：對文學史的敘述與建構，往往直接介入當下的文學創造。從一代人『文學常識』的改變，到一次『文學革命』的誕生，其間有許多值得大書特書的曲折與艱難」。〔註27〕要分析不同教育對讀者的培養，從教材入手無疑是一個有效的角度。在《小說月報》各類教科書廣告中，國文教科書的廣告佔了相當的比重，而這些教科書，無疑對學生的審美思維及閱讀口味產生著極大的影響。本節通過各個時期不同小學教科書的內容分析，看通過這些教科書給當時的讀者帶來了怎樣的閱讀口味。

傳統四書五經教育給讀者所帶來的消極影響，很早就有人意識到了。這種對傳統教育的反思，首先就從蒙學教育開始。1897 年，接受過傳統私塾教育又遊歷西方的梁啓超發表了《論幼學》，直批 「近世通行之書，若《三字經》《千字文》，事物不備，義理亦少」，所以要編寫一種「歌訣書」：「多為歌訣，易於上口也。多為俗語，易於索解也」。〔註28〕戊戌政變之後，隨著中國危機的加深，八股取士的缺陷越來越明顯，傳統教育的弊端愈加顯現，改革教育的呼聲越來越多。1901 年，一位名叫「黃海鋒郎」的作者在《論今日最

〔註27〕陳平原：《中國大學十講》，復旦大學出版社 2008 年 10 月版，頁 102。
〔註28〕湯志鈞等：《中國近代教育史資料彙編》，上海教育出版社，2007 年版，頁 90 ～91。

重要的兩種教育》中對傳統啓蒙學教材提出了批評:「現在所讀的《三字經》、《百家姓》、《千字文》,究竟何用?究竟能夠增進知識麼?……兒童終日呆讀,也不曉得書中所講的是甚麼東西,積久生厭,哪能夠提起他讀書的樂趣呢?」他還主張改變學校課程的內容:「今日兒童教育,第一要輸進普通智識。輸進普通智識,要改良學科。兒童教育的學科,大約六種:一修身;二歷史;三輿地;四博物;五國文;六算學。其餘還有習字詩歌圖畫體操,都是兒童教授的材料。」〔註29〕這大概代表了早期一位民間人士對廢除傳統蒙學讀物,改進兒童教育的呼聲。

　　1897 年,盛宣懷奏請並獲准在上海創辦南洋公學,南洋公學創辦當年,其校學生陳懋治、杜嗣程、沈慶鴻等人編寫了《蒙學課本》,這被認爲是「我國人自編教科書之始」,根據舒新城編的《近代中國教育史料》可知該教科書第一編第一課爲:

　　　　燕,雀,雞,鵝之屬曰禽。牛,羊,犬,豕之屬曰獸。禽善飛,
　　獸善走。禽有兩翼,故善飛。獸有四足,故善走。〔註30〕

其第二編第 1 課《四季及二分二至說》內容如下:

　　　　一歲十二月,平分四季,春夏秋冬是也。每季每三月,分爲孟
　　仲季,如正月爲孟春,二月爲仲春,三月爲季春。春季風和日暖,
　　鳥語花香,景物之佳,爲四時之冠。夏季日光直射地面,溽暑逼人,
　　以農夫爲最苦,然非此麥不能熟,稷稻亦不能發生。秋季多風雨,
　　草木黃落,氣象愁慘,遠遜春季,惟獲稻則在此時,即葡萄蘋果等
　　果,亦此時成熟。冬季冰雪凜冽,百蟲蟄藏,氣象尤爲愁慘,然植
　　物以秋季下種者,其萌芽正在此時;且寒氣之烈,可以殺害物之蟲,
　　而減空氣中流行之毒氣,則冬季之益也。春分、秋分、夏至、冬至
　　爲二分二至四節,以日照地面之時刻長短而分。春分恒在仲春之某
　　一日,此時晝夜各十二小時,過此則晝漸長。至仲夏之某一日,晝
　　十四小時三刻有奇,爲極長之日,即夏至也。過夏至則晝漸短,至
　　仲秋之某一日爲秋分,晝夜又各十二小時與春風同日,過秋分則晝
　　又漸短。至仲冬之某一日,晝僅九小時有奇,爲極短之日,即冬至

〔註29〕 張心科:《清末民國兒童文學教育發展史論》,北京師範大學出版社 2011 年 5
　　　　月版,頁 27～28。
〔註30〕 舒新城:《近代中國教育史料》(中),人民教育出版社 1979 年 5 月版,頁 250。

也。過冬至則晝漸長，至春風而晝夜均平矣。西國一歲，亦分四季，
唯彼則以春分至夏至爲春，夏至至秋分爲夏，秋分至冬至爲秋，冬
至至春分爲冬，此其異於中國也。〔註31〕

與傳統的《三字經》、《百家姓》、《千字文》相比：

《三字經》的開頭一段：

> 人之初　性本善　性相近　習相遠　苟不教　性乃遷　教之道　貴以
> 專　昔孟母　擇鄰處　子不學　斷機杼　竇燕山　有義方　教五子　名俱揚
> 養不教　父之過　教不嚴　師之惰　子不學　非所宜　幼不學　老何
> 爲……

《百家姓》的開頭：

> 趙　錢　孫　李　周　吳　鄭　王　馮　陳　褚　衛　蔣　沈　韓　楊　朱　秦
> 尤　許　何　呂　施　張　孔　曹　嚴　華　金　魏　陶　姜　戚　謝　鄒　喻　柏
> 水　竇　章　雲　蘇　潘　葛　奚　范　彭　郎　魯　韋　昌　馬　苗……

《千字文》開頭：

> 天地玄黃　宇宙洪荒　日月盈昃　辰宿列張　寒來暑往　秋收冬藏
> 閏餘成歲　律呂調陽　雲騰致雨　露結爲霜　金生麗水　玉出崑岡　劍號
> 巨闕　珠稱夜光　果珍李柰　菜重芥姜　海鹹河淡……

兩廂對照之下，傳統的蒙學讀物主要以識字爲主，認字簡繁雜處，並沒有體
現出一個漸進的過程，內容之間並無多少邏輯聯繫，內容中更多的隱含著當
時的倫理思想在裏面。而《蒙學課本》的兩篇課文一是寫家禽家畜，一是寫
四季及二分二至，隱含在傳統蒙學讀物中的那種封建倫理關係不見了，當時
各種啓蒙的思想在書中亦難以看到。內容都是日常生活中所見之物或是需要
掌握的日用常識，而不再是傳統空洞的姓氏等內容，從這裡看來，這本教科
書標誌著教材的內容已從古人的生活轉向今人的生活，從空洞轉向了實用。

　　教育改革的步伐在清朝末年最後的十年開始加速，禁八股（1901 年）、興
學堂（1901 年）、建學制（1902～1904 年）和停科舉（1905 年）等一系列重
大改革措施不斷跟進。隨著新學制的建立和相應教科書的編訂，現代「語文」
學科逐漸從舊時的蒙學狀態中獨立出來。1902 年、1904 年，《欽定學堂章程》
和《奏定學堂章程》相繼頒佈，以國家法律的形式規定了各級學堂的課程目
的、學科門類、學業年限、課程內容以及實施方法等，在《奏定學堂章程》

〔註31〕舒新城：《近代中國教育史料》（中），人民教育出版社 1979 年 5 月版，頁 251。

裏面，明確了開設文學課程的目的、內容：

外國中小學堂皆有唱歌音樂一門功課，本固人絃歌學道之意；
惟中國雅樂久微，勢難仿照。然考王文成《訓蒙教約》，以歌詩爲涵
養之方，學中每日輪班歌詩；呂新吾《社學要略》，每日遇童子倦怠
之時歌詩一章，擇淺近能感發者令歌之；今師其義，以讀有益風化
之古詩歌，列入功課。

初等小學堂讀古詩歌，須擇古歌謠及古人五言絕句之理正詞婉
能感發人者；惟只可讀三四五言，句法萬不可長，每首字數尤不可
多。遇閒暇放學時，即令其吟誦以養其性情，舒其肺氣，但萬不可
讀律詩。

高等小學堂中學堂讀古詩歌，五七言均可。高等小學仍宜短
篇，中學篇幅長短不拘，宜須擇詞旨雅正而音節諧和者，其有益於
學生與小學同，但萬不可讀律詩。學堂內萬不宜作詩，以免多占時
刻，誦讀既多，必然能作，過之不可，不待教也。

小學中學所讀之詩歌，可相學生之年齒，選取通行之《古詩源》
《古諺謠》兩書，並郭茂倩《樂府詩集》中之雅正鏗鏘者（其輕佻
不莊者勿讀），及李白、孟郊、白居易、張籍、楊維楨、李東陽、尤
侗諸人之樂府，暨其他名家集中之樂府有益風化者讀之。又如唐宋
人之絕句詞義兼美者，皆諧律可歌，亦可受讀，皆合於古人詩言志
律和聲之旨，即可通於外國學堂歌唱作樂、和性忘勞之用。〔註32〕

小學教育的目的是爲了「養其性情」、「舒其肺氣」和「和性忘勞」，這裡，小
學語文教育不再是爲了政治教化服務，而主要是爲了培養兒童的審美情趣。
一般將這兩份課程檔的頒佈視爲是近現代語文學科從綜合科目狀態中獨立成
科的標誌，語文學科的出現，本身也就意味著對傳統教育中的綜合知識進行
了分類，也開始了獨立的中小學文學教育，這對系統培養兒童的審美能力來
說是至關重要的。

而1904年2月商務印書館就已經編成並準備出版了《最新初等小學國文
教科書》，在「編輯緣起」中編者談到了對「內容」的選擇：

〔註32〕課程教材研究所編《20世紀中國中小學課程標準》（語文卷），人民教育出版
社，2001年5月版，頁8。

自初等小學堂到高等小學堂，計九年，爲書十八冊。（以供七八歲至十五六歲之用），凡關於立身（如私德、公德，及飲食衣服、言語動作、衛生體操等）、居家（如孝親、敬長、慈幼及灑掃應對等）、處世（如交友、待人接物及愛國等）以至事物淺近之理由（如天文、地理、地文、動物、植物、礦物、生理、化學及歷史、政法、武備等）與治生不可缺者（如農業、工業、商業及書信、賬簿、契約、錢幣等）皆萃於此書。〔註33〕

從上述的「編輯緣起」即可看出，這套教科書涉及內容極廣，與之前的各種蒙學讀物相比，更貼近現代人的生活，做到了「雜採各種材料」，但「以有興味之文字記述之」。我們選取第 2 冊的篇目及其體裁來進行對比分析：〔註34〕

第 1～15 課		第 16～30 課		第 31～45 課		第 46～50 課	
課題	體裁	課題	體裁	課題	體裁	課題	體裁
學堂	記敘文	牛	說明文	菊花	說明文	歸家遇雨	記敘文
筆	說明文	口	說明文	米	說明文	職業	說明文
荷	說明文	貓鬥	記敘文	日時	說明文	父母之恩	議論文
孔融	故事	體操歌	兒歌	洗衣	記敘文	雪	寫景文
孝子	故事	公園	寫景文	錢	說明文	方位	記敘文
曉日	寫景文	楊布	故事	鴨與鴉	寓言	姊妹	記敘文
衣服	說明文	蟻	說明文	文彥博	故事	衛生	記敘文
蜻蜓	寫景文	勿貪多	記敘文	梟	說明文	年月	記敘文
採菱歌	兒歌	訓犬	記敘文	兵隊之戲	記敘文	冬季	說明文
燈花	記敘文	猴戲	記敘文	犬銜肉	寓言	烹飪	說明文
讀書	記敘文	中秋	記敘文	守株待兔	寓言	松竹海	說明文
司馬溫公	故事	雞	說明文	居室	說明文	冰	說明文
諞語	記敘文	器具	說明文	火	記敘文	不倒翁	故事
食瓜	記敘文	潔淨	記敘文	朋友相助	記敘文	考試	記敘文
遊戲	記敘文	蟋蟀	記敘文	獅	說明文	放假歌	兒歌

從上表看來，課文的體裁多爲記敘、議論、說明和應用文等文體，內容

〔註33〕《最新初等小說國文教科書》，商務印書館 1904 年 2 月版，「編輯緣起」。
〔註34〕本表的編製參見張心科：《清末民國兒童文學教育發展史論》，北京師範大學出版社 2011 年 5 月版，頁 44。

依然以實用知識爲主，描寫的多爲日常生活中的所見所聞。在每一個時期，語文教科書都要求迅速反映時代特徵，社會的變遷也要求語文教科書引進新鮮內容。《最新國文教科書》在一定程度上摒棄了封建的綱常禮教，從居家、處世、治事等方面取材，注重農業、工業、商業等實用知識及尺牘、賬冊、契約等日常應用知識〔註35〕，之前的傳統蒙學讀物、《蒙學課本》相比，顯然更貼近生活。

　　陳榮袞曾主張，仿傚國外教科書應「只仿其大綱而已，至於物理制度，則又當變通爲之」。〔註36〕但是，南洋公學的《蒙學課本》不但在形式上直接照搬了西方教科書，而且內容也多直接譯自西方教科書，在其課文中就出現了許多西方現代器物，如「時鐘」、「留聲器」等，課文雖不取古代的事、物，但其內容遠離了中國人的現實生活，所以編者在《最新初等小學國文教科書》的「編輯大意」中特別標明「本編不採古事及外國事」。後來曾有人說：「從前有一種叫《蒙學課本》的國文讀本，內容完全是各種科學常識，讀起來。兒童不易感到興味」。〔註37〕與《蒙學課本》相比，《最新初等小學國文教科書》的文學色彩大爲加強。比如作爲識字之用的第 1 冊有：庭外海棠，窗前牡丹，先後開花；雨初晴，池水清。遊魚逐水，時上時下；荷花初開，乘小舟入湖中，晚風吹來，四面清香等等。到了第二冊，這類文學色彩越來越濃厚的課文多了起來，如《採菱歌》：

　　　　青菱小，紅菱老，不問紅與青，直覺菱兒好。好哥哥，去採菱，

　菱塘淺，坐小盆。哥哥採盈盆，弟弟妹妹共歡欣。〔註38〕

這首兒歌描寫的是江南水鄉兒童採菱的歡樂場景，雜用歌詞體例，便於兒童唱和，富有生活情致，不但跟傳統的蒙學讀物產生了斷裂，就是與之前的《蒙學課本》相比，沒有了生硬的科學知識灌輸，更能貼近現實生活，易於接受，並無傳統蒙學中常有的「勸誡之意」。

　　商務印書館的這套《最新初等小學國文教科書》確立了 20 世紀 20 年代白話文教科書出現之前國文教科書的基本體例，蔣維喬認爲，「教科書之形式

〔註35〕李良品：《論中國語文教科書的近代化》，載《學術論壇》2005 第 3 期。

〔註36〕陳子褒：《論訓蒙宜用淺白讀本》，收《教育遺訓》，臺北文海出版社，1973 年版，頁 39。

〔註37〕朱鼎暘、俞子夷：《新小學教材研究》，兒童書局，1935 年版，頁 136。

〔註38〕《最新初等小學國文教科書》，商務印書館 1904 年 2 月版，頁 35。

內容，漸臻完善者，當推商務印書館之《最新教科書》」，〔註39〕所以，「此書第一冊出版，不及兩周，銷出五千餘冊，可知當時之需要矣」。〔註40〕吳研因、翁之達稱：「在初興學堂以後，白話教科書未出世以前，此書固盛行十餘年，行銷至數百萬冊。此書出版之後，其他書局之兒童讀本，即漸漸不復流行，如南洋之《蒙學課本》、文明書局發行之竢實學堂《蒙學讀本》，漸漸淘汰」，〔註41〕可見《最新初等小學國文教科書》在當時的影響之巨。

不難看出，晚清的教科書的內容與傳統蒙學發生了某種斷裂，這種斷裂可以看出沿著兩個維度進行，一方面是少了傳統的道德勸誡，更多了對生活情趣、審美初步感受的教育；一方面是少了傳統空洞的知識論說，更多的是對實用知識的介紹。這種從小學起步就建立起來的教育體系，與傳統的蒙學教育相比，無疑是一種全新的思維模式，更易爲學生接受，也更接近於現代文學。更重要的是，在這種教科書中薰陶出來的讀者，一方面少了陷入傳統倫理的窠臼，不再爲倫理教條所束縛，另一方面將讀者的視線引向現實，有了更多的現實關照，思維有了更多發展的可能性。

1912 年，清廷被推翻，民國建立，隨著政體的更替，新的教育思想隨之改變，南京臨時政府剛一成立，即通令各地各學校所用的教科書，內容應該符合民主共和的宗旨，前面清朝所頒行的各類教科書，一律停止使用，但在實際上，由於新的教科書尚未來得及編印，各地仍多用舊式教科書。直到 1912 年 9 月，《審定教科用圖書規程》開始實行，允許中小學和師範學校所使用的教科書，可以民間自行編印，但必須申請教育部的審定。在這種寬鬆的環境中，各大書館、出版企業紛紛編印教科書，商務印書館、中華書局、中國圖書公司、神州圖書局、會文堂書局等都紛紛編寫起了新的教科書。這時候的教科書編寫，都沿著「民主共和」的大方針進行，具有強烈的時代特色。

在《最新初等小學國文教科書》的基礎上，商務印書館根據共和國新的時代要求重新編著了《共和國教科書新國文》（小學用書），這套教材最顯著的特點就是緊貼時代，加入了大量反映民主、共和、自由、平等的新思想，將之前教科書中含有的歌頌清廷和封建時代的忠君觀念給予一一刪除。商務

〔註39〕王麗平：《商務版近代中小學語文教科書探究（1904 年～1937 年）》，河北師範大學 2009 年碩士論文。

〔註40〕蔣維喬：《編輯小學教科書之回憶》，《商務印書館出版周刊》1935 年版，頁 10～11。

〔註41〕商務印書館：《最近三十五年之中國教育》（上），商務印書館 1931 年版，頁 2。

印書館旗下的《教育雜誌》曾經刊登過《編輯共和國小學教科書的緣起》的說明，「注意於實際上之改革，非僅僅更張面目，以求適合於政體而已……注重國體、政體及一切政治常識，以普及參政之能力。」〔註42〕從這種編輯方針出發，《共和國教科書新國文》在課文中大量引入西方的自由民主思想，政治內容大幅增加，既有自由、民主、專制、共和、博愛、平等等屬於現代觀念性的東西，也有政府、政黨、國會、議院、議員、競選、選舉、否決等屬於政治範疇的概念，還有一些屬於現代社會應具備的屬於基本常識的東西：國債、合同、銀行、金融等，這些新名詞、新觀念充斥在教材之中，讓人目不暇接，既反映了那個時代觀念的急遽變化，也讓人感受到了那是一個充滿活力，是一個革新除舊的時代。比如：

第十三課　愛國

國以民立，民以國存。無民則國何由成？無國則民何所庇？故國民必國。

舟行大海中，卒遇風濤，則舉舟之人，不問種族，不問職業，其相救也，如左右手，何者？舟爲眾人所託命，死生共之也。

國者，載民之舟也。國之屬害，即民之休戚。若人人各顧其私，不以國事爲重。或且從而破壞之，其國鮮有能幸存者。西諺曰：「叛祖國者，猶舟人自穴其舟也」，可不戒哉？〔註43〕

第十五課　選舉權

國家有國會，地方有議會。其議員皆由人民選舉。

有普通選舉有制限選舉。普通選舉之制，全國人民俱有選舉權；制限選舉之制，則以地望資力之殊，選舉權從而異之。

有直接選舉有間接選舉。由普通人民逕選議員，曰直接選舉；由普通人民先舉選舉人，由選舉人更舉議員，曰間接選舉。

人貴自主，故財產我自理。職業我自擇。選舉權亦然。欲舉何人，惟意所欲，不受人干涉者也。〔註44〕

〔註42〕《教育雜誌》第四卷第一期。

〔註43〕《共和國教科書新國文》第八冊，收鄧康延：《老課本　新閱讀》，〔香港〕天地圖書，2012年第2版，頁104。

〔註44〕《共和國教科書新國文》第八冊，收鄧康延：《老課本　新閱讀》，〔香港〕天地圖書，2012年第2版，頁105。

第二十八課　通商

一地之物產，不能無贏絀，彼此交易，以有餘補不足，兩利之術也。

我國地在東亞，昔時以爲四鄰小邦，文化皆不及我。故守閉關之策，而謂外人爲夷狄。自外交失敗，始訂通商條約，出入口稅，則既爲彼所限制，各國領事又庇護其商民及其雇傭之華人。論者遂以權利喪失，謂爲通商之害。雖然外人所不服我法律者，亦藉口政俗之不同耳。我苟改良政治，增進民德，護以海陸軍實力。安見通商之危害乎？〔註45〕

第四十五課　法律

凡眾人集合之團體，必預定規則，以爲行事之範，乃可保秩序而增利益。

故學校有學校之規則，商肆有商肆之規則。至於國家，其人益眾，則關係益大，其規則自必益詳。所謂國家之規則，法律是也。

太古人民，未成社會，爭奪賊殺，所恃者，強權而已。後世社會成立，漸演進而爲國家，於是法律亦漸備。

共和國之法律，由國會制定之。國會議員，爲人民之代表。故國會之所定，無異人民之自定。吾人民對於自定之法律，必不可不護守之也。〔註46〕

第十七課　自由

所謂自由者，即天賦之人權是耳。凡人之身體，財產，名譽，信教，言論，著作，出版，集會，結社，營業，家宅，書信等，苟非依法律，皆不得干涉其自由。此人民固有之權利也。

雖然自由者，以不侵犯他人自由爲原則，若任情放恣，藉口自由，非特有損道德，抑亦違背法律。人苟以自由爲貴，宜知自處之道矣。〔註47〕

〔註45〕《共和國教科書新國文》第八冊，收鄧康延：《老課本　新閱讀》，〔香港〕天地圖書，2012 年第 2 版，頁 111。

〔註46〕《共和國教科書新國文》第八冊，收鄧康延：《老課本　新閱讀》，〔香港〕天地圖書，2012 年第 2 版，頁 111。

〔註47〕《共和國教科書新修身》第八冊，收鄧康延：《老課本　新閱讀》，〔香港〕天地圖書，2012 年第 2 版，頁 147。

上述五課內容，涉及到愛國、選舉、通商、法律、自由等各方面，這些內容都是當時中國人甚至是當下中國人所追求的目標，正是當時社會風氣的體現。如果仔細考察的話，我們不難發現民主共和的知識主要集中在小學高年級的課程裏。民國初年進入學校學習的小學生，出生大多 19 世紀的最後十年或者 20 世紀最初的十年間，在清政府還沒有被推翻前，這批學生大多還接受過傳統的私塾教育，有過一段時期傳統的文化教育，進入高小的時候，已經具備了一定的運用語言文字和進行新的文化學習的能力。正值十幾歲的他們，世界觀和思想意識正處於初步形成過程中，這時候他們接受民主共和的思想，一方面是易於接受，一方面形成之後又可能根深蒂固。又加之他們對傳統文化有一定的瞭解，更加深了他們對於民主自由的對比感受。在 20 世紀前半期的中國歷史舞臺上，這群人無疑扮演著社會中堅力量的角色，他們中間的許多人，就是此時接受這些共和國教科書的侵染下成長起來的。這些思想觀念的灌入，使他們與他們的上一輩的知識結構、思想觀念產生了明顯的更新。如果說他們的上一輩代表的是已經遠去了的清朝背影，而這批人代表的無疑就是新生共和國的未來。教育在構建民主共和中的作用，在當時已被廣為人知，比如當時《小說月報》上的廣告：

今日維護共和　當注重共和教育　採用共和國教科書

全國教育界諸君公鑒　民國建設六年，帝制發生兩次，共和不能鞏固，由於眞理未明焉，根本計全賴教育家握其樞機，立其基礎，敝館於民國成立之初，特編適合共和宗旨之教科書，分國民學校、高等小學校、中學校、師範學校四種學生用書及教師用書均全。一律呈經民國教育部審定公佈，並將書名特定共和國教科書及民國新教科書等，名實相符，庶幾耳濡目染，收效無形，今日教育家欲同心協力，蓋此維護共和之責，則採用此種教科書最爲相宜。各書目錄均詳載圖書彙報謹布區區惟希公鑒。

商務印書館謹啓〔註48〕

這則廣告在宣傳教科書的同時，將民主共和與教育緊密聯繫在一起，在教材擁有大量讀者的基礎上，民主共和通過教材宣傳，其廣泛程度可想而知。中國現代文學發端之初的許多作者，就是在這種教科書的薰陶下成長起來的。

〔註48〕《小說月報》第八卷第九號。

這些作家後來走出具有反叛傳統的現代文學道路,包括商務印書館發行在內的一些列教材其作用不可低估。

在北洋軍閥政府統治時期,1915 年頒佈的《特定教育綱要》中公開提出:「各學校均應崇奉古聖賢以爲法師;宜尊孔以端其基,尚孟以致其用。」〔註49〕之後雖然刪去「讀經」一項,但國文教學內容以傳統內容爲主沒有發生變化。在這種歷史空氣中,1915 年商務印書館出版的《實用國文教科書》以及中華書局出版發行的《新制單級國文教科書》等教科書的編寫,「民主」、「共和」等新思想在教科書中隱匿不見,這些教科書都受制於當時的政治時代背景,被打上了特殊的時代烙印。

1917 年,以胡適的《文學改良芻議》和陳獨秀的《文學革命論》的發表爲發端,一場具有徹底性的文學革命開始。出於啓蒙國民的現實需要和吸取清末文學革命的經驗,文學革命的倡導者們意識到文學革命與白話文運動二者相互促進的關係,胡適在 1918 年發表的《建設的文學革命論》一文中認爲,「我們所提倡的文學革命,只是要替中國創造一種國語的文學。有了國語的文學,方才可有文學的國語。有了文學的國語, 我們的國語才可算眞正的國語。」〔註50〕而無論要實現這種「文學的國語」還是「國語的文學」,教育都是其中重中之重,因此,1919 年劉半農、周作人、胡適等人在國語統一籌備會第一次大會提出了《國語統一進行方案》,其中提到:

> 統一國語既然要從小學校入手,就應當把小學校所用的各種課本看作傳佈國語的大本營;其中國文一項, 尤爲重要。如今打算把「國文讀本」改作「國語讀本」,國民學校全用國語,不雜文言;高等小學酌加文言,仍以國語爲主體,「國語科」以外,別種科目的課文,也該一致用國語編輯。〔註51〕

大會通過了這份提案,並於 1920 年 1 月得到教育部的批准。同時,教育部訓令全國國民學校(初等小學)「一二年級先改國文爲語體文」,已審定的小學一、二年級文言教科書作廢,三、四年級的逐年廢止。教育部在修正的《國民學校令》、《國民學校令實施細則》中將「國文」都改成了「國語」。所以,

---

〔註49〕胡虹麗:《堅守與創新:百年中小學文言詩文教學研究》,湖南師範大學 2010 年博士論文。

〔註50〕1918 年 4 月《新青年》。

〔註51〕張心科、鄭國民:《20 世紀二三十年代兒童文學教育興起的原因探析》,載《河北師範大學學報(教育科學版)》2010 年第 3 期。

黎錦熙認爲正其科目名稱爲「國語」，就在民九（1920 年）完全定局了。﹝註
52﹞改文言爲白話文，在中國文化發展史上揭開了新的一頁，其中影響最大的，
恐怕要數教科書的編寫了。

　　在白話文成爲教科書用語的空氣中，商務印書館 1923 年出版的《新學制
國語教科書》（初級小學用），1924 年出版的新學制國語教科書》（高級小學
用），跟以往的教科書相比，這兩套教科書又呈現出不同的風貌來：

課數	初小國語第 3 冊		高小國語第 3 冊	
	篇名	體裁	篇名	體裁
1	愛群的喇叭	故事	遊恒山記	遊記
2	喇叭歌	兒歌	希望	詩歌
3	老虎捉蝦	物話	墨子止楚攻宋（一）	傳記
4	小蟹生氣	故事詩	墨子止楚攻宋（二）	傳記
5	老蚌和水鳥	故事詩	魯仲連（一）	傳記
6	青蛙的肚皮破了	寓言	魯仲連（二）	傳記
7	兔兒躲在山沿裏	物語	義憐	傳記
8	不做工的沒得吃	物語	八力士和獅子角力（一）	小說
9	果園裏的大紅樓	兒歌	八力士和獅子角力（二）	小說
10	人到底聰明	物話	鳥	詩歌
11	金蛋	寓言	諸葛亮	傳記
12	聰明的小麻雀	故事詩	草船借箭（一）	小說
13	換	故事	草船借箭（二）	小說
14	記好	故事	四時田家樂	詩歌
15	時辰鐘	會話	淝水之戰（一）	小說
16	十六耳朵沒有睡	笑語	淝水之戰（二）	小說
17	戴眼鏡	笑語	空城計（一）（文言）	小說
18	跛子和瞎子	寓言	空城計（二）（文言）	小說
19	月亮白光光	兒歌	別弟（一）	戲劇
20	風是那裏來的	笑話	別弟（二）	戲劇
21	風呀（一）	新詩	別弟（三）	戲劇

﹝註 52﹞ 張心科、鄭國民：《20 世紀二三十年代兒童文學教育興起的原因探析》，載《河
　　　 北師範大學學報（教育科學版）》2010 年第 3 期。

22	風呀（二）	新詩	大明湖（一）	小說
23	雨是那裏來的	笑話	大明湖（二）	小說
24	雨	對唱歌	晚霞	詩歌
25	烏鴉洗澡	寓言	遊吳淞望江海記	遊記
26	打破水缸	傳記	鐵達尼郵船遇險	小說
27	司馬光剝胡桃	傳記	最得意的人（一）	小說
28	替姐姐吃藥	笑話	最得意的人（二）	小說
29	肚子痛	會話	陶潛	傳記
30	母雞孵蛋	寓言	陶淵明雜詩	詩歌
31	蛋和石子	寓言	急流拯溺（一）	小說
32	分成兩段	寓言	急流拯溺（二）	小說
33	黑羊和白羊	物話	急流拯溺（三）	小說
34	草兒	兒歌	古山歌六首	山歌
35	獨角牛	童話	姚崇滅蝗（一）	傳記
36	蛇吞象	寓言	姚崇滅蝗（二）	傳記
37	狼跳下井去	寓言	救沉船將身補漏洞	小說
38	四種動物	謎語	天象四詠	詩歌
39	老鼠變老鼠	寓言	李愬雪夜下蔡州（一）	傳記
40	老鼠的尾巴（一）	童話	李愬雪夜下蔡州（二）	傳記
41	老鼠的尾巴（二）	童話	塞翁之得失（文言）	寓言
42	拉大蘿蔔	童話	保太監下西洋	傳記
43	小松樹	物話	黃石公園	遊記
44	昨天去	兒歌	自由的責任	散文詩
45	葡萄和籬笆	寓言	陳際泰的好學	傳記
46	不認識	會話	蘇秦求官（一）	戲劇
47	妙妙妙	兒歌	蘇秦求官（二）	戲劇
48	為了一塊肉	物話	蘇秦求官（三）	戲劇
49	樹林裏一壺酒	兒歌	蔡鍔護國（一）	傳記
50	小孩和麻雀	對唱歌	蔡鍔護國（二）	傳記

從上表所列的課文題目就可以看出，這些課文中白話文佔了大部分，往高年級以上，文言的成分增多。從文言文改為白話文，轉變的不僅僅是語言形式的變化，更影響到用者思維方式的變化，作為一種運用了幾千年已進入

僵化階段的文言文，在表達現代觀念、現代思想和現代新生事物方面，其局限是相當明顯的，相比較之下，文言更不利於發散性思維的培養，而白話由於其簡潔易懂的特點，在加快人們信息交流的同時，也培養起了人們新的思維方式；而從體裁來看，這些課文幾乎沒有一篇是實用文章，初小的課文內容不再是突出知識、暗含成人勸諭了，而是充滿著兒童的情趣，培養他們自然的審美能力量。比如初小國語教科書的第 6 課：

> 雨停了，天還沒有晴。許多青蛙，都跳出來遊戲。大家在池邊亂叫。一隻小青蛙，要勝過別的青蛙，挺起肚皮，越叫越響，不想用力太過，把肚皮挺破了。

其語言生動活潑、情節簡單但饒有趣味，跟現代的白話文已經沒有什麼區別了。

高小國語的課文則還文白兼有。1923 年，張東蓀致信李石岑稱：文言難以也不可能完全被白話所取代，「至於白話詩，完全在嘗試時代，是一個未確定的東西。若目的在教學生以韻文，陶冶情緒，則宜先選讀舊詩……新詩尚未成熟，不宜取作教本」。特別值得一提的是，被認為「不宜取作教本」的新詩卻被編者大膽地收入教科書作為課文，如陳衡哲的《鳥》和胡適的《希望》。不過可能編者覺得新詩還不成熟，所以在將其選入教科書時對其作了改編，比如胡適的《希望》：

> 我從山中來／帶著蘭花草／種在小園中／希望開花好／一日望三回／望到花時過／急壞看花人／苞也無一個／眼見秋天到／移花供在家／明年春風回／祝汝滿盆花

改編後的課文《希望》：

> 我從山中來，帶得山中草；其名曰蕙蘭，葉葉常倒垂。移蘭入小園，掬土栽培好。日夕往視之，希望花開早。一日望三回，望望花時過：桃李綠成陰，南風忽時播；蘭草獨依然，苞也無一個。徒令看花人，汲汲如飢餓。眼見秋風到，移蘭入暖房。朝朝仍顧惜，夜夜不相忘。但願春風發，能將素願償。滿盆花簇簇，添得許多香。

改編之後，儘管夾雜了個別文言詞語，但並不影響其為白話詩的特色，反而增添了典雅的韻味。

白話新詩進入教科書，標誌著國文教育進入了一個全新的階段。受教育者無論是從思維的培養，還是閱讀的口味，都與傳統產生了巨大的變化。由

於教科書其受眾廣的特殊性，教科書對塑造學生的重要性不言而喻。據有關資料載，1902 年全國小學生僅 6493 人，到 1912 年全國小學生已 2795475 人，1931 年達 11683826 人，占入學兒童的 36.53%。〔註53〕可以想像，這麼龐大的學生接受了新式教育之後，其思維方式、世界觀、審美情趣隨著他們逐漸成長走向社會舞臺足可以改變一個社會的風氣，舊式的思維習慣、世界觀和審美情趣逐漸的淡化了。白話文運動的結果，促進了教育的普及；而教育的普及，又推動了近代語文教科書變革的進程；近代語體文教科書的出版與發行，又積極推動了義務教育的發展。其直接效用正如吳研因所言：「小學教科書改用白話的結果，小學兒童讀書的能力，確實增進了許多，低年級六七歲的小孩也居然會自動地看起各種補充讀物來，高小畢業生雖然沒有讀過文言，可是用淺近文字寫作的書報，他們也粗枝大葉能夠閱讀了。」〔註54〕這種轉變，可以從他們當時的習作中看出來：

專制政治將見絕於二十世紀中說

潘煥奎（興化縣立第一高等小學校三年級生）

今何時乎？非二十世紀開幕之時乎？一開幕而已有數共和國現，則此幕中所演出之共和國，殆不可思議，意將使世界所有之國盡趨於共和，以臻於大同之盛軌。吾雖不敢謂其必然，夫固有不得不然之勢矣。閒嘗就其已然之跡以測將來，大同雖未可預期，專制政治必將見絕於二十世紀中已無可疑。不見我中國乎？在二十世紀之十一年前固專制國也，今則改為共和矣。不見俄羅斯乎？在二十世紀十六年前，亦專制國也，今則變為共和矣。是何也？天賦人權之說興，人皆知有所謂平等，有所謂自由。在上者雖欲遏抑之、壅塞之，勢必有不能。譬如防川，川壅而潰，傷人必多。遠而徵諸法蘭西之革命，美利堅之獨立，及意大利與墨西哥等國，故無不然。近而徵諸我中國及俄羅斯亦猶是耳。且夫我中國為亞洲最大之國，自秦始皇專制迄清末已兩千餘年。俄羅斯為歐洲最大之國，自大彼得專制迄往歲亦數百十年，積威不可謂不厚，壓力不可謂不強，一旦人民反抗，如拉朽摧枯，會不中朝而飄零殆盡矣。專制政治不見容於此十餘年中也如是，況此後八十餘年之間哉？猶可驚者，德意

〔註53〕李良品：《論中國語文教科書的近代化》，《學術論壇》2005 年第 3 期。
〔註54〕李良品：《論中國語文教科書的近代化》，《學術論壇》2005 年第 3 期。

志本位歐洲強國，其陸軍之強冠於全球，其政體非君主專制，乃君主立憲耳。今與協約國戰敗，國人亦起而逐其君，以組織民主政治，甚矣哉，民權之發達可畏也。

〔原評〕洞達時事，故能暢所欲言。〔註55〕

蟻掠螳螂

李芳春（遼陽縣高等第十二級學生）

庭前有梧桐一株，雨初霽，樹下殞蟬一，覓食之蟻，共攜之返。中途遇螳螂，羨此美食，恃己之勇，遽前相奪。而爭端啓矣。時螳螂沾沾自喜，意謂功可立成，不知蟻之特性，奮不顧身，不勝不已。惟時蟻少力弱，螳螂一興則蟻之僕者，如璣珠之落。再興，則蟻之殞者不可數計。然蟻雖遭此殘暴，並無敗態，更有一蟻急馳返穴召集救兵。益蟻數次弗濟，最後乃起傾穴之眾，出如潮湧，奔往戰地。時前所益者，已殺害幾盡。群蟻復擁而上，或噬其胸或刺其目，或撕其肢或登其背，但見地表皆蟻，而弗能辯螳螂之所在矣。少頃視之則螳螂奄奄一息，若胸若目若肢若背無一完者，遂與蟬並爲蟻之物入穴，而爭事乃終。嗟乎，以蟻之弱而卒能敗螳螂之強者，蟻能用其眾也，蟻能用其眾則螳螂無所施其勇，誠哉眾怒難犯也。然則世之擲眾而不用者，聞蟻之勝能無慚乎。

〔原評〕敘述有情有景有聲有勢，寫生之妙筆也，論也精警。〔註56〕

上述兩篇習作，一篇是論專制，一篇是敘動物場景，無論是議論當時政治，還是描寫場景，顯然都與傳統拉開了距離。在傳統的教育薰陶下，是不可能發出對專制的非議的；同樣在傳統教育的培養下，傳統的習俗已不能激起人們對習以爲常的生活場景的新奇刺激了。兩篇習作都表明，新式教育在培養讀者思維、世界觀與閱讀口味上產生著顯著的作用。隨著這種接受新式教育的讀者日益增多，自然整體社會的閱讀風氣發生了轉變，對讀物的選擇自然產生了變化，《小說月報》前後期銷量的不同正是這種選擇的明證。

〔註55〕　《共和國教科書新修身》第八冊，收鄧康延：《老課本　新閱讀》，〔香港〕天地圖書，2012年第2版，頁239。

〔註56〕　《共和國教科書新修身》第八冊，收鄧康延：《老課本　新閱讀》，〔香港〕天地圖書，2012年第2版，頁245。

結語　未完成的搭建與作爲
研究方法的「民國」

　　本書將「民國文學機制」與對《小說月報》的論述結合起來，對研究者而言，「民國文學機制」是一個內涵極爲豐富的概念，而《小說月報》跨越二十餘年的時光，在中國現代文學史上佔有特殊地位，也是有蘊含著較爲深厚學術價值的研究對象，將二者結合起來審視，既顯示了相關研究領域的寬廣，也透露出了研究的難度。儘管本書從概念的辨析、民國經濟、民國政治、民國法律、民國傳媒、民國教育等諸多方面來展示從「民國文學機制」研究《小說月報》的多方可能性，但顯然還是遠遠不夠的，文學前行所受到的各種影響也許遠超筆者所想，比如清末民初的翻譯潮流對《小說月報》的影響，傳統文化對《小說月報》辦刊的影響、都市文化與《小說月報》的發展等等，這些，無疑都是審視《小說月報》的一道道窗口。限於筆力，本書選取的僅僅是較爲常見的角度來關照《小說月報》，但「民國文學機制」絕不僅僅限於此，而本書是具有述略性質的，只能從大概上加以描述，還未來得及對每一方面進行詳細的勾畫，因而，作爲「民國文學機制」與《小說月報》研究之間的搭建是遠遠未完成的，只能算是個開始而已。

　　這顯示的是從「民國文學機制」來研究《小說月報》的有效性通過這種對《小說月報》的透視，我們更可能知道，在文學發展的每一步道路中，制約與反制約的因素是如此之多，文學的每一步發展，都可謂是步履維艱。中國古代文學向現代文學的轉換是由多重因素決定的，經濟從最基本的層面決定著整個文學市場的基本動向，而文學市場的形成無疑是古代文學轉向現代文學標誌之一，不僅出版者圍繞著經濟利益而出現，作家爲著商業利益傾向於市場還是堅

守文學自身的立場很大程度上也成爲雅俗文學之間的分界線；政治與法律不僅僅成爲制約文學發展的因素，很多時候也培養了現代文學關注現實的品格，培養起作家獨立的品格；教育的薰陶改變了作者與讀者的知識結構，學校教育制度從古代向現代的整體轉型，文學教材的變動，內容的更新，與傳統完全不同的文學教育預示著新文學新面貌的即將來臨。可以說，中國傳統文學向現代文學的轉變，是多種社會因素因緣際會的「合力」結果。

這種既有經濟政治因素的制約，也有各種文化氛圍的營造的相互糾纏的局面，既影響著作家精神氣質，也影響傳播者、讀者的各種狀況，這些合力是如此的豐富並且呈動態的影響著文學的轉換，這些文學機制錯綜複雜的交織在一起又因緣際會地促使著中國文學的前進。每一種文學機制並不是單一的在起著作用，在同一時期裏，眾多的文學機制相互影響著，甚至相互交叉，往往你中有我我中有你，經濟與政治相互勾連又有形無形地決定著文學的走向。這並不是簡單的「決定」與「反映」，我們看到這些作家、編輯家、出版家、讀者在文學活動中與「歷史時空」發生著的豐富的聯繫，每當一個關頭，這些文學活動家們總能靈活的運用這種機制或者在受每一種文學機制制約的時候，他們都發揮出了其自身獨有的「主體性」，甚至表現出了對每一種文學機制局限的突破與抗爭，《小説月報》研究中的「民國文學機制」反映出來的，不僅僅是作家、出版家、讀者被動地被這些社會力量「決定」著，更多的時候，我們看到的是作家、出版家甚至是讀者都在努力地掙脫這種約束作用，通過各種努力去達到自己的目標。在這一種擺脫制約的過程中，我們看到了作家、出版家甚至是讀者一副副充滿著個性的面孔，而正是這個面目迥異的個性，推動著古代文學向現代文學轉型，更豐富著現代文學的面貌。也許正是因爲這些獨特的個性存在，現代文學才展示出其獨具特色的魅力。

從這一層面來說，包括「民國文學機制」在內的一系列「民國文學」相關命題的出現，比起之前的諸多視角，也許更能有力地回答「現代文學是如何在社會歷史當中完成建構的」、「通過社會歷史，作家及讀者是如何來理解文學的」和「現代文學通過什麼樣的方式來完成自身的建構以及在建構過程中如何保持自身的獨特性」等更核心的問題，視角往往就意味著方法，在這裡，「民國文學」不再僅僅是一個文學史上的斷代概念，而成爲了研究現代文學的一種行之有效的「方法」。這種方法在當下方興未艾，我們完全有理由相信其帶給我們更多的驚喜。

參考文獻

一、基本史料

1. 《小說月報》（1910～1932）。
2. 《新青年》（1915～1926）。
3. 《繡像小說》（1903～1906）。
4. 《婦女雜誌》（1915～1930）。
5. 《新潮》（1919～1922）。
6. 《申報》（1872～1930）。

二、論著

1. 阿英：《晚清文藝報刊述略》，古典文學出版社，1958 年。
2. 陳明遠：《文化人的經濟生活》，陝西人民出版社，2010 年 6 月版。
3. 陳培愛《中外廣告史》，中國物價出版社，1997 年版。
4. 陳平原：《中國大學十講》，復旦大學出版社，2008 年 10 月版。
5. 程麗紅：《清代報人研究》，社會科學文獻出版社，2008 年版。
6. D·布迪、C·莫里斯〔美國〕著，朱勇譯：《中華帝國的法律》，江蘇人民出版社，1995 年 8 月版。
7. 鄧康延：《老課本 新閱讀》，〔香港〕天地圖書，2012 年第 2 版。
8. 丁淦林：《中國新聞事業史》，高等教育出版社，2002 年版。
9. 董麗敏：《想像現代性——革新時期的〈小說月報〉研究》，廣西師範大學出版社，2006 年 8 月版。
10. 范煙橋：《中國小說史》，臺北漢京文化事業有限公司 1983 年版。
11. 范用：《愛看書的廣告》，生活·讀書·新知出版社，2004 年版。
12. 范志國：《中外廣告比較研究》，中國社會科學出版社，2008 年版。
13. 方漢奇：《中國近代報刊史》，山西人民出版社，1981 年版。

14. 費孝通：《鄉土中國與生育制度》，北京大學出版社，1998 年。

15. 戈公振，《中國報學史》，上海古籍出版社，2003 年版。

16. 哈貝馬斯《公共領域的結構轉型》，曹衛東譯，上海學林出版社，1999 年版。

17. 何勤華、賀衛方、田濤：《法律文化三人談》，北京大學出版社，2010 年 4 月版。

18. 何修猛：《現代廣告學》，復旦大學出版社，2002 年。

19. 瞿同祖：《中國法律與中國社會》，中華書局 1981 年 12 版。

20. 柯文：《在傳統與現代性之間》，雷頤等譯，江蘇人民出版社，1994 年版。

21. 孔慶茂：《林紓傳》，團結出版社，1998 年 2 月版。

22. 李家駒：《商務印書館與近代知識文化的傳播》，中文大學出版社，2007 年版。

23. 李歐梵：《上海摩登》，毛尖譯，牛津大學出版社，2000 年版。

24. 李秀萍：《文學研究會與中國現代文學制度》第 104 頁，中國傳媒大學出版社，2010 年 6 月版。

25. 李雨峰：《權利是如何實現的》，法律出版社，2009 年 6 月版。

26. 梁啟超：《二十世紀之巨靈托辣斯》，《飲冰室合集》第二冊，中華書局，1989 年版。

27. 劉泓：《廣告社會學》，武漢大學出版社，2006 年版。

28. 柳姍的《在歷史縫隙間掙扎——1910～1920 年間的〈小說月報〉研究》序，百花洲文藝出版社，2004 年 12 月版。

29. 路善全：《中國傳媒與文學互動研究》，中國社會科學出版社，2007 年 12 月版。

30. 欒梅健：《二十世紀中國文學發生論》，廣西師範大學出版社，2006 年版。

31. 馬歇爾·麥克盧漢（加拿大）：《理解媒介——論人的延伸》，商務印書館 2001 年版。

32. 錢理群等：《中國現代文學三十年》，北京大學出版社，1999 年版。

33. 秦其文：《中國近代企業廣告研究》，知識產權出版社，2010 年版。

34. 芮和師、范伯群等編《鴛鴦蝴蝶派文學資料》，福建人民出版社，1984 年版。

35. 桑兵：《晚晴民國的學人與學術》，中華書局，2008 年版。

36. 商務印書館：《商務印書館九十年》，商務印書館 1987 年版。

37. 商務印書館：《商務印書館九十五年》，商務印書館 1992 年版。

38. 邵伯周著：《中國現代文學思潮研究》，學林出版社，1993 年版。

39. 蘇士梅：《中國近代商業廣告史》，河南大學出版社，2006 年 12 月版。

40. 孫文清：《廣告張愛玲》，中國傳媒大學出版社，2009 年版。

41. 孫中田、查國華編：《茅盾研究資料》，中國社會科學出版社，1983 年版。

42. 湯志鈞等：《中國近代教育史資料彙編》，上海教育出版社，2007 年版。

43. 唐弢主編：《中國現代文學史》，人民文學出版社，1979 年版。

44. 王儒年：《欲望的想像——1920～1930 年代〈申報〉廣告的文化史研究》，上海人民出版社，2007 年版。

45. 吳景平，陳雁：《近代中國的經濟與社會》，上海古籍出版社，2002 年版。

46. 謝曉霞：《〈小說月報〉1910～1920：商業、文化與未完成的現代性》，上海三聯書店，2006 年 11 月版。

47. 謝菊曾：《十里洋場的側影》，花城出版社，1983 年 4 月版。

48. 徐建生：《民族工業發展史話》，社會科學文獻出版社，2011 年 12 月版。

49. 徐松榮：《維新派與近代報刊》，山西古籍出版社，1998 年 2 月版。

50. 虞寶棠：《國民政府與民國經濟》，華東師範大學出版社，1998 年。

51. 張功臣：《民國報人——新聞史上的隱秘一頁》，山東畫報出版社，2010 年版。

52. 張晉潘：《中國法律的傳統與近代轉型》，法律出版社，1997 年 4 月版。

53. 張靜盧輯注：《中國現代出版史料》（甲乙丙丁編），中華書局 1957 年版。

54. 張心科：《清末民國兒童文學教育發展史論》，北京師範大學出版社，2011 年 5 月版。

55. 趙琛：《中國廣告史》，高等教育出版社，2005 年版。

56. 趙琛：《中國近代廣告文化》，吉林科學技術出版社，2001 年版。

57. 中國廣告協會：《中國廣告年鑒》，新華出版社，1988 年版。

58. 周海波、楊慶東：《傳媒與現代文學之間》，中國社會科學出版社，2004 年版。

59. 周林、李明山《中國版權史研究文獻》中國方正出版社，1999 年 11 月版。

60. 周偉：《工商側影——一個世紀的廣告經典》，光明日報出版社，2003 年版。

61. 朱漢國、楊群等：《中華民國史》第五冊志四，四川出版集團四川人民出版社，2006 年 1 月版。

三、論文

1. 曹小娟：《〈小說月報〉與中國現代文學批評》，《山西師範大學學報》（社會科學版），2006 年第 4 期。

2. 查國華：《談談「五四」前後的〈小説月報〉》，《山東師院學報》（哲學社會科學版），1979 年第 3 期。

3. 戴景素：《商務印書館前期的推廣和宣傳》，《出版史料》1987 年第 4 期。

4. 丁帆：《關於建構百年文學史的幾點意見和設想》，《文學評論》，2010 年第 1 期。

5. 丁文：《〈小説月報〉的「國故」研究與新文學刊物的重心轉移》，《學術探索》，2006 年第 4 期。

6. 丁文：《新文學讀者眼中的「〈小説月報〉革新」》，《雲夢學刊》，2006 年第 3 期。

7. 董瑾：《沈雁冰改革〈小説月報〉的編輯思想與編輯實踐》，《編輯之友》，2006 年第 4 期。

8. 董麗敏：《〈小説月報〉1923：被遮蔽的另一種現代性建構——重識沈雁冰被鄭振鐸取代事件》，載《當代作家評論》，2002 年第 6 期。

9. 陳福康：《鄭振鐸與〈小説月報〉》，《編輯學刊》，1989 年第 2 期。

10. 董麗敏：《〈小説月報〉革新：斷裂還是拼合？——重識商務印書館和〈小説月報〉的關係》，《社會科學》，2003 年第 10 期。

11. 董麗敏：《翻譯現代性：剔除、強化與妥協——對革新時期〈小説月報〉英、法文學譯介的跨文化解讀》，《學術月刊》，2006 年第 6 期。

12. 董麗敏：《翻譯現代性：在懸置與聚焦之間——論革新時期〈小説月報〉對於俄國及弱小民族文學的譯介》，《文藝爭鳴》，2006 年第 3 期。

13. 徐柏容：《回眸〈小説月報〉的創刊》，《中國編輯》，2006 年第 5 期。

14. 段從學：《〈小説月報〉改版旁證》，《新文學史料》，2005 年第 3 期。

15. 顧智敏：《〈小説月報〉不是「文學研究會」的機關刊》，《上海師範大學學報》（哲學社會科學版），1983 年第 2 期。

16. 郭瑾：《近二十年民國廣告研究述評》，《廣告大觀》2007 年第 2 期。

17. 郭彩俠、劉成才：《觀念、限度與認識性裝置——從「知識考古學」角度看現當代文學研究的範式轉換》，《東方論壇》，2010 年第 6 期。

18. 寒冰：中國政法大學 2007 年博士學位論文《中國近代民法原則研究》。

19. 甲魯平：《從文學廣告看中國現代文學期刊》，《山東師範大學學報》（人文社會科學版），2003 年第 2 期。

20. 林賢治：《一種文學告白》，《當代作家評論》，2004 年第 2 期。

21. 彭林祥：《論新文學廣告對文學傳播的作用》，《湖南文理學院學報》（社會科學版），2008 年第 3 期。

22. 彭林祥、金宏宇：《新文學廣告的價值》，《北京社會科學》，2009 年第 3 期。

23. 彭林祥：《新文學廣告作爲版本研究的資源》，《鄖陽師範高等專科學校學報》，2008 年第 2 期。

24. 彭林祥：《新文學廣告與作家佚文》，《讀書》，2007 年第 1 期。

25. 彭林祥：《新文學廣告與文學傳播》，《書城》，2007 年第 11 期。

26. 孫文清：《中國現代作家的廣告實踐》，《新聞界》，2008 年第 6 期。

27. 姜振昌、王良海：《文學廣告與廣告文學 —— 中國現代文學作品廣告一瞥》，《山東師大學報》（社會科學版），1992 年第 2 期。

28. 李輝：《現代文學廣告錄》，《中國現代文學研究叢刊》，1986 年第 1 期。

29. 王澤慶：《多媒介的文學傳播與互文閱讀》，《內蒙古社會科學》（漢文版），2011 年第 2 期。

30. 金宏宇、彭林祥：《新文學廣告的史料價值 —— 以 30 年代的三個廣告事件爲例》，《中國現代文學研究叢刊》，2007 年第 4 期。

31. 黃林非：《2002～2003 年中國現代文學報刊研究述評》，《湖南大眾傳媒職業技術學院學報》，2011 年第 2 期。

32. 張天星：《晚清報載小說廣告和小說界革命的興起與發展》，《華南農業大學學報》（社會科學版），2010 年第 4 期。

33. 鄭惠生：《「經濟」是「文學的品格」嗎？—— 對曹路先生〈文學的經濟品格〉的學術批評》，《汕頭大學學報》，2003 年第 1 期。

34. 韓彬：《二十世紀九十年代以來中國現代文學期刊雜誌研究綜述》，《德州學院學報》（哲學社會科學版），2004 年第 5 期。

35. 錢理群、國家瑋：《生命意識燭照下的文學史書寫 —— 北京大學教授、博士生導師錢理群先生訪談》，《東嶽論叢》，2008 年第 5 期。

36. 白巧燕：《談廣告修辭中的語境意識》，《雙語學習》，2007 年第 9 期。

37. 蔣文琴：《張愛玲作品中的廣告藝術》，《市場觀察》，2010 年第 9 期。

38. 金宏宇：《中國現代文學的副文本》，《中國社會科學》，2012 年第 6 期。

39. 金美福：《編輯大師茅盾與〈小說月報〉改革》，《錦州師院學報》（哲學社會科學版），1992 年第 3 期。

40. 金石：《「廣告」一詞考略》，《文史雜誌》1993 年第 3 期。

41. 李紅秀：《〈小說月報〉的改革與五四新文學的發展》，《重慶交通大學學報》（社會科學版），2007 年第 3 期。

42. 李曙豪：《現代稿酬制度的建立與對發表權的保護》，《出版發行研究》，2003 年第 5 期。

43. 李文權：《告白學》，《中國實業雜誌》第 3 年（1912 年）第 2 期。

44. 李怡：《「五四」與現代文學「民國機制」的形成》，《鄖州大學學報》2009 年 4 期。

45. 李怡:《從歷史命名的辨正到文化機制的發掘——我們怎樣討論中國現代文學的「民國」意義》,《文藝爭鳴》,2011 年第 7 期。

46. 李怡:《誰的五四?——論「五四文化圈」》,《中國現代文學研究叢刊》,2009 年第 3 期。

47. 李子幹:《紅杏出牆賴春風——〈小說月報〉漫議》,《編輯之友》,1992 年第 2 期。

48. 劉慶元:華東師範大學 2009 屆博士論文《〈小說月報〉(1921～1931)翻譯小說的現代性研究》。

49. 劉增傑:《中國現代文學期刊研究的綜合考察》,《河北學刊》,2011 年第 6 期。

50. 柳珊:《1910～1920 年的〈小說月報〉是「鴛鴦蝴蝶派」的刊物嗎?》,《中國現代文學研究叢刊》,2000 年第 3 期。

51. 馬林靖:《沈雁冰與〈小說月報〉》,《新聞愛好者》,2007 年第 8 期。

52. 馬壽:《一個不懂外文的小說翻譯家》,《福建師範大學學報》(哲學社會科學版),1989 年第 4 期。

53. 茅盾:《影印本〈小說月報〉序》,《文獻》,1981 年第 1 期。

54. 錢理群:《重視史料的「獨立準備」》,《中國現代文學研究叢刊》,2004 年第 3 期。

55. 邱煥星:《中國現代文學研究範式的內在統一性及其問題》,《文藝爭鳴》2007 年第 9 期。

56. 邱培成:復旦大學 2004 年博士論文《前期〈小說月報〉與清末民初上海都市文化》。

57. 石曉岩:《現代文學期刊研究的新思路——評《想像現代性:革新時期的〈小說月報〉研究》,《中國圖書評論》,2007 年第 5 期。

58. 蘇玉娜:山東師範大學碩士論文《接受視野中的〈小說月報〉》。

59. 孫國鈺、于春生:《葉聖陶主編〈小說月報〉的編輯宗旨》,《編輯之友》,2008 年第 1 期。

60. 孫文清:《張愛玲作品中的廣告解讀》,《新聞界》,2009 年第 1 期。

61. 孫中田:《茅盾著譯年表》,《吉林師範大學學報》,1978 年第 1 期。

62. 王萍:《從〈小說月報〉的改革看茅盾的辦刊宗旨》,《時代文學》(雙月版),2007 年第 4 期。

63. 汪家熔:《茅盾在商務印書館》,《出版史料》,2006 年第 2 期。

64. 王醒:《編輯大師茅盾(一)》,《編輯之友》,1990 年第 5 期。

65. 文春英、李世琳、劉小曄、周楊、溫曉薇:《「廣告」一詞在近代中國的流變》,《當代傳播》2011 年第 2 期。

66. 謝曉霞：《「林譯」與〈小說月報〉》，《廣西社會科學》，2003 年第 8 期。

67. 謝曉霞：《編輯主張與改革前〈小說月報〉的風格》，《東方論壇》2004 年第 3 期。

68. 謝曉霞：《過渡時期的雜誌：1910～1920 年的〈小說月報〉》，《寧夏大學學報》，2002 年第 4 期。

69. 謝泳：《建立中國現代文學史料學的構想》，《文藝爭鳴》，2008 年第 7 期。

70. 楊慶東：山東師範大學碩士論文《〈小說月報〉與中國小說現代化的轉型》。

71. 楊揚：華東師範大學 2007 年碩士學位論文《持重中的流變——1921 年後〈小說月報〉》研究》。

72. 楊義：《流派研究的方法論及其當代價值》，《海南師範學院學報》2001 年第 5 期。

73. 殷克勤：《簡論〈小說月報〉在中國現代文學史上的地位和作用》，《揚州師院學報》（社會科學版），1994 年第 4 期。

74. 張旭東：《直面現實人生的文學精神——論茅盾主編時期的〈小說月報〉》，《文藝理論與批評》，2007 年第 6 期。

75. 趙毅衡：《文化批判是知識分子的職責》，《中國教育報》2007 年 5 月 28 日。

76. 朱榮：《〈小說月報〉（1923～1931）對中國古典戲曲的整理與傳播》，《蘇州教育學院學報》，2010 年第 1 期。

四、翻譯文獻

1. 〔美〕埃弗里特・E.鄧尼斯：《圖書出版面面觀》，張志強譯，石家莊：河北教育出版社，2003 年版。

2. 〔美〕本尼迪克特・安德森：《想像的共同體——民族主義的起源與散佈》，吳叡人譯，上海：上海人民出版社，2003 年版。

3. 〔法〕布爾迪厄：《藝術的法則——文學場的生成與結構》，劉暉譯，北京：中央編譯出版社，2001 年版。

4. 〔美〕費正清主編：《劍橋中華民國史》，楊品泉等譯，北京：中國社會科學出版社，1994 年版。

5. 〔美〕格里德：《胡適與中國的文藝復興——中國革命中的自由主義（1917～1937）》，魯奇譯，南京：江蘇人民出版社，1993 年版。

6. 〔美〕郭穎頤：《中國現代思想中的唯科學主義（1900～1950）》，南京：江蘇人民出版社，1990 年版。

7. 〔德〕尤爾根・哈貝馬斯：《公共領域的結構轉型》，曹衛東等譯，上海：學林出版社，1999 年版。

8. 〔美〕海頓・懷特：《後現代歷史敘事學》，陳永圖，張萬娟譯，北京：中國科學出版社，2003 年版。

9. 〔美〕柯文：《在傳統與現代性之間——王韜與晚清改革》，雷頤，羅檢秋譯，南京：江蘇人民出版社，2003 年版。

10. 〔英〕埃里克・霍布斯鮑姆：《民族與民族主義》，李金梅譯，上海：上海人民出版社，2000 年版。

11. 〔美〕李歐梵：《現代性的追求——李歐梵文化評論精選集》，北京：三聯書店 2000 年版。

12. 〔美〕李歐梵：《上海摩登——一種新都市文化在中國》，毛尖譯，北京：北京大學出版社，2001 年版。

13. 〔美〕李普曼：《公眾輿論》，閻克文譯，上海：上海人民出版社，2002 年版。

14. 〔美〕劉易斯・科塞：《理念人——一項社會學的考察》，郭方等譯，北京：中央編譯出版社，2001 年版。

15. 〔加〕馬歇爾・麥克盧漢：《理解媒介》，何道寬譯，北京：商務印書館 2000 年版。

16. 〔美〕沃納・賽佛林，〔美〕小詹姆斯・坦卡德：《傳播理論：起源、方法與應用》，郭鎮之，孟穎等譯，北京：華夏出版社，2000 年版。

17. 〔日〕清水英夫：《現代出版學》，沈洵澧譯，北京：中國書籍出版社，1991 年版。

18. 〔英〕湯林森：《文化帝國主義》，馮建三譯，上海：上海人民出版社，1999 年版。

19. 〔美〕韋爾伯・斯拉姆等著：《報刊的四種理論》，北京：新華出版社，1980 年版。

20. 〔美〕微拉・施瓦支：《中國的啓蒙運動——知識分子與五四遺產》，李國英、陳瓊譯，太原：山西人民出版社，1989 年版。

21. 〔日〕佐藤卓己：《現代傳媒史》，諸葛蔚東譯，北京：北京大學出版社，2004 年版。

22. 〔英〕尼克・史蒂文生：《認識媒介文化——社會理論與大眾傳播》，王文斌譯，北京：商務印書館 2001 年版。

23. 〔法〕加布里埃爾・塔爾德，〔美〕特里・N.克拉克編：《傳播與社會影響》，何道寬譯，北京：中國人民大學出版社，2005 年版。

24. 〔法〕讓・波德里亞：《消費社會》，劉成富，全志鋼譯，南京：南京大學出版社，2001 年版。

25. 〔美〕約翰・費斯克：《理解大眾文化》，王曉玨，宋偉傑譯，北京：中央編譯出版社，2001 年版。

26. 〔美〕斯蒂文・小約翰：《傳播理論》，陳德民，葉曉輝譯，北京：中國
社會科學出版社，1999 年版。

27. 〔美〕張灝：《梁啟超與中國思想的過渡（1890～1907）》，崔志海，葛夫
平譯，南京：江蘇人民出版社，1995 年版。

28. 〔美〕戴安娜・克蘭：《文化生產：媒體與都市藝術》，趙國新譯，上海：
譯林出版社，2001 年版。

29. 〔英〕邁克・費瑟斯通：《消費文化與後現代主義》，劉精明譯，上海：
譯林出版社，2000 年版。

30. 〔英〕多明尼克・斯特里納蒂：《通俗文化理論導論》，閻嘉譯，北京：
商務印書館 2001 年版。

31. 〔加〕埃里克・麥克盧漢，〔加〕弗蘭克・秦格龍編：《麥克盧漢精粹》，
南京：南京大學出版社，2000 年版。

32. 〔美〕馬克・波斯特：《第二媒介時代》，範靜嘩譯，南京：南京大學出
版社，2000 年版。

33. 〔美〕約翰・菲斯克：《解讀大眾文化》，楊全強譯，南京：南京大學出
版社，2001 年版。

34. 〔美〕亞瑟・阿薩・伯格：《通俗文化、媒介和日常生活中的敘事》，姚
媛譯，南京：南京大學出版社，2000 年版。

35. 〔德〕E・凱西勒：《啟蒙哲學》，顧偉銘，楊光仲等譯，濟南：山東人民
出版社，1996 年版。

36. 〔法〕托多羅夫：《巴赫金、對話理論及其他》，蔣子華，張萍譯，天津：
百花文藝出版社，2001 年版。

37. 〔美〕愛德華・W・薩義德：《知識分子論》，單德興譯，北京：三聯書
店 2002 年版。

38. 〔美〕鄧尼斯・K・姆貝：《組織中的傳播和權力：話語、意識形態和統
治》，陳德民，陶慶等譯，北京：中國社會科學出版社，2000 年版。

39. 〔德〕本雅明：《發達資本主義時代的抒情詩人》，張旭東譯，北京：三
聯書店 1989 年版。

40. 〔美〕丹尼爾・貝爾：《資本主義文化矛盾》，趙一凡等譯，北京：三聯
書店 1989 年版。

41. 〔美〕韋勒克・沃倫：《文學理論》，劉象愚、邢培明、陳聖生、李哲明
等，北京：三聯書店 1984 年版。

42. 〔美〕周策縱：《五四運動史》，陳永明等譯，長沙：嶽麓書社，1999 年
版。

43. 〔美〕周策縱：《五四運動——現代中國的思想革命》，周子平等譯，南
京：江蘇人民出版社，1999 年版。

致　謝

　　本書是在博士論文《中國現代文學轉型的政治經濟學維度 —— 以〈小說月報〉上的廣告爲中心》的基礎上進一步拓展思考的結果。在博士論文的寫作過程中，從廣告來審視《小說月報》原以爲是一個較爲不起眼的角度，認眞翻閱那些泛黃的期刊，才恍然感悟，那是一個異常寬廣的天地，既自成一體又與社會萬象千絲萬縷，感到自己彷彿打開了一個萬花筒，從每一個角度均可以看出之前被自己忽略的東西，但囿於時間與筆力，讀博期間尚未來得及做整體性的細思。

　　之後隨著翻閱資料的增多，對研究現狀的進一步掌握，又恰逢博導李怡老師正提倡現代文學的「民國機制」，服膺於其思考，感悟之下，便嘗試著用「民國機制」來分析《小說月報》，具體嘗試之下，才發現其難度之大，一時難以完成諸多細節，只能建構起基本的構架，便有了本書的寫作。自然談不上有多麼的精深與創建，僅僅蘊含的是自身思考的結果。

　　因此，回首那些需要致謝的人，李怡老師的影響是難以用筆墨書寫的，是老師將一個不知學術所云的學生引到了初窺學術之魅，從課堂的傳授到課下的殷勤幫扶，從爲學生搭建一個個的平臺到各方面無微不至的照顧，其學術其人品，都令學生感動不已。老師特有的詩人激情，學術睿智，將在我以後的求學道路上影響巨深。回首這些的初淺文字，心裏忐忑，愧對老師的教導之情。

　　感謝我的博士後合作導師張志平先生，他視野宏闊，思維精深，對我的具體構想提出了許多精闢的見解，每一次與他交流，都使我受益匪淺；感謝雲南師範大學的諸位老師，尤其是胡彥、馬紹璽與李立老師，從你們身上的

每一處細節，讓我感受到了做學術的認真與嚴謹，正是在與你們的相互砥礪中，讓我在工作之餘仍堅持思考；感謝家人的極力支持及相互陪伴，沒有你們的溫馨關懷和相互鼓舞，可以想見，寫作的艱難坎坷將會倍增。懷著感恩的心，感謝一路上你們的一點一滴的。這些都是今後新的起點。

感愧與感恩之間，新的旅途又將來臨。謝謝一路上有你們。

2017 年 2 月